F

I N

A SEVEN LETTER WORD

セブン・レター・ワード

7つの文字の謎

キム・スレイター 作
武富博子 訳

評論社

A SEVEN-LETTER WORD

by Kim Slater

Japanese translation rights arranged with KMW Enterprises Limited
c/o Darley Anderson Children's Book Agency, London
through Tuttle-Mori Agency Inc., Tokyo.

装画=祖敷大輔
装幀=水野哲也 (Watermark)

セブン・レター・ワード——7つの文字の謎《なぞ》——

▲「スクラブル」のゲーム盤《ばん》

文字タイル（コマ）をならべて単語をつくるゲーム。手前のラックに文字タイルを7つ置いておき、使った分だけ、袋《ふくろ》から新しいタイルを補充《ほじゅう》する。つくった単語によって点数を競う。

五月十一日（月曜日）

母さんへ

ぼくだよ。フィンレイ。

名案を思いついたんだ。自分の頭の中にある言葉を全部、紙にぶちまけるってこと。そうすれば、出口がなくてブンブン飛びまわってる言葉たちのせいで、気が変にならずにすむかもしれないから。

今書いてるこの日記帳は、母さんのものが入ってる箱の中で見つけたんだ。母さんが出ていったあと、父さんが異常《いじょう》ないきおいでＦＵＭＩＧＡＴＩＯＮ《フュミゲーション》【16】（喫煙《きつえん》）してる間、その箱だけはなんとか救出できた。勝手に使ってもかまわないよね。どうせ何も書いてなかったし。

で、母さんの日記帳に書くわけだから、母さんにあてて書くのが筋《すじ》だと思ったわけだ。

はじめにことわっておくけど、スクラブルで使えそうな単語には点数をつけて書きこむことにした。ＦＵＭＩＧＡＴＩＯＮは十六点。喜んでくれるよね。母さんに教わったとおり、毎日練習してるから、語彙力《ごいりょく》がどんどんついてきてる。いっしょにスクラブルをして遊んでたころにくらべて、格段《かくだん》に進歩したよ。

今のぼくを見てほしかった。きっとじまんに思ってくれたんじゃないかな。

もちろん、この日記を母さんあての手紙にしなくたってよかった。それはわかってる。ほかの誰《だれ》あてでも……うん、ほんとに誰でもよかった。だけど、こっちに引《ひ》っ越《こ》してきてから、あんまり知り合いがいないんだ。

それにやっぱり、自分の気持ちを伝えやすいのは、よく知ってる人。というか、よく知っていた人だ。それと、バカみたいかもしれないけど、こうやって書いてると、母さんがそばにいる感じがするんだ。

今でもぼくは毎日、ぼくたちのことを考えてる。ぼくたち家族のことを。

誰も完璧《かんぺき》なんかじゃなかったのはわかってる。もしかしたら、ぼくはもっと聞き分けのいい子になれたのかもしれない。「部屋をかたづけなさい」とか「宿題をしなさい」とか言われたら、ちゃんとそのとおりにしてさ。

だけど、こんなことになるなんて、知らなかった。そうだよね？　ぼくがそこまでがんばらなかったのは、だいじょうぶだって安心してたからだ。何もかもずっと変わらないままだって。

来週の金曜日から、春学期の中間休みに入る。まるまる一週間どうやって家で過《す》ごせばいいんだって思ってたけど、こうやって母さんに書くことにして、ちょっと気が楽になった。

ただ、ぼくが実際《じっさい》にしゃべるとおりに書いたら、一文ごとに一ページ必要になって、母さんをうんざりさせると思う。

あのさ。ぼくは、母さんに置きざりにされたころのぼくとはちがう。

もちろん今でも目はよく見えるし、耳ももうしぶんなく聞こえるし、文章だってけっこううまく書ける。だけど言葉が……しゃべれない。以前のように、ときどき単語がつっかえるなんてもんじゃなくなってしまった。

ぼくは……ど、ど、どもるんだ。

STUTTER《スタッター》【7】（吃音《きつおん》）……こんなの存在《そんざい》しなきゃいいって思ってる、七文字の単語。スクラブルで使えばボーナス五十点もらえるけど。

笑っちゃうよね。

口の中では言葉が完璧な形になっているのに、唇《くちびる》を離《はな》れる瞬間《しゅんかん》……パン！　口のまわりで、はじけて跳《は》ねまわる。

けど、ほんとはそれって全然笑えない。どうにもならないことだから。

最悪なのは、みんなに徹底的《てっていてき》なバカだって思われること。しゃべるのって、誰でもあたりまえにできることだよね。そこがいちばんつらい。なぜって、ぼくは冴《さ》えててかしこくてARTICULATE《アーティキュレイト》【12】（言葉が明瞭《めいりょう》）な人になりたいから。母さんみたいな。

気を悪くさせようとして、こんなことを書いてるわけじゃないよ。ほんとに。

要するに、ここには何でも好きなように書くと決めたんだ。だから母さんあての、この手紙日記は、UNCENSORED《アンセンサード》【13】（無検閲《むけんえつ》）にするつもり。

本当のことを書くには、こうするしかない。

それにどうせ、母さんがこれを読むことなんて、ありえないから。父さんが言うように、母さんはここを出ていったとき、ぼくたちの人生から永遠《えいえん》にいなくなったんだ。

父さんは母さんのことを、死んだも同然だと言ってる。

愛をこめて。
フィンレイ　×

スクラブルは、百枚《まい》の文字タイルを使って英単語を作る、有名なボードゲームである。

火曜日

一階で父さんがガタガタと音をたてているから、もうすぐ朝食だ。

ぼくは母さんの日記帳をパジャマのシャツにくるんで、T《ティー》シャツの引き出しにしまった。ネヴィルの水入れを確認《かくにん》してから、父さんに呼《よ》ばれる前に階段《かいだん》をおりた。これで、父さんはむりやり大声をあげて咳《せき》の発作をおこさずにすむ。いつもはぼくが起きる前に家を出るけど、今日キッチンをとりつける予定の家は、通りをふたつへだてた近所だから、出発がおそい。

父さんはタバコをもくもく吸《す》いながら、コンロの前で何かをかきまわしている。それからふりかえって、テーブルに皿を二枚置いた。灰《はい》が落ちないように顔をかたむけながら。

朝食はきのうの夕食と同じで目玉焼きとベイクドビーンズだけど、フライドポテトはなし。父さんはべつの皿にバターをぬったトーストを三枚《まい》のせて、テーブルに置いた。母さんはいつも食パンをななめに切って三角形にしていた。バカみたいだとわかっているけど、そうやって切ったほうがおいしい気がする。

ぼくがマグカップふたつに紅茶《こうちゃ》をいれ、ふたりとも食卓《しょくたく》についた。

父さんがケチャップを忘《わす》れたと言って立ちあがった。ぼくはブラウンソースをかけたい気分だけど、戸棚《とだな》の前にいる父さんはこっちに背中《せなか》をむけている。

「と、と、と……」

ただの短い言葉だ。と、う、さ、ん。

こんなかんたんな言葉、スクラブルでもほとんど点にならない。

と、う、さ、ん。〈いいから、早く言え〉

「と、と、とうさん」

ケチャップの瓶《びん》を持った父さんがふりかえる。

ぼくは父さんを見る。父さんもぼくを見かえす。

「ぼ、ぼ、ぼく、は……」

父さんがいらいらするんじゃないかといつも心配になるけど、そんなことはめったにない。

ぼくは言葉を切って、ゴクンとつばを飲みこんだ。まだ最後まで言えていない。腰《こし》のあたりにあせをかいている。喉《のど》がひりひりする。

「あのな、フィンレイ」父さんが大またでもどってくる。「さめないうちに、早く食べたいだろ？」

ぼくはうなずく。

「そら、ケチャップだ」ぽんとテーブルに置く。「これがほしかったのか？」

ぼくは何もこたえない。

ふたりで食べはじめた。父さんは自分の皿をちょっと右によせ、新聞を広げた。壁《かべ》の時計がチクタク大きな音を立て、フライパンがプツプツ言いながらさめていく。父さんが読んだばかりの記事にゲラゲラ笑うと、口の中のかみかけの卵《たまご》や豆が丸見えになった。

「何だ」かむのをやめて、父さんがこっちを見る。

ゆうべ覚えたスクラブルで使えそうな二文字の単語のことや、母さんあてに手紙を書きはじめたことを話したかった。さっきは言葉が出てこなかったようだが気にするな、と言ってほしかった。ぼくは自分の皿を見おろして、黙《だま》りこむ。

「いらないなら、その卵をくれないか」父さんが言う。口をいっぱいにしたまま。

2

文字タイルは全部で百枚《まい》あり、そのうち二枚は文字のない空白のタイルである。

スクールバスがおくれていて、数分のうちに、ぼくのうしろに長蛇《ちょうだ》の列ができた。軽い霧雨《きりさめ》がふっていて、朝の空気は少しひんやりしているけど、気温は温かくなってきた。背中《せなか》のリュックが重くて落ちつかない。中には図書室で借りたぶあつい本が四冊《さつ》入っていて、すべて期限《きげん》切れだ。つぎのバス停まで歩こうかと考えていると、突然《とつぜん》うしろから声が聞こえた。

「フィ、フィ、フィンレイ！」

足音をひびかせて、オリヴァー・ヘイウッドと子分たちがバス停に近づいてくる。いつのまに呼吸《こきゅう》を止めていたのか、急にめまいがしてきた。ぼくは大きく息を吸《す》いこんだけど、ふりむかなかった。

オリヴァーがまた呼《よ》ぶ。さらに大きな声で。

「よ、よ、よう！　フィ、フィンレイ！」

やつらは列を無視《むし》して先頭までやってくると、ぼくをとりかこんだ。どいつもネクタイをゆるく雑《ざつ》に結び、オリヴァーは髪《かみ》の片側《かたがわ》にうずまき模様《もよう》のような剃《そ》りこみを入れている。オリヴァーはやけに心配そうな顔つきだ。

「だいじょうぶか、フィ、フィンレイ？　こ、こんなとこにつっ立ってたら、こ、こごえちゃうぜ？」

みんながどっと笑う。ぼくのことをろくに知らない子たちまで。

「そうとう重症《じゅうしょう》だな」オリヴァーが心配そうな声色《こわいろ》で言う。「どうやらフィ、フィンレイ・マ、マッキントッシュはしゃべれないだけじゃなく、耳まで聞こえなくなったらしい。治療《ちりょう》のために、ショックをあたえる必要があるんじゃないか？」

やじったり笑ったりの大騒音《だいそうおん》がおこる。ぎらついた目や、真っ白な歯がぼくのまわりでチカチカする。

バス停のポールの足もとに、少しだけ草が生えている。大量の靴《くつ》にふみつけられても、どういうわけか生きながらえている。自分がみるみる小さくなって、その草のとなりでほとんど見えなくなっているところを想像《そうぞう》した。
一、二秒ほど、まわりの騒音が遠ざかって消えた。

不意打《ふいう》ちだった。その一撃《いちげき》で、ぼくは鋼鉄製《こうてつせい》のポールに頭から激突《げきとつ》した。するどい痛《いた》みが頭《ず》蓋骨《がいこつ》の内側《うちがわ》をかけめぐる。オリヴァーにリュックを引っぱられていると気づいたとたん、ぼくは中に入っているタイル袋《ぶくろ》のことしか考えられなくなった。スクラブルのゲームに使う文字タイルを入れた袋で、母さんがいなくなる直前に作ってくれたものだ。

左腕《ひだりうで》を誰《だれ》かに引っぱられ——騒音《そうおん》レベルが、がっと上がる——リュックの片側《かたがわ》が肩《かた》からはずれた。とっさに、リュックが完全にはずれないように反対側の腕をふりあげ、やつらをはらいのけようとひじをうしろにつきだした。リュックが、うしろにいた誰かにバシッと当たる。

気づくと、オリヴァーが地面にいて、肩をおさえてうめいていた。

図書室の本が入っていたことを忘《わす》れていた。ぼくはその重みのすべてで、オリヴァーをなぐってしまったのだ。

笑い声が消えた。見まわすと、たくさんの目が見かえしてくる。怒《いか》り、好奇心《こうきしん》、なかにはちらっと賞賛《しょうさん》をふくんだような目つき。

ディーゼルエンジンの重低音と、エアブレーキのプシューッという音が聞こえた。スクールバスを見てこんなにうれしくなったことなんてない。シューッとドアがあくと、ぼくは飛びのって、運転手に定期を見せ、どさっと椅子《いす》にすわりこんだ。歩道側の窓《まど》からできるだけ離《はな》れた場所に。

バスが走りだしたとき、オリヴァーがよろよろと立ちあがって、こっちをにらんでいるのが見えた。顔がこわばって青ざめ、肩をさすりながら、手助けしようとする仲間をはらいのけている。

ぼくが顔をそむける直前、オリヴァーは指で喉《のど》をかき切るしぐさをした。

スクラブルのゲームボードは大きな四角形で、小さな四角形のマスが格子状《こうしじょう》にならんでいる。

学校から帰ったあと、夕食のあとかたづけをして二階にのがれるのが待ちどおしかった。

「額《ひたい》のあざ、ひどいな」父さんがマグカップをおろして、じっとこっちを見る。「どうしたんだ」

腫《は》れたところを自分で強くおしすぎて、一瞬《いっしゅん》たじろいだ。

「こ、こ、転んだ。バ、バ、バ……」

「バス停で？」

ぼくはうなずいた。

「ブレザーのそでも、バス停でやぶけたのか？」父さんが顔をしかめる。

ぼくは目をそらした。

今日はオリヴァーをけがさせたことで、いつ学年主任《しゅにん》の部屋に呼《よ》びだされるか気が気じゃなかった。オリヴァーが告《つ》げ口《ぐち》したら、ぼくはきっと退学《たいがく》させられる。

父さんが咳《せき》ばらいをした。

「なあ、おれだってそこまでの大マヌケじゃないぞ。ちょっかいを出してくるやつがいるんなら、教えてほしいんだ」

「だ、だ、だいじょうぶ」

ぼくは油のついた皿を流しに重ねると、廊下《ろうか》へと向かった。父さんはよかれと思ってそう言うけど、学校で物事がどう動くのか、全然わかっていない。

二階の自分の部屋で、パソコンの電源を入れた。

立ちあがるまでの間、5：45ＰＭのリンカーン行きの列車が走りすぎるのをながめた。うちの家は線路の真横に立っているから、窓《まど》が二重ガラスになっていても音がすごい。

長い一日を終えて帰宅《きたく》する通勤者《つうきんしゃ》たちの頭がゆれている。きっと、夕食に何を食べようか、どのテレビ番組を見ようか、月末に入る給料をどう使おうかなんて考えているにちがいない。

学校に行くより、仕事をするほうがよっぽどましだ。

父さんと、ここコルウィックに引《ひ》っ越《こ》してきたばかりのころ、ぼくはずっとこの部屋にすわって、列車が通りすぎる時刻《じこく》を記録していた。ちゃんと本格的《ほんかくてき》に見えるように、専用《せんよう》の用紙まで作った。

数字を記した何枚《まい》もの紙でとくに何かをするわけじゃなかったけど、それはそのころのぼくにとってとても大事なものだった。列車の時刻《じこく》をひとつでも書きそびれると、パニック状態《じょうたい》になった。悪いことがおこるような気がして。

ある晩《ばん》、父さんに何をやっているのかきかれて、大量の紙を見せた。そのあと、父さんはパソコンを買ってくれた。そして、ぼくはインターネット上に広がるコミュニティーを見つけることになる。オンライン・スクラブルの。

母さんがいたころは、ふたりでしょっちゅうスクラブルをしていた。父さんが居間《いま》のテレビでサッカーを見るときは、キッチンのテーブルにゲームボードを広げていた。

今、ぼくはオンラインで世界じゅうの人と対戦している。今週はカンザスのトッド、ドイツのマークス、インドのジャスミンダー、ロンドンのセーラがいた。ここだけの話、マークスはズルをしている気がする。ときどき、ぼくも聞いたことがないような単語を出してくるから。

オンラインではよけいなおしゃべりをしたりふざけたりすることはなく、ひたすらゲームをつづける。だからほかのプレイヤーはぼくの個人的《こじんてき》な事情《じじょう》をいっさい知らない。ぼくが自分の名前も言えなければ、ひとつの文を最後まで言えないことも、まったくわからない。

実生活もそうならいいのに。

オンライン・スクラブルでは、自分に何が求められているのかがはっきりしていて、不意打《ふいう》ちはない。

ところが、今晩はちがった。

画面の前にすわると、プレイヤーがひとり待っていた。それだけなら、めずらしくはないけど、このプレイヤーはいつものメンバーではない。まったく初めての人だ。

メッセージボックスがひらく。

ハーイ……こちらはアレックス。今、対戦OK？

もちろん。新しい対戦はいつだって歓迎《かんげい》。

OK　と、ぼくは返信する。**こちらはフィンレイ**

プレイをはじめる。アレックスはけっこううまい。でも、ぼくの文字タイルはいい感じにそろっている。

ゴソゴソと音がして、ふりむくと、ネヴィルが巣箱から出てくるところだった。ハムスターというのは「薄明薄暮性《はくめいはくぼせい》」の動物だと言われているから、ネヴィルもたそがれどきに活動している。気分にもよるけど、だいたい夜の八時から明け方の三時か四時ごろまでの間、起きている感じだ。そういうときに、ぼくはその日にあったことなんかをしゃべったりしている。

「やあ、ネヴィル」ぼくは声をかけた。

ネヴィルはこっちを見て、鼻をぴくっとさせた。ネヴィルはぼくの親友だ。そう言うとヘンだと思われるかもしれないけど、かまわない。ぼくのしゃべりかたなんて、ネヴィルにはどうだっていいし、ネヴィルがまったくしゃべらなくても、ぼくは気にしない。完全に理解《りかい》しあえている。

そのうち、アレックスの点数が伸《の》びなくなった。ふたりともふつうの単語しか出せなくて、平凡《へいぼん》なゲームになっている。

すると、またメッセージボックスがひらいた。ゲーム開始から十二分。

今日はサッカーの練習で疲《つか》れてるけど、そんなの言いわけにならない。フィンレイ、マジでうまいよ！　スクラブルはいつからやってるの？

顔を合わせる場合も、オンラインでも、むだ話はよくないとされている。会話禁止《きんし》。ぼくには好都合《こうつごう》。

メッセージボックスと、その中に表示《ひょうじ》された文字をじっと見つめた。ゲームボードの一部がかくれてしまっている。

ぼくの番だ。M《モ》・O・C《ツ》・K《ク》・E・D《ド》（まねされる）という単語を作るつもりだった。アレックスの置いたDを利用し、五点のKを〈文字得点二倍マス〉に置こうとしていた。だけど、正確《せいかく》な文字の配置も、合計で何点になるのかも、もう忘《わす》れてしまっていた。

これ以上ゲームに支障《ししょう》が出ないように、右上の小さな×印をクリックして、メッセージボックスをとじた。自分のタイルをならべ、アレックスがプレイするのを待つ。

たちまち、メッセージボックスがまたひらいた。

いつからプレイしてる?

ぼくは返事を打ちこんだ。

六歳《さい》のときから
これで、こいつはむだ話をやめるかもしれない。

もう二巡《じゅん》ずつまわったあと、ぼくがならべた単語が四十二点をかせぎだし、278対19でぼくが優勢《ゆうせい》になった。

そのとき、またメッセージボックスがひらいた。

フィンレイ、マジですごい! おそくなってごめん。紅茶《こうちゃ》をいれにいってた。そしたら、へんなラプサンスーチョンしかなかったよ☺!

おなかがきゅっとしめつけられた。その紅茶のことを、あの強烈《きょうれつ》なにおいを、忘れていた。

母さんがしょっちゅう飲んでいたやつだ。古くなった燻製《くんせい》ニシンみたいなにおいだった。

オンライン友だちができてよかった と、アレックスが打ちこむ。

まだ友だちとはいえないだろう。十九分しかプレイしていないのだから。

学校で友だちいないんだ　と、アレックスがつづける。**ここできみに会えてよかった！**

友だちがいない気持ちわかるよ、と伝えようかと思ったけど、だめなやつだと思われたくない。アレックスがこっちを上に見てくれているようなのがうれしかった。

それはつらいね　ぼくは返信する。

あと一巡《じゅん》でゲームは終わるだろう。

どこに住んでるの？　アレックスがきいてきた。**だいたいの場所でいいんだけど**
ぼくの頭の中で警報《けいほう》が鳴りひびいた。

リアルでも友だちになれたらいいな　アレックスがつづける。

はっきりさせたほうがよさそうだ。相手にいやな思いをさせたとしても。

ごめん。個人情報《こじんじょうほう》のやりとりはしないことにしてる
アレックスはスクラブルをチャットフォーラムとまちがえているみたいだ。

だいじょうぶだよ。こっちは四十歳《さい》の変質者《へんしつしゃ》じゃないから……マジで！

思わずにんまりした。ぼくが気にしすぎているのかもしれない。アレックスは悪いやつじゃなさそうだけど、チャットばかりしていたら、ゲームは上達しないだろう。

スクラブル用の対局時計が20：00を告げる。二十分終了《しゅうりょう》。ゲームオーバー。

じゃあね、と打とうと、キーボードに手を置いたら、メッセージボックスが消えていた。アレックスはすでにログアウトしていた。

ぼくは床《ゆか》に置かれたネヴィルのケージの前にすわり、ドアをあけると、ネヴィルの温かい体をすくいあげて、手のひらに乗せた。

「新しい友だちが見つかったんだと思う、ネヴィル？」ぼくはたずねる。

のばした両足の上に乗せると、ネヴィルはうしろ足でちょこんと立って、ぼくを見あげる。

「そんな顔するなよ」ぼくは笑って言う。「みんながおまえみたいに、しゃ、社交ぎらいじゃないんだから。友だちがいるって、人間には大事なんだよ」

ネヴィルのようなゴールデンハムスターは群《む》れない動物だ。同じケージにもう一ぴき入れると、戦いになって、片方《かたほう》が死ぬこともある。一方、ジャンガリアンハムスターはとても仲がよく、べつべつにされると元気をなくすらしい。それって、ある意味ではいいなと思う。自分が小動物だったら、ジャンガリアンハムスターのつがいはとてもなりたい。一生ひとりぼっちなんて、おもしろくないから。

五月十二日（火曜日）

母さんへ

もう夜おそいけど、寝《ね》る前に今日あったことを書いておきたい。

オリヴァーがまたつっかかってきたけど、今回はやりかえしてやった。リュックでなぐったんだ。そうしたら、どうも肩《かた》を脱臼《だっきゅう》したか何かしたみたいだ。午後、校庭のむこうで見かけたとき、腕《うで》を包帯でつってた。母さんはそういうのをいやがるだろうけど、それはあいつがどんなやつか知らないからだよ。当然の報《むく》いだ。だから、これ以上心配して時間をむだにしないことにした。それって、思ったほどかんたんじゃないけど。

あいつがホーマー先生に言いつけるのかどうかは、すごく気になる。そうなったら、ぼくは否定《ひてい》しないよ。でも、オリヴァーに毎日いやがらせをされてるって、ホーマー先生に正直に話せば、父さんがかかわることになって、もっとひどいことになる。だから、単にオリヴァーをなぐったと言って、それですませるつもり。とにかく、さっきも書いたとおり、このことはもう心配しない。ほんとに。

今日はいいこともあった。オンラインで新しいプレイヤーと知り合ったんだ。アレックスってやつ。なぜか、もしかしたら、ほんとにもしかしたらだけど、実際《じっさい》に会っても友だちになれそうな気がする。アレックスも学校でぼくのような目にあってるみたいだし、ぼくに興味《きょうみ》を持ってくれてるようだった。

母さんがここにいたら、あなたの妄想《もうそう》よ、って言うんだろうな。キッチンのテーブルの前にすわって、売り上げの数字をチェックしながら。で、あのひどい紅茶《こうちゃ》を飲んでるんだ——ラプサンスーチョン。

不思議なんだけど、アレックスもその言葉を使ってたんだよね。

それで思い出したんだ。母さんがいたころ、一階におりていって宿題を見せたり、その日にあったことを話したりしてたなって。

母さんはいつも聞いてくれてた。

父さんは聞くのが苦手で、母さんのことを話してもまったく聞いてくれない。ほかの人が母さんのことを口にしただけで、不機嫌《ふきげん》になる。

たとえば、母さんがいなくなった直後、カーン先生が言葉のセラピストの先生をしょうかいしてくれたときのこと。その先生は吃音《きつおん》を治す訓練をしてくれず、たくさん質問《しつもん》しただけで、ほとんどの質問はしゃべることと関係なかった。

そのあと、父さんが中に入って、ぼくは外で待たされた。ところが、父さんがドアをちゃんとしめなかったから、先生の話が聞こえてしまったんだ。母さんが突然《とつぜん》いなくなったことが、ぼくの吃音《きつおん》が急激《きゅうげき》にこんなに悪化した原因《げんいん》かもしれません、って。

父さんはかっとなって出てくると、すわってたぼくをぐいっと引っぱりあげた。あまりにもきつく手をつかまれて、骨《ほね》が完全にBUCKLED《バックルド》【16】（つぶされる）かと思った。手がもげないように、いっしょに走るしかなかったんだ。

怒《おこ》ってない、と父さんは言った。でも、そう見えた。

それから父さんは、ハンバーガーとシェイクを買って運河の前でしばらくすわってようか、ときいた。

ぼくがノーとこたえたのは、父さんの声がこわばって一段《いちだん》大きくなっていて、あごがぴくぴくしはじめてたからだ。母さんと口げんかをしてたときみたいに。

家に帰ると、イエスと言わなかったことを後悔《こうかい》した。卵《たまご》とベイクドビーンズしか食べるものがなかったから。ともかく、そのあとは、父さんはテレビでサッカーを見はじめて、何もかもふつうにもどった感じになった。

このところ、父さんはあまりにも仕事がいそがしくて、ほかに何もする時間がない。家に帰って夕食を作り、がつがつ食べると、また出かけていっておそくまで帰らない。ときどき、椅《い》子《す》に眠《ねむ》りこんでひと晩《ばん》じゅう上着や靴《くつ》も脱《ぬ》がないままのこともある。父さんは、仕事があるうちに受けとかないと、と言う。今はぼくと父さんとふたりきりで、おたがいのめんどうを見ないといけないからって。

家の中はとくに問題ないから、母さんは心配しなくてだいじょうぶだよ。

家庭科でアイロンかけを習ってからは、誰《だれ》もぼくの制服《せいふく》のシャツを笑わなくなった。しわくちゃじゃなくなったからね。

愛をこめて。
フィンレイ　×

4

ゲームボードには、縦横《たてよこ》十五ずつのマスがならんでいる。

水曜日

ひどい雨だけど、気にならない。オリヴァーと子分たちに会わずに一日が終わっただけでほっとしている。

きのう、ぼくの額《ひたい》のあざを見た父さんは、学校の帰りに毎日むかえにくると言いはった。小学生でもないのに。

今日は授業《じゅぎょう》が終わると、ぼくはトイレにこもり、スクールバスが全部出ていったのを確《たし》かめてから、外に出て父さんを待った。

父さんはぼくがどもるせいでからかわれているのを知っている。それでかっとなって、そんなやつはなぐってやれ、と言うことさえある。

一度、ボクシングのようなちゃんとした拳《こぶし》のにぎりかたまで教えてくれた。誰《だれ》かをパンチしたとき、親指を骨折《こっせつ》しないですむように。父さんは、ぼくが自分の若《わか》いころとはちがうことがよくわからないみたいだ。

きのうオリヴァーをなぐったと言ったら、父さんはたぶん喜ぶ。でもそうしたら、オリヴァーに何をされたのか説明しなくてはならなくなる。

道路の先を見つめ、父さんの白いバンが現《あらわ》れるのを待った。バンの横には「あなたの住まいのメンテンス　どんな工事もおまかせください――ポール・マッキントッシュ」とでかでかと書かれている。お金を節約するために、自分で書いたのだ。母さんが書きまちがいに気づくと、父さんはあとから「メンテナンス」の「ナ」を入れようとしたけど、字がつぶれてきたなくなってしまった。父さんに言わせると、このへんの人はそんなところまで見ないから、どうでもいいらしい。

でも、それから母さんは二度と父さんのバンに乗ろうとしなかった。スーパーのアルディに食料品の買い出しに行くときさえ。

ピン、とメッセージがとどく音がした。ブレザーのポケットから携帯《けいたい》電話をとりだし、雨にぬれないように反対側《はんたいがわ》の手でおおった。

仕事で三十分おくれる。すまん。父

なんだよ。こんなところでびしょぬれで待っているのは意味がないから、校舎《こうしゃ》にかけもどって、二階の図書室にむかった。

みんなが帰ったあとの学校は奇妙《きみょう》な感じがするけど、けっこう気に入った。金属《きんぞく》のふちのついた階段《かいだん》にぼくの足音がひびく。オリヴァーにつけられていないか、いちいちふりむかなくてもいい。

二階につくと、かびくささと、古い金属枠《わく》の窓《まど》からちょろちょろ流れこむ土っぽい雨のにおいが混《ま》じりあう。ちょっと立ち止まって、窓の内枠にたまった銀色の絵の具のような雨水に指をつっこんだ。

見ただけではわからないけど、雨水は弱酸性《じゃくさんせい》だから長い時間あたっていれば、どんなにかたい岩でも溶《と》けて崩壊《ほうかい》する。「DISINTEGRATION《ディスインテグレーション》」(崩壊)は長い英単語だけど、スクラブルでは十六点にしかならない。

ふつう、英語でいちばん長い単語はこれだと思われている。

SUPERCALIFRAGILISTICEXPIALIDOCIOUS

スーパーカリフラジリスティックエクスピアリドーシャス。『メアリー・ポピンズ』のミュージカルに出てくる、三十四文字あって、五十六点の言葉だ。でもぼくはもっと長い英単語を知っている。

PNEUMONOULTRAMICROSCOPICSILICOVOLCANOKONIOSIS
ニューモノウルトラマイクロスコーピックシリコヴォルケーノコニオシス。こまかいシリカ粉塵《ふんじん》を吸《す》いこむことでおこる肺《はい》の病気を意味する言葉。これはすごい。四十五文字もあって、得点も七十点。でもスクラブルでは文字タイルを七枚《まい》までしか使えないから、実際《じっさい》にはこういう長い言葉では勝負できない。こんな言葉が現実《げんじつ》に存在《そんざい》しているっていうだけで、ちょっとむかつく。

図書室のドアをあけ、温かさの中に入っていった。書棚《しょだな》がならぶ奥《おく》のほうから、ひそひそと声が聞こえる。学校司書のアダムズ先生が立っているあたりだ。先生はタカのように目がよくて、ふざけたり本をよごしたりしている人をすぐに見つけだす。

「あーら、フィンレイじゃないの」アダムズ先生は大きな声でゆっくりと言った。ぼくを耳が聞こえないと思っているのか、バカだと思っているのか。それとも両方か。

「そのリュックに、また期限《きげん》切れの本が入っていないわよね」

ぼくはかぶりをふり、オリヴァーはまだ告《つ》げ口《ぐち》していないのだろうかと考えた。

「クラブに入りにきたの？」

ぼくはまたかぶりをふる。

「まあ、でも今日は運がいいわよ」先生はにこにこしながら、手まねきした。

本当は静かなすみっこにすわって、スクラブルのタイルを広げて、アナグラム（単語のつづり順を変えてべつの言葉を作る遊び）の練習をしたかった。空《あ》き時間ができて図書室に来ると、いつもそうしている。だけど、今日はアダムズ先生についていった。

ついた先は書棚《しょだな》の奥《おく》で、生徒たちが三つか四つのテーブルをかこんで静かにすわっている。

第六学年級（大学進学をめざす課程。日本の高校に近い）の生徒がふたり、各テーブルを見まわっている。

「プレイヤーがひとり足りないの」アダムズ先生がさししめしたテーブルでは、ニキビづらの十年生（日本の中学三年生）がひとりですわっている。学校で見たことがある顔だ。

突然《とつぜん》、これが放課後に活動しているスクラブルクラブなんだと気づいた。

一歩あとずさった。

「ほら、いらっしゃい」アダムズ先生がきっぱりと言う。「緊張《きんちょう》することないわよ。リアムがやりかたを教えてくれるから。いいわよね、リアム？」

リアムはどうでもよさそうに肩《かた》をすくめた。

ぼくはもうすぐ父さんがむかえにくるし、スクラブルはオンラインでしかやらないんですとことわりたかったけど、言葉が喉《のど》のあたりでかたまっていくだけだから、バカにされないように口をつぐんだ。

「やってみたいって思っているんでしょ？　ここでスクラブルのタイルをいじってるの、見たことがあるわよ」先生が言う。

みんなが聞いている。あせがひとすじ、背中《せなか》のくぼみをツーッと落ちていくのを感じた。何も言わずにつっ立っているわけにはいかない。

「ぼ、ぼくは……」

「やってくれるの？　よかったわ。じゃあ、すわって。リアムがゲームの説明をしてくれるから。お願いね、リアム」

「でも先生……」

「たのんだわよ、リアム」

「先生、おれが教えます」よく知っている声がうしろから聞こえた。「スポーツマンシップにのっとって、ちゃんと」

ふりむくと、オリヴァー・ヘイウッドが部屋のむこうから歩いてくる。

顔と首のあたりが急にチクチクしてきた。

「まあ、ありがとう、オリヴァー」アダムズ先生がリアムにしかめつらをむけながら言った。

「フィンレイ、よかったわね。オリヴァーは〈エジンバラ公アワード〉（青少年の自己修養を目的に、奉仕、運動、技能、冒険などの活動に応じて賞を授与するプログラム）のために、スクラブルを習いはじめたの。今じゃ、うちのクラブのエースよ。この調子で上達すれば、数週間後の大会に学校代表として出るチャンスもあるわ」

自分を遠くから見ている感覚におちいった。何もかもスローモーションになっているような感じ。オリヴァーはスポーツマニアだ。ボードゲームおたくタイプとは夢《ゆめ》にも思わなかった。

ケージに入れられたラットのように、追いつめられた気分だけど、もうどうしようもなかった。

リアムがそっとにげだし、オリヴァーがすわる。いっときもぼくから目を離《はな》さない。

「全力で教えますよ、先生」オリヴァーはゆっくりと言いながら、腕《うで》の包帯を見おろした。

「肩《かた》がものすごく痛《いた》いですけどね」

文字タイルにはそれぞれ決まった点数があり、そのタイルを使ったときに得点がもらえる。

アダムズ先生がいなくなったとたん、オリヴァーは前に乗りだして、けがをしていないほうの手でぼくの手首をぐっとつかんだ。

「ぶちのめしてやる、ヘンタイ」怒《いか》りのこもった低い声。腕の軟組織《なんそしき》にオリヴァーの指が食いこんでくる。「スクラブルでだけじゃない。おまえが思いもよらないときに、報復《ほうふく》してやるからな。おれの肩をやった見返りだ」

オリヴァーはまわりをさっと見まわして、誰《だれ》も聞いていないのを確《たし》かめた。

「ホーマーに呼《よ》びだされてないわけ、知りたいだろ」

ぼくは気にしていないふりをして肩をすくめた。心配しているなんてわかったら、こいつを喜ばせるだけだ。

「おれが告げ口《ぐち》してないからだ」

ぼくは待った。つづきがあるはずだ。

「準備《じゅんび》ができたら、おれが自らおまえに罰《ばつ》をあたえる」にやりと笑って、指をさらにきつく食いこませてきた。

ぼくは腕《うで》をいきおいよく引きぬくと、そこに置いてあったタイル袋《ぶくろ》を手にとって、中身をふった。

「フィ、フィンレイ、いいタイルを選べよ」オリヴァーが笑う。「そうしないと困《こま》るぜ。ついでに奇跡《きせき》を念じろ。でないと、おれには勝てないからな」

ぼくは歯を食いしばり、タイルを入れた袋《ふくろ》の奥《おく》に手をつっこんだ。

人をおどかすことにかけてはオリヴァーにかなわないけど、自分のやりかたで思い知らせてやる。

オリヴァーがボードにならべた単語は、S《ス》・K《キ》・I《ン》・N・T《ト》（一文無し）。電光石火でぼくはオリヴァーのIの上下にタイルを置いて単語を作る。

T《ト》・W《ゥ》・I《ウィ》・T《ィット》（まぬけ）。

ぼくはオリヴァーの顔を見た。

オリヴァーはタイル袋に手をつっこんで、こっちをにらみかえす。

「最大にまぬけな気分にさせてやる」すごみをきかせた声で言いながら、自分のタイルラックに新しいタイルをのせていく。

ぼくが袋の中をかきまわし、タイルを三枚《まい》とりだす間、オリヴァーはぼくのＴの横にＩとＮをならべてＴＩＮ《ティン》（ブリキ）にした。たったの三点。

ぼくはにやりとして、自分のタイルラックのＸに手をのばす。そしてオリヴァーのＩの上、ピンクの〈単語得点二倍マス〉に置いた。おいしい十八点。

「なんだよ、それ」オリヴァーがバカにして笑う。「ＸＩなんて単語ないだろ、アホ。やりなおせ」

ぼくはかぶりをふる。

「その得点は無効《むこう》だ。いかさまだよ」オリヴァーが声をあげる。「勝手に言葉をでっちあげるな」

アダムズ先生がやってきた。腕を組んでいる。

「どうしたの？」先生はゲームボードを見て、顔をしかめた。

「こいつが無知なんです。スペリングもまともにできてません。XIなんて言葉はない。それで十八点なんて、ありえないです」

「それがね、オリヴァー、XI《グザイ》という言葉はあるのよ。ギリシア語アルファベットの文字のひとつなの」アダムズ先生がぼくにむかってほほえむ。「じつをいうと、スクラブルではとてもよく使われる二文字の単語なのよ」

ぼくはアダムズ先生にほほえみかえす。単にオリヴァーにしかえしがしたくて。

「こんなゲーム、やってられるかよ」オリヴァーがかっとなって、タイル袋《ぶくろ》を放りだした。

「まあ、まあ、オリヴァー」アダムズ先生がなだめる。「エジンバラ公アワードのために、人助けをするんじゃなかったの？」

それからしばらく先生が立ってぼくたちのプレイを何巡《じゅん》か見ている間、オリヴァーはキッと口を結んで、こっちを見なかった。

オリヴァーが作った単語は、T・U・R・N《ターン》（まわる）、C・L・A・S・P《クラスプ》（にぎる）、B・O・O・K《ブック》（本）。

ぼくは、中近東の市場を意味するS・O・U・K《スーク》という単語をならべた。それから、すでにボードにあったタイルを利用して、V・E・N・T・U・R・O・U・S《ヴェンチュロス》という単語を作った。これはADVENTUROUS《アドヴェンチュロス》（冒険《ぼうけん》好きな）と同じ意味。この言葉で六十五点もらった。そのあと、本当はもっと高得点の単語も作れたけど、あえてT・H《サ》・U・G《グ》（悪党《あくとう》）という言葉をならべてオリヴァーにむかってにやりとした。やつの顔が真っ赤になるのをながめる満足点を獲得《かくとく》できたわけだ。

得点が358対179でぼくの優勢《ゆうせい》になったとき、オリヴァーは文字タイルのならんだ自分のタイルラックをひっくりかえすと、椅子《いす》をうしろにおしやって、ひとことも言わずに出ていった。

第六学年級の先輩《せんぱい》のひとり——頭にスカーフを巻《ま》いた背《せ》の高い女の子——がこっちを見た。ちょっといたずらっぽい目つきで、にこっとする。

アダムズ先生はあきれたように首をふりながら、出ていくオリヴァーを見ていた。

「ねえ、マリアム、どうやらスクラブルの穴馬《あなうま》が現《あらわ》れたみたいね」先生は女の子のほうを見てから、ぼくに視線《しせん》をもどした。

「そのようですね、アダムズ先生」女の子がこたえる。

先生はぼくのほうにかがみこんだ。

「それじゃあ、フィンレイ、つぎの挑戦《ちょうせん》を受けて立つ準備《じゅんび》はできた？」

ぼくは先生を見つめかえす。

「あ、あ……」

「はい、ってことね？　うれしいわ」

「あ、あの……」

「どんな挑戦《ちょうせん》かって？　それはね、マリアムと対戦することよ。明日の昼休み、ここにいらっしゃい」アダムズ先生はにやりとすると、口もとに手をやって、わざとらしく大きなひそひそ声を出した。マリアムには聞こえていないふりをして。「ここだけの話だけどね、マリアムはスクラブル世界ユース選手権《せんしゅけん》大会のパキスタン代表チームにいたのよ」

ぼくはマリアムのほうを見た。スカーフのはしから、小さな黒っぽいきらめきが、こっちにむかってチカチカ光った。

スクラブルクラブに入る気はさらさらない。オリヴァーとあんな対戦をしたあとでは、とても。でも、マリアムのようなすごい相手とプレイするのは楽しいかもしれない。たとえ勝ち目はなくても。それにともかく、ひとりで体育館の倉庫の前にすわって、昼休みが終わるチャイムが鳴るまで待っていなくてもよくなる。

「興味《きょうみ》ある？」アダムズ先生がきく。

ぼくはうなずいた。

「ああ、よかった。じゃあ明日、十二時半にここでね」アダムズ先生がそう言ったとたん、父さんから外にいるというメールが来た。

6

空白のタイルの点数は零点《れいてん》である。

バンに乗ると、父さんはそれまで聞いていた八十年代ヒット曲プレイリストを消した。つまり、ぼくと話をしたいという意味だ。

雨がやんだから、ぼくは窓《まど》を少しあけて、落ちていたタバコの空《あ》き箱《ばこ》を足でどけた。

「フィンレイ、おれはこれからちょくちょく家をあけないといけないんだ」父さんが言った。道路をまっすぐ見つめ、いつもよりまじめな顔をしている。「週に二、三日だけ、泊《と》まりがけで出かけることになる」

口の中で文字や言葉がつまりはじめる感じがする。何を言おうとしているのか、自分でもまだわからないのに。

「おまえをひとりにしておきたくはない。それはわかってるだろ。だがな、この仕事は報酬《ほうしゅう》がいいんだよ」父さんはちらっとこっちを見た。「なあ、父さんがいなくてもだいじょうぶか？」

ぼくはうなずく。

「週に二、三日は自力で学校から帰ってこないとならないんだぞ」

「だ、だいじょうぶ」

放課後に毎日、父親にむかえにきてもらわないとならない、でかいガキだと学校じゅうの人に思われるくらいなら、オリヴァーと対決するほうがましだ。

「おまえはもう大きい青年だ。十四歳《さい》。もうすぐ四十四歳になるんじゃないかって、そんなふうに思うときもある。おれがそのくらいの年だったころにくらべたら、おまえはずっと分別があるよ。おれに似《に》たんじゃなくて……」

父さんの言葉がとぎれた。ぼくは父さんの顔を見た。

「ともかく、その年ごろのおれより分別があるって言いたかったんだ」

父さんとぼくは、けっして母さんの話をしない。にもかかわらず、母さんはいつもそこにいる。ぼくたちの言葉の間の沈黙《ちんもく》に。

「ぼ、ぼくは、だ、だいじょうぶだから」なんとか口に出す。

その言葉が本当なのかさぐるように、父さんがこっちを見るけど、何も言いはしない。

音楽がないと、ディーゼルエンジンのうなりとブレーキのきしみがよく聞こえる。放課後のスクラブルクラブの話をしたいけど、言葉を口に出す労力を考えると、おなかがこわばってくる。それでも、話すことにした。

「ス、スク……」だめだ、出てこない。

「スクラブルか？」父さんが助け船を出す。

ぼくはうなずく。

「い、今。が、学校の、と、図書室でやった」

「そうか、よかったな」父さんが赤信号で止まり、ハンドブレーキを引いた。ハンドルを指で軽くたたいている。八十年代の音楽がまだ頭の中で鳴っているみたいに。

「おれにはボードゲームのおもしろさはわからないんだよ。おまえくらいの年だったころは毎日サッカーをやってたからな」視線《しせん》をあげて、雨の兆候《ちょうこう》がないか確《たし》かめる。「うってつけの天気だ。その、サッカーをするのにな」

明日の昼休みにマリアムと対戦する話はまだしていない。舌《した》の上にジェンガのブロックをつみあげるように言葉のタワーができていく。

しゃべろうと口をひらくと、言葉が小さなとげとげの木片《もくへん》になって、こぼれ出ていきそうだ。黙《だま》っていたほうが楽だ。

家に帰って夕食を食べているとき、父さんが新しい仕事について話してくれた。南のブライトンまで行って一泊《ぱく》しないといけないみたいだ。海辺の塀《へい》にかこまれた高級住宅地《じゅうたくち》に新築《しんちく》される、豪華《ごうか》な家の造作《ぞうさく》工事の契約《けいやく》がとれたらしい。

「これで出世できるかもしれないぞ」父さんはケチャップにひたったソーセージを半分、口につめこみながら言った。「建設《けんせつ》業者にみとめられれば、もう目玉焼きとベイクドビーンズの夕めしとはおさらばだ。まちがいない。毎晩《まいばん》シャンパンとキャビアだよ」

それは期待したいけど、あいにく父さんの大好物はフライドポテトと目玉焼きとベイクドビーンズときている。結婚《けっこん》十五周年の記念日に母さんを気どったアフタヌーンティーにつれていったときさえ、父さんは卵《たまご》とベイクドビーンズをたのんでいた。だから夕食をシャンパンとキャビアにするなんて、絶対《ぜったい》にありえない。

そのとき、アレックスの話をまだしていなかったことに気づいた。

「あ、あ、新しい子と、し、知り合いになった」

「学校でか？　よかったな。おまえには友だちがもっと必要だ。おれがおまえくらいの年だったころは、仲間が何十人もいたよ。学校が終わったあと、みんなで公園に集まってたもんだ。このあいだ友だちのピートが言ってたんだよ。息子《むすこ》がろくに家にいないって。それで、おまえのことを考えてしまってな。ほとんど部屋にこもりっぱなしで、オンラインのつまらない単語ゲームをだらだらやってるだけじゃないか」

父さんは口に入っていたものをのみこむと、持っていたフォークをわざわざ置いた。

「なあ、友だちを作るのがたいへんなのはわかってる。うまく話せないわけだしな。ほんとに気の毒なことだよ」父さんは、はげますようにほほえんだ。「あのな、この仕事がうまくいったら、おまえを助けてくれるような治療《ちりょう》の専門家《せんもんか》のところにつれていこうかと思ってるんだ。おまえはどう思う?」

顔がかっと熱くなった。

父さんはぼくの吃音《きつおん》をめったに話題にしない。父さんもはずかしいと思っている。放っておけば自然に治ると、ずっと言いはってきた。だから、ぼくをどこかにつれていこうと言ってくれたのは、すごいことなのだ。

問題は、ぼくが「治療の専門家のところ」に行って、むりやりしゃべらされたくないことだ。これまで父さんが「えらそうな知ったかぶりのセラピスト」と呼《よ》んでいたような人たちに。

それよりも黙《だま》っているほうがいい。そうすれば吃音は目だたずにすむかもしれない。

「と、父さん、あ、ありがとう。で、でも……」

「よし。決まりだ」父さんはにっこりして、フォークをまた手にとった。「さてと、食後に缶詰《かんづめ》フルーツとアイスクリームはどうだ?」

ゲームのはじめに、各プレイヤーはタイル袋《ぶくろ》から文字タイルを一枚《まい》、見ないでとりだす。

父さんが仕事にもどる準備《じゅんび》をする間、ぼくはよごれた皿を流しに重ねた。

「そんなにおそくはならないよ」父さんがキッチンに入ってきて、肩《かた》をすぼめるようにしながら厚手《あつで》のウールの上着を着た。「セントアンズの公営住宅《こうえいじゅうたく》の床板《ゆかいた》を張《は》りかえて、それからまたテイラーさんの裏戸《うらど》だ。いったいいつになったら新しいのにとりかえるのやら」

テイラーさんには十年前に亡《な》くなっただんなさんが残した財産《ざいさん》がいっぱいある。

「あのおばさんは何をとりかえるのも大きらいなんだよ」父さんは階段《かいだん》のふもとで靴《くつ》ひもを結びながら、大声で言った。「もう何度も言ってあげてるのにな。おれに払《はら》いつづけてる修理代《しゅうりだい》で、錬鉄製《れんてつせい》のかっこいい門が買えただろうにって」

父さんは商売上手とはいえない。いつもお客さんに、どうすればお金を節約して自分をあまり呼《よ》ばなくてすむのか、アドバイスしている。母さんのほうが目はしがきいた。いなくなる一年前に、自分でIT《アイティー》コンサルティングの会社を立ちあげ、かなりうまくいっていた。この地域《ちいき》の大きなIT業者との契約《けいやく》も勝ちとった。

母さんはものすごく働いた。でも、何のために？

母さんがいなくなったあと、父さんは母さんが会社をたたんでいたことに気づいた。それもまた、理解《りかい》できないことのひとつだった。

父さんが出かけたあと、ぼくは自分の部屋にもどった。皮膚《ひふ》がむずむずするし、足をじっとさせていられない。

いったん母さんのことを考えはじめてしまうと、止めるのは難《むずか》しい。

ネヴィルはまだ出てこないから、話しかけられない。

タイル袋をさかさにして、アナグラムの練習ができるように父さんがくれた、正方形の大きな木製《もくせい》ボードに中身をあけた。

文字タイルがカチャカチャ出てくる音が心地よい。あわいクリーム色のプラスチックに書かれた、くっきりした黒の文字にさわると、しっかりした感触《かんしょく》がある。九十八枚のタイルを文字が上にむくように置いて、二枚の空白のタイルはわきによけた。文字タイルを六枚選んでならべ、単語を作る。

VETOED《ヴィトウド》（拒否《きょひ》した）。

文字をいろいろ動かし、作れるかぎりの単語を作って、アナグラム用のノートに書きこむ。

DEVOTE《デヴォート》（ささげる）、VOTE《ヴォート》（投票する）、TEED《ティード》（ゴルフボールをティーにのせた）、DOVE《ダヴ》（ハト）、DOTE《ドウト》（溺愛《できあい》する）、VETO《ヴィトウ》（拒否する）。

セラピストのところには行きたくない。父さんは行こうと言ったけど。それよりも、あまりしゃべらないでいて、どもらなくなるのを待っていたほうがましだ。それに、ほかにも使えるワザがある。どもりがちな言葉を避《さ》けて、もっと楽な言葉で言いかえることもできるのだ。

木のボードにならぶ文字タイルは、ぼくが置いたとおりの場所にある。勝手に変身して、ほかの人に通じない言葉になったりはしない。

胸《むね》がさっきほどドキドキしなくなり、むずむずする感じもなくなった。

ぼくはVETOEDをおしのけ、ノートをめくって新しいページを出した。新しい単語をならべる。

DISEASE《ディジーズ》（病気）。

SEASIDE《シーサイド》（海辺）、EASES《イーズズ》（楽になる）、IDEAS《アイディアズ》（思いつきや考え）、
SEISE《シーズ》（つかむ）、ASIDES《アサイズ》（わきぜりふ）、SAID《セッド》（言った）。

ぼくはみんなに「あの吃音《きつおん》の子」だと思われたくない。クラスで目だたないふつうの子に、自分を作りかえられたらと思う。母さんが絶対《ぜったい》に置きざりにしたくならないような子に。新しく七文字を選んで、集中しようとした。吃音はなくせるはずだ。時間さえかければ。知ったかぶりのセラピストなんかと話したくない。

時計を見あげる。6：30ＰＭ。スクラブル仲間がオンライン上に集まってくるころだ。スイッチをおすと、パソコンが生きかえる。文字タイルをつかんで袋《ふくろ》にもどし、顔をあげると、メッセージボックスがチカチカしていた。

ハイ、フィンレイ。ゲームしない？　Ａ☺

まるでアレックスがぼくのログインを待っていたかのようだ。親友がいるというのは、こういう感じなのかも。

ハイ、アレックス。いつでもＯＫだよ

アレックスにはチャット禁止《きんし》のルールを教えてやらないといけないけど、それはあとでもできる。

ぼくの先攻《せんこう》。バーチャルのタイルにはこんな文字がならぶ。Ｔ・Ｖ・Ｅ・Ｐ・Ｓ・Ａ・Ｌ。

ぼくはボードの中央に最初の単語をならべてクリックした。

Ｐ《ペ》・Ａ《イ》・Ｖ《ヴ》・Ｅ・Ｓ《ズ》【10】（舗装《ほそう》する）

今日はいい日だった？　アレックスがきいてきた。

どういうわけか、チャットが来ても前回ほどいやな感じはしなかった。今日のできごとをアレックスに話したくなってさえいる。話してもいい部分は、だけど。ちがう自分を作ったって、むこうにはわからないだろう。

悪くない。そっちは？

学校サイアク。二時間ぶっつづけで数学

つらいね　ぼくは返信する。今日はじめて放課後スクラブルクラブに行ったよ

いいね。勝った⁇

うん、明日の昼、元チャンピオンと対戦する

きっと完勝だよ！

父さんとセラピストの話をしていたときから頭の上にたれこめていた暗雲が、やっと晴れていった。

自分がしようとしていることに興味《きょうみ》を持ってくれる人がいるのは、すごく気分がいい。

アレックスは、ぼくのVを使って、V《ヴ》・A《ア》・P《ピ》・I《ッ》・D《ド》（気の抜《ぬ》けた）とプレイして、十一点獲得《かくとく》した。

うまい　ぼくは打ちこんだ。

あ、マズイ。二分でもどる

オンライン上の自分のタイルラックにならぶ文字を見つめながら、アレックスのほうでは何があったんだろうと思った。ようやく、P《プ》・R《リ》・I《ン》・N《ト》・T（印刷《いんさつ》する）という単語に決め、アレックスのPを使って、〈文字得点二倍マス〉にかかるようにならべた。

六分たっても、アレックスから反応《はんのう》がない。

だいじょうぶ？　と、メッセージボックスに打ちこんだ。

さらに五十二秒たってから、返事がもどってきた。

ごめん。親がうるさくて

えっ、だいじょうぶ？　ほかに言うことを思いつけなかった。

うん、まあ。親同士のけんか。またか、って感じ

母さんと父さんがけんかしていたとき、自分が溶《と》けて消えていくような感じがしていたのを思い出した。けんかは母さんがいなくなる直前にひどくなった。争う声も大きくなり、回数もふえた。

ぼくは返事をしないで、アレックスがプレイをつづけるのを待つことにした。

うちの義理《ぎり》の母親に、なんで父親がガマンできるのか、謎《なぞ》。サイテイな女なのに

強烈《きょうれつ》な言葉。どうこたえたらいいかわからないから、悲しい顔の絵文字を送った。

つぎに返ってきた言葉を見たとたん、心臓《しんぞう》がバクバクして、口の中がカラカラになった。

だって二年くらい前、さよならも言わずに元の家族を見捨《みす》ててきたんだよ？　それって、ゆるせる？

8

「A」にいちばん近い文字タイルを引いた人から、プレイをはじめる。

木曜日

午前二時、なぜか急に目が覚めた。

また寝《ね》たいのに眠《ねむ》れない。今日はマリアムと大事なスクラブルの試合があるのに。

人生はよく、へんな引っかけみたいなことをしかけてくる。翌日《よくじつ》、大事な予定があるときにかぎって。眠れなくちゃいけないと思えば思うほど、脳《のう》が冴《さ》えてくる。メラトニンの量が少ないからだと科学者は言うけど（メラトニンが何なのかは置いておく）、ぼくに言わせれば、心配事があるせいだ。ただ単に。

ぼくの心の中は、はげしくゆれうごいている。質問《しつもん》したり答えをもとめたりしているけど、答えなんかない。アレックスが、義理《ぎり》の母親が家族を見捨《みす》てたと言ったとき、ぼくはひとことも返さなかった。ただパソコンの電源《でんげん》を切って、じっとすわったまま、寝室《しんしつ》の壁《かべ》をいつまでも見つめていた。

なぜって、それはまさに母さんがぼくと父さんにした仕打ちだったから。二年前に。だいぶたってから、ネットにもどってみた。もう少しくわしいことが聞けるかもしれないと思って。でも、アレックスはもういなかった。

「わたしは偶然《ぐうぜん》っていうものを信じないの」と、母さんはいつも言っていた。だけど、ここにものすごい偶然がある。そこに関係しているのは、母さんと同じような人物だ。それどころか……ぼくの息が喉《のど》につまる……もしかしたら母さんそのものなのだ。

もしもアレックスの義理の母親とぼくの母さんが、〈同一人物〉だったら？

むちゃくちゃだって、わかっている。でも、その可能性《かのうせい》を頭の中から追いはらうことができない。

かけぶとんをはぐと、ベッドに起きあがって、カーテンのすきまから外をのぞいた。となりの通りにならぶナトリウム電灯《でんとう》のオレンジ色の明かりが部屋にさしこむ。

こんなにずっと、母さんのことを頭の奥《おく》におしこんでいたのに、母さんが予想《よそう》以上に近くにいるかもしれないと思っただけで、胃《い》の中がぐちゃぐちゃのモヒート——母さんがよく飲んでいたほろ苦いカクテル――みたいな状態《じょうたい》になってくる。

両手で顔をおおって、そういう考えを頭からしめだそうとした。二日前まではアレックスなんてやつのこと、知りもしなかったのに、今ではそいつが母さんと暮《く》らしてると思いこんでいる。そんなことを考えているなんて、人に言ったら、すぐにでも病院につれていかれそうだ。

ぼくは息を深く吸《す》いこんで、ゆっくりと吐《は》きだした。仲のいい友だちがいなくなってから、だいぶたつ。前の学校では、友だち同士でしょっちゅうおたがいの家を行き来していた。父さんと引《ひ》っ越《こ》すことが決まったとき、これからも仲間でちょくちょく会う方法を見つけようって、みんなで言っていた。連絡《れんらく》をとりあおうって。でも、まだ十二歳《さい》だったぼくたちには、二十キロもの距離《きょり》は遠すぎた。

今から思うと、うまくいくわけがなかったんだ。

アレックスと友だちになるチャンスをふいにするようなことはしたくない。しかも単なる想《そう》像《ぞう》のせいで。人とうまくやっていけるかどうかは、初対面でわかるものだ。勘《かん》にすぎないけど、アレックスとは親友になれそうな気がする。

カタカタ音がはじまって、おがくずがカーペットに飛びちりだした。ネヴィルがめちゃくちゃないきおいで、回し車の中をぐるぐる走っている。きのうぼくが入れかえた新しいおがくずのにおいがする。そっと近づいていって、ケージの横にすわった。ネヴィルのつぶらな黒い目が、暗がりでキラッと光る。みがきこまれた黒玉の小さなボタンみたいに。

ネヴィルは母さんからの誕生日《たんじょうび》プレゼントだった。いなくなるほんの二か月くらい前のことだった。母さんが居間《いま》に入ってきて、ぼくと父さんにこう言ったのを覚えている。動物に話しかけると、吃音《きつおん》がよくなる人がいるっていう記事を読んだのよ、と。

父さんが、そんなのはまったくのたわごとだと言って、ぼくとふたりで笑った。だけどネヴィルと暮《く》らしはじめたら、母さんの言うとおりだった。

「ネヴィル、どう思う?」ぼくはささやく。「アレックスと暮らしてるのって、ほ、ほんとに、母さんなのかな?」

ネヴィルは終わりのないマラソンを走るのに夢中《むちゅう》で、ぼくがいることにすら気づいていない。自分を追いこんでいるけど、何のために? その先に何もないのに。

コップに一杯《ぱい》水を入れてこようと、そっと階段《かいだん》をおりていったら、父さんが椅子《いす》でぐっすり眠《ねむ》っていた。

ゆうべおそく帰ってきて、ぼくの様子を見に部屋をのぞいたのは聞こえていた。ときどき、ぼくが以前のようにひと晩《ばん》じゅう列車の記録をとっていないのを確《たし》かめたいだけなんじゃないかと思う。

本当は父さんに、母さんとアレックスのことを話したかったけど、言葉が喉《のど》につまって出てこないから、眠ったふりをしていた。そのほうが楽だったから。
一、二分の間、父さんの椅子の前で、厚《あつ》い胸板《むないた》が深い呼吸《こきゅう》に合わせて上がったり下がったりするのを見つめた。黒くて太い髪《かみ》の毛《け》が片方《かたほう》の目にかぶさっている。その髪に白いものが混《ま》じっていることに、はじめて気づいた。
眠る父さんの顔つきはやわらいでいる。眉間《みけん》の二本の縦《たて》じわもゆるんでいるけど、両手は、今にも椅子からすべり落ちるのをおそれているように、しっかりとひじかけをつかんでいる。

小さいころ、よく父さんの背中《せなか》によじのぼっていた。

父さんは巨人《きょじん》のように家の中をのし歩き、ぼくをさがしまわったものだった。背中にしがみついているのに気づかないふりをして。父さんが着ていたチェック柄《がら》のシャツの、やわらかいフランネルの感触《かんしょく》を覚えている。シャツからは木材やクレオソートやつんとするニスのにおいがした。安心できるにおいだった。

今、父さんのほうにかがんでみたら、きっとタバコくさいだけだろう。一瞬《いっしゅん》でもひまになると、父さんはタバコに火をつける。胸《むね》にあいた空洞《くうどう》をうめようとしているみたいに。

父さんの作業靴《ぐつ》は色あせて暗い砂色《すないろ》になっている。傷《いた》んだ革《かわ》の内側《うちがわ》から、爪先《つまさき》を保護《ほご》する金《きん》属《ぞく》がつきだして、まるで黒ずんだ歯のようだ。靴《くつ》をはいたままの父さんの足のまわりに、現場《げんば》のよごれや土のかたまりが、ばらばらちらばっている。

母さんがいなくなって一か月後くらいに、ぼくたちは引《ひ》っ越《こ》した。借金がへるとか、いやな思い出だとか、父さんはつぶやいて、すべてが決まった。ぼくは友だちと別れ、学校を去った。母さんがもどってきて、ぼくたちをさがすことになったらどうしようと心配だった。

「そんなことがあるわけない」ぼくの質問《しつもん》に、父さんは怒《おこ》ってこたえた。

それからは、ぼくは何もきかなかった。悪い夢《ゆめ》にうなされるようになったことも黙《だま》っていた。まったくしゃべらないようにした。

前の家では、いらいらするようなルールがいろいろあった。

〈家の中では土足禁止《きんし》〉

〈毎食、新鮮《しんせん》な野菜かサラダを食べる〉

〈炭酸《たんさん》飲料禁止《きんし》。コップに炭酸を入れてコインを落とすとどうなるか見たでしょ？　そんなものをおなかに入れたらどうなると思う？〉

そういうルールをとりもどしたい。

何もかも遠い昔みたいで、放課後に校庭で友だちと遊んだことや、みんなで小銭《こぜに》をかきあつめてポテトチップスを買って分けあったことなど、ほとんど記憶《きおく》から消えている。

だいたい、思い出したくもない。

ぼくは電気を全部消した。廊下《ろうか》の明かりをのぞいて。父さんのことは起こさなかった。

五月十四日（木曜日）

母さんへ

午前2：30にしては重い話になるけど、ききたいことがあるんだ。誰《だれ》かがいなくなったときに置いていったものは、まだその人のものだと思う？

母親がいない子はまわりにもいる。学校でも、お母さんが死んじゃった人たちがいて、みんなに気の毒がられていた。でも母親がいなくなっても、ある意味では、いるみたいでもある。パソコンの授業《じゅぎょう》で、オンラインのTEMPLATES《テンプレイツ》【13】（テンプレート）を使って母の日のカードを作った子たちがいた。イーヴィ・サンダーズでさえ、去年お母さんを交通事故《じこ》で亡《な》くしているのに、カードを作っていた。ピンクのバラといっしょにお墓《はか》にかざるんだと言って。まるでお母さんがまだいて、それを見られるとでも思っているように。カウソーン先生は、それはとてもすてきな気持ちだよと言って、イーヴィの友だちはみんなで女の子たちがよくやるべたべたしたハグをしあった。

ぼくも母さんにカードを作ろうと考えた。本当に作りたかった。でも、カウソーン先生には最後までそう言えなかった。っていうのは、なんだかちがう気がしたから。母さんは死んでいない。ただ出ていった場合は、ルールが当てはまらない感じがしたんだ。

母さんがどこにいるのか知りたくて、考えつくかぎりの方法で調べた。母さんの名前をあらゆる表記でグーグル検索《けんさく》した。今の名字も旧姓《きゅうせい》も、昔の住所も。母さんが仕事をしていたI《アイ》T《ティー》会社にまで電話したけど、だめだった。ぼくが二十五歳《さい》の大人だったら、もっと調べられたかもしれない。私立探偵《しりつたんてい》をやとって追跡《ついせき》できたかもしれないし、少なくとも母さんの知り合いにきくことはできたと思う。

でも電話で話そうとしたとたん、ぼくはママをさがしてるかわいそうなちっちゃい子みたいに思われて、誰《だれ》も相手にしてくれない。

父さんと話そうとしたけど、母さんのことを言ったとたんに、顔にぶあついカーテンがおりたようになってしまう。母さんとけんかして、母さんの巧《たく》みな言葉で言い負かされてバカにされたと思ったときの、あのけわしい顔つきになってしまう。

引《ひ》っ越《こ》して二か月くらいたったころ、寝室《しんしつ》にとじこもって、一階におりていかなかったことがある。前の友だちに送るビデオメッセージを作ろうとしたけど、言葉がちゃんと出てこなかった。父さんがごはんを食べにおりてくるように説得しにきて、そのときのやりとりが録画されている。もう何回も見たから、目をつぶると、頭の中で再生《さいせい》できるくらいだ。

「も、も、もしかしたら、母さんはぼくたちに、た、た、助けてほしいと思ってるかもしれないじゃないか!」ぼくがさけぶ。「も、もしかしたら、わ、悪いことがおこって、家に、か、帰れなくなったのかも。母さんのこと、た、ただ忘《わす》れるなんてできないよ」

「おれを信じるんだ、フィンレイ。母さんは無事だ」

「で、でも、な、なんでわかるんだよ?」ぼくはどなる。「れ、連絡《れんらく》が来たのに、だ、黙《だま》ってたの?」

「いや」父さんが静かに言う。「連絡は来ていない。もし連絡があれば、かならずおまえに言うよ。約束する」

「じゃ、じゃあ、なんで母さんが無事だって、わ、わかるんだよ?」ぼくは父さんをにらみつける。ぼくの両手が拳《こぶし》の形になるのがビデオに映《うつ》っている。

「な、なんで、母さんはぼくたちがさがすのを待っていないって、わ、わかるんだよ?」

よく見ると、父さんの「顔のカーテン」にＣＨＩＮＫ《チンク》【14】(すきま)が現《あらわ》れるのが見える。でも、そこにあるのは光や希望ではない。真《ま》っ暗闇《くらやみ》だ。まるで停電になって、ひと筋《すじ》の光も残っていないみたいだった。

父さんが言う。

「なんで母さんの無事がわかるかって？　母さんは父さんとの共同名義《めいぎ》の口座《こうざ》から、自分の名前を消したんだ。購読《こうどく》していた雑誌《ざっし》を止めた。ヨガのクラスでいっしょだった女の人に、もうレッスンに来ないと言った。おまえの学校に登録していた保護者《ほごしゃ》の連絡先《れんらくさき》をおれの名前だけに変えた」父さんはぼくの肩《かた》をつかんで、ぼくの顔をじっと見る。けわしい目が光っている。「だから、わかるんだよ、フィンレイ。母さんは、おれたちに見つかりたくないんだ」

母さんはいなくなることを、言うべき人みんなに言っていた。ぼくと父さん以外には。ぼくたちには、何も言わなかった。

何か理由があるはずだ。説明が。母さんのような人が、ただいなくなるわけがない。置きざりにすると決めたぼくのことを、まだ息子《むすこ》だと思ってる？　それとも、もう忘《わす》れてしまった？

ぼくは決して母さんのことを忘れない。

愛をこめて。
フィンレイ　×

9

空白のタイルを引いた人は、その場で、最初のプレイヤーに決まる。

学校に着いて、図書室の前を通ったとき、アダムズ先生が顔を出した。

「おはよう、フィンレイ。昼休みにマリアムとスクラブルの対戦よ。忘れないでね」先生はゆっくりしゃべる。ぼくに理解力《りかいりょく》がないと思っているみたいに。「そのあとで、試合についておしゃべりしましょう。マリアムが上達のこつを教えてくれるかもしれないわよ」

廊下《ろうか》を歩くぼくのうしろから、先生の声がひびく。

ぼくはふりかえって、ちょっとうなずいた。すっぱい味のつばを飲みこみながら。

マリアムとしゃべるには、言葉をむりやりおしださないといけない。古くてかたまった練り歯みがきをくしゃくしゃのチューブからしぼりだすように。

その前に連続二時間、数学の授業《じゅぎょう》があるけど、それはそんなに苦じゃない。数字は現実的《げんじつてき》で裏表《うらおもて》がない。しかも、ほとんどしゃべらなくてすむ科目だ。

スクラブルでは、言葉の意味を知らなくてもかまわない。ゲームで重要なのは点数だ。

トレヴァー先生が、ホワイトボードで方程式《ほうていしき》を解《と》く立候補者《りっこうほしゃ》をつのる。

案《あん》の定《じょう》、教室はシーンとなる。

「フィンレイ、きみの腕前《うでまえ》をしばらく見せてもらっていなかったな。この難問《なんもん》に挑戦《ちょうせん》してみないか？」

心臓《しんぞう》がズドンと靴《くつ》の中に落ちこんだ。先生のなかには、おおぜいの前でしゃべると吃音《きつおん》がよくなると思っている人もいる。トレヴァー先生もそのひとり。

最後列で、笑いがわきおこる。

「答えは、ご、ご、五かな、フィンレイ？　それとも、ご、ご、五十、ご、ご、五か？」

ぼくは両手のひらを机《つくえ》におしつけた。それでも手がふるえている。

「オリヴァー！」トレヴァー先生がどなる。「いつもより頭が冴《さ》えているようなら、正解《せいかい》を言ってもらうぞ」

笑いがおさまった。

「フィンレイ、前に出なさい」トレヴァー先生が明るく楽しそうに言う。「答えを言ってから、ホワイトボードに書いてくれたら、みんなが見られるから」

立ちあがると、顔がほてっているのを感じる。もしかしたら何も言わずにすむかもしれない。何かを伝えるのに、言葉なんかいらない人たちもいる。たとえばアラスカに住むイヌイットは、今もユピック語という、口笛のような言語を使っている。巨大《きょだい》な山脈《さんみゃく》やけわしい大峡谷《だいきょうこく》を越《こ》えて、会話ができるのだ。遠くにいる人と話すには、口笛がいちばんいい。

ユピック語を話す子は、自分の名前を口笛でどう吹《ふ》くのか習う。「フィンレイ」は口笛ではどんなひびきなんだろう。それを知っていれば、へんな振動音《しんどうおん》を何度もくりかえしながらむりやり自分の名前を言わなくてもすむ。トレヴァー先生にも今すぐ口笛で答えを吹けばいいのだ。

ホワイトボードにむかって歩いているとき、小さなかたい物が頭のうしろに強く当たった。教室のすみへ消しゴムがはねていく。

ぼくは黙《だま》って方程式を解いて、答えをボードに書いた。トレヴァー先生の口が動いているのが見えたけど、水の中にいる人のようだった。ぼくはあせばんだ手をズボンでぬぐい、できるだけふつうに呼吸《こきゅう》をしながら、自分の席にもどりはじめた。まるで、せいいっぱい走らないといけないのに、宇宙飛行士《うちゅうひこうし》のようにしか進めない夢《ゆめ》の中にいるようだった。

背中《せなか》のほうから、前列の人たちが鼻先で笑う声がした。ぼくの前には、最後列のオリヴァーがいる。口が「フィ、フィ、フィンレイ」と言う形になっている。でもぼくの耳もとでは血がドクドク流れていて、オリヴァーが何を言っているのかわからない。

「静かに！」トレヴァー先生が大声を出す。「さもないと、全員、休み時間に居残《いのこ》りだぞ」

ぼくは口を結び、ユピック語で口笛を吹《ふ》いているつもりになった。息を吹きだしたけど、音は出さない。ほんのかすかな音さえも。〈オリヴァー・ヘイウッド、おまえはサイテイなダメ人間だ〉、自分がイヌイットなら、面とむかってそう吹いてやれる。オリヴァーには意味がわかりっこない。

二時間目の数学のあと、科学棟《とう》の裏《うら》にあるみすぼらしい草むらにすわって、アナグラムのノートに目を通した。図書室に行くまでの時間つぶしだ。

昼に〈闘牛場《とうぎゅうじょう》〉、つまり食堂に行くことはほとんどない。

以前、父さんと母さんが一週間くらい、何かのことで口げんかをしていたことがあった。ふたりはいつもキッチンのドアをしめていたけど、それでも聞こえてはくる。そのけんかが終わったあと、父さんは母さんの誕生日《たんじょうび》のお祝《いわ》いに、ないしょで長めの週末旅行を予約して、みんなでスペインのセビリアに行った。

セビリアは美しい街だけど、バルセロナとちがって、闘牛を禁止《きんし》していない。

ガイドの人が闘牛場に案内してくれて、どんなふうに牛に薬物をあたえて、勝ち目がないようにするのか、説明してくれた。

「人間って、とんでもなく残酷《ざんこく》になれるのよ、フィンレイ」と母さんは言った。「決して忘《わす》れないで」

学校の食堂では、ぼくはあの牛と同じだ。薬物をあたえられている気さえする。すみのほうに静かにすわって、人とかかわらないようにしていても、見守り担当《たんとう》の大人のそばにいても、決まって誰《だれ》かがやってきて、つっついて反応《はんのう》を引きだそうとする。

リュックから小さいビニール袋《ぶくろ》をとりだした。昼食になりそうなものが家にあまりなかったから、今日はジャムをぬったパン一枚《まい》とリンゴと期限《きげん》切れのヨーグルトだけだ。

父さんはいつもバタバタしているから、仕事帰りに買ってくる夕食の材料以外のものは忘れてしまうことがある。でも、今日は食欲《しょくよく》がわかないから、全然問題ない。

なんだか緊張《きんちょう》している。バカみたいに。

そもそも、どうしてマリアムとスクラブルの対戦をするなんて、言ってしまったんだろう。マリアムは元パキスタン代表なのだ。そんな人と戦ったら、ピザにのせるチーズみたいに、ズタズタにされるに決まっている。

図書室のドアに来たころには、とんでもないことを引き受けてしまったと、完全に後悔《こうかい》していた。喉《のど》の奥《おく》がかわいてこわばっている。まるですでに言葉が列をつくりはじめ、口をひらいた瞬間《しゅんかん》に、吃音《きつおん》の大爆発《だいばくはつ》をおこそうとしているかのようだ。

〈やめたっていいんだよ〉

いつものように頭の中の声が言う。バカをさらさないように黙《だま》っていろと、いつも勧《すす》めてくる声だ。今日はその声の言うとおりだと思った。わざわざこんなことをしなくたっていい。忘《わす》れていたと言えばいいんだ。

三歩ほど引き返したとたん、うしろで図書室のドアがサーッとあいた。

「フィンレイ、時間ぴったりじゃないの」アダムズ先生が声をあげ、廊下《ろうか》に出てきた。「朝からずっと楽しみにしていたのよ」

先生におされて、いっしょに図書室に入っていく。

午前中の間ずっと想像《そうぞう》していた。スクラブルクラブの全員が、オリヴァー・ヘイウッドをふくめて、野次馬の群《む》れのようにテーブルをかこみ、顕微鏡《けんびきょう》で虫を見るようにマリアムとぼくの試合を見るのだと。

ところが図書室の中に入ってみると、アダムズ先生とマリアムのほかは誰《だれ》もいなかった。

「昼休みの三十分だけ図書室をしめて、あなたとマリアムが静かに対戦できるようにしたの」アダムズ先生はほほえみながら、事務室《じむしつ》のほうへせかせかともどりはじめた。「それでよかった、フィンレイ?」

「あ、あ……」

「どういたしまして。水を一杯《ぱい》持ってきましょうか?」

「お、おね……」

「いいわよ」

ぼくは口をつぐんだ。

マリアムがちらっとこっちを見て、目をぐるんとまわしてから、にこっと笑った。

10

最初の単語はゲームボードの中央にならべ、星印のマスを使わなくてはいけない。

小さなテーブルに何もかも用意され、すぐにゲームがはじめられるようになっていた。スクラブルのゲームボードが、試合で使うような回転台にのっている。タイル袋《ぶくろ》もある。本格的《ほんかくてき》な感じのデジタル対局《たいきょく》時計《どけい》まである。

アダムズ先生は水を入れたコップをふたつ持ってきた。

頭上の蛍光灯《けいこうとう》がボードを明るくくっきり照らす。すべてをさらけだすように。

マリアムが席につき、ぼくはブレザーを脱《ぬ》いで、椅子《いす》の背《せ》もたれにかけた。

「ほかに必要なものはあるかしら、フィンレイ?」アダムズ先生がきく。

バカみたいに思われるからしゃべりたくないけど、使いたいものがあった。

マリアムが椅子にもたれ、ぼくのほうを見た。

「ぼ、ぼ、ぼくの……」

がんばっても、その先にいけなかった。

マリアムがぼくをじっと見つめる。たった今、はじめて会った人を見るみたいに。

「紙に書いてみたらどうかしら、フィンレイ?」アダムズ先生がきく。

ぼくはかぶりをふった。

「スクラブルのタイルでつづってみたら?」

ぼくは目をぎゅっとつぶった。上唇《うわくちびる》にそって、小さなあせの玉がふきだしている。

「ぼ、ぼ、ぼくのタイル袋を、つ、使ってもいいですか?」やっと口に出せた。

「もちろんよ」先生がこたえる。「まったく問題ないわ」

先生は何かをとりに走っていった。

ぼくはリュックから母さんのタイル袋をとりだした。ボードの上で、タイルがくぐもったカチャカチャ音をたて、秘密《ひみつ》をささやいているように聞こえる。

「いつから言葉がつっかえるようになったの?」マリアムがそっときいた。

たいていの人は、感じ悪く笑ったり、陰口《かげぐち》をたたいたりする。吃音《きつおん》のことを直接《ちょくせつ》きいてくる人なんて、いなかった。

顔が熱くなって、目をそらしたけど、マリアムは返事を待っている。

「ず、ずっと」とこたえた。そんなふうに思えた。

母さんがいなくなる前から、少しどもっているとは思ってはいた。けど、今にくらべたら、全然たいしたことなかった。

ふたりともタイルを引くと、マリアムが先攻《せんこう》になり、Ｖ・Ｅ・Ｘ・Ｅ・Ｄ《ヴェックスド》（心が休まらない）という単語を作った。Ｘの場所に、どの文字のかわりにもなる空白のタイルを置いて、二十点になった。

自分のタイルを見つめるうちに、心拍数《しんぱくすう》があがってきた。マリアムのＥを使って、爆発的《ばくはつてき》に点数をあげられる方法がある。ぼくは自分のタイルをＥの上下に一枚《まい》ずつ置いてＨ・Ｅ・Ｘ《ヘックス》（呪文《じゅもん》）という単語を作った。〈文字得点二倍マス〉をふたつ使ったから、得点は二十五点。

「すごい」マリアムが言った。

目のはしで何かが動く気配を感じ、一瞬《いっしゅん》、集中力がとぎれた。オリヴァーがじゃましにきたのかと、体じゅうに恐怖《きょうふ》が走る。でも、そうではなく、アダムズ先生がよく見ようと身を乗りだしてきただけだった。

つぎにＪのタイルを引いたときはがっかりしたけど、マリアムがＫ・Ｉ・Ｔ・Ｅ《カイト》（凧《たこ》）で九点を獲得《かくとく》したあと、そのＪを使ってＪ・Ａ・Ｃ・Ｋ・Ｓ《ジャックス》（お手玉のような子どもの遊びの一種）という言葉を作り、〈単語得点二倍マス〉を使ったから、三十六点もかせげた。

その少しあとに、マリアムがやりかえしてきた。Ｑ・Ｕ・Ｉ・Ｐ・Ｓ《クイプス》（ひねりのきいた言葉）のＱを〈文字得点三倍マス〉にのっけて、三十六点とりかえしたのだ。

ひとりがしっかりしたジャブを当てると、その何回かあとに、もうひとりが立ちなおって左フックを打ってくる。

十七分後、得点は１７２対１４９でマリアムの優勢《ゆうせい》だった。

それからしばらくは、マリアムがじりじりと勝ちつづけた。ふたたび時計を見ると、あと二分しか残っていなくて、得点は２１１対１７９であいかわらずマリアムが勝っている。

「最後はフィンレイの番」マリアムがほほえむ。

ぼくはうなずいて、タイル袋《ぶくろ》に手を入れる。負けてもしかたがない。マリアムはぼくよりずっと上手なのだ。ぼくが引いたタイルは、Ｚだった。

タイルラックにのっけて、文字をいじくっているうちに、はっと気づいた。アナグラムの練

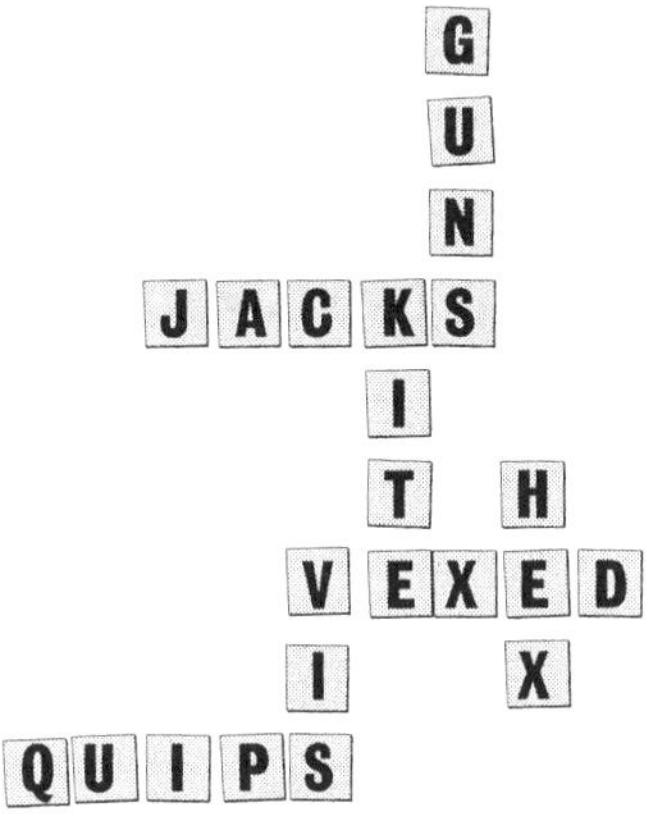

習の成果が現《あらわ》れて、ばらばらな文字から、B・A《バ》・Z・O《ズ》・O《ー》・K・A《カ》（バズーカ砲《ほう》）という言葉が見えた。

七文字全部をゲームボードにうつし、マリアムの置いたSにつなげる。

「ビンゴだわ」アダムズ先生が息をのむ。「ビンゴじゃないの！」〈単語得点三倍マス〉にのせたから、ぼくのBAZOOKAS（バズーカ砲の複数形《ふくすうけい》）は百十九点になった。

アダムズ先生が最終結果を書きつけた。

２１１対２９８。ぼくの勝ちだ。

11

中央の星印のマスは〈単語得点二倍マス〉でもあるため、最初のプレイヤーがならべた単語は得点が二倍になる。


マリアムが手をのばしてきて、握手《あくしゅ》する。

「最後の手、すばらしかった。おめでとう！」

「よくやったわ、フィンレイ！」アダムズ先生がゆっくりと、まるで三歳児《さいじ》に話すように言う。先生は椅子《いす》を持ってきた。「きのうはあなたがスクラブルのやりかたを知らないなんて思いこんでいて、なんだかちょっとまがぬけてたわ」

マリアムはゲームボードをじょうごのように丸めはじめると、タイルが転がって細長い山になる。

「しゃ、写真を、と、撮《と》ってない」もうおそすぎるけど、声をあげた。

「写真?」マリアムが眉根《まゆね》をよせる。

「ゲ、ゲームボードの写真」

「ふつうは写真を撮《と》らないのよ、大会以外ではね」アダムズ先生が言う。

いなくなる二週間前くらいから、母さんはぼくたちのゲームの結果をすべて写真に撮った。思い出に持っていくつもりだったのかもしれないけど、その写真を入れた封筒《ふうとう》は、あとでぼくの机《つくえ》の引き出しから出てきた。

ぼくは肩《かた》をすくめて、タイル袋《ぶくろ》に手をのばした。

「それで、フィンレイはスクラブルクラブのメンバーじゃないのね?」マリアムがきく。

「ち、ちがう。ぼ、ぼくは、オ、オ、オンラ……」

「オンラインね」アダムズ先生がつづける。「フィンレイはオンラインで対戦しているのよ」

話しているときに、言葉のつづきをほかの人に先に言われると、自分の言葉の流れが完全に止まってしまうことがある。でも、相手を責《せ》められない。ぼくを待っていたら、いらつくに決まっている。

文字が混《ま》じって重なりあい、大きなごちゃごちゃなひとかたまりになって袋《ふくろ》に落ちていくのを見つめた。

「顔を合わせて対戦するおもしろさに勝るものはないわよ」アダムズ先生が言う。

ぼくは放課後クラブに入る気はない。先生は誘《さそ》っているつもりかもしれないけど。誰《だれ》かが図書室のドアのガラスをたたき、ぼくたちは顔をあげた。心臓《しんぞう》が飛びだしそうに胸《むね》の内側《うちがわ》を打ちつける。

「あら、ちょうどいいタイミングね」アダムズ先生がにっこりして立ちあがる。

ガラスのむこうにおしつけられた顔が見えたとたん、気分が悪くなった。

「いらっしゃい、オリヴァー」先生がドアの鍵《かぎ》をあけると、オリヴァーがだらだら入ってきた。

ダレンとミッチェルが外で待っている。

「昼休みにクラブ活動があるなんて、知らなかったんですけど」オリヴァーがぼくをにらみつける。

「クラブ活動はなかったわよ」先生がなんでもなさそうに言った。「でも顔を出してくれてよかったわ、オリヴァー。提案《ていあん》があるのよ、あなたと……フィンレイに」先生はマリアムの顔を見た。

ぼくは窒息《ちっそく》しないように、息をのみこんだ。

〈オリヴァーと組まされませんように〉と、頭の中で念じた。

「ふたりとも、特別レッスンを受けてみない？　全国学校スクラブル選手権《せんしゅけん》大会への出場をめざして」先生が顔を輝《かがや》かせる。「学校代表になるために」

胃《い》の中でワクワク感と不安がぐちゃぐちゃに混《ま》じりあう。

「学校代表はおれだって、言ってませんでしたっけ？」オリヴァーがむっとして腕《うで》を組んだ。

「記憶《きおく》を呼《よ》びもどしてほしいんだけど、わたしは代表になる『チャンス』があると言ったはずよ、オリヴァー」アダムズ先生はしゃべるときに目をつぶる癖《くせ》があって、まるで悪い夢《ゆめ》でも見ているみたいにまぶたがぴくぴく動く。「学校からふたり選手が出れば、それだけ勝ち残る可《か》能性《のうせい》が高くなるのよ」

「こいつとはやりたくありません」オリヴァーが不機嫌《ふきげん》に言った。「ろくにしゃべれないし」

「やめなさい」アダムズ先生の口調がするどくなる。

大会に出るとなると、実際《じっさい》に人としゃべらなくてはならない。少なくとも、自分の名前と学校名は言わないと……しかもおおぜいの前で。

ネクタイをゆるめて、えりを首から離《はな》して、息を吸《す》いこんだ。

「マリアムは親切にも、あなたたちふたりを指導《しどう》すると言ってくれたのよ」アダムズ先生がつづける。

「そんなにうまいなら、なんでマリアムが大会に出ないんですか」オリヴァーが陰険《いんけん》な声で言った。

「わたしはパキスタンで三年間、スクラブルの競技会《きょうぎかい》に出ていたの」マリアムが返事をする。

「だけどそれは、おじが願っていたことで、わたしがやりたいわけじゃなかった。ただ、あなたたちがうまくなる助けになれるなら、うれしいと思ってる」

「それはありがたいですけど」オリヴァーが目をきつくほそめながら、マリアムのほうを見た。

「教わることはあまりないと思います」

アダムズ先生が顔をしかめ、身を乗りだして、ぎょろっとこっちを見たから、ぼくは思わず立ちすくんだ。

「あなたはどう、フィンレイ？　何年も前から、将来《しょうらい》のチャンピオンになりそうな人がこの図書室に現《あらわ》れるのを待っていたのよ。今年は運がいいわ。才能《さいのう》のある人がふたりもいるんだもの。あなたと、オリヴァーと」

「ぼ、ぼくは……」

「まあ、賛成《さんせい》してくれるのね。よかったわ。マリアムが……」

ぼくはかぶりをふって、顔をそむけた。

「フィンレイ、だいじょうぶ」と、マリアムが言った。「今すぐ決めなくてもいいから」

オリヴァーがにたっと笑う。

「とにかく、ゆっくり考えてみて」アダムズ先生が言う。「何か質問《しつもん》があったら、いつでもききにきてちょうだい」

先生はものすごく期待している。

「で、で、出たいかどうか、わ、わかりません」ぼくはやっと言った。

「ぶるぶるふるえてますよ」オリヴァーがあざ笑う。「こんなんで大会に出たって、プレッシャーでゲームなんかできないんじゃないですか?」

「オリヴァー」アダムズ先生がため息をつく。「特別レッスンに興味《きょうみ》がなくて、べつの生徒の足を引っぱるつもりなら、ここを出ていってもらうしかありませんよ」

オリヴァーは自分の足もとを見おろした。

「一週間後にここで、ふたりに試合をしてもらって、最終的にどうするか考えるわ。それでどうかしら」先生はメガネ越《ご》しに、オリヴァーをじろっと見た。「それとも考えなおして、マリアムのレッスンを受けたくなった?」

オリヴァーはにやっと笑って、かぶりをふった。

「来週、誰《だれ》が学校代表選手で誰が補欠《ほけつ》選手になるか決めます」先生は言った。「どっちになっても、大会には参加できるわ」

「勝つのはおれです」オリヴァーは帰りはじめた。「みんな、わかってるんじゃないですか」

出ていくオリヴァーを見ながら、アダムズ先生は首をふってため息をついたけど、何も言わなかった。三秒間も。

「フィンレイ、あなたが特別レッスンを受けると言ってくれて、とてもうれしいわ」先生がくだく話しはじめた。「昼休みは毎日、ここをあけておくわね。週末は、青少年クラブの同僚《どうりょう》が、あなたとマリアムが練習する場所を提供《ていきょう》してくれると思うわ」

しゃべるのが不安だから大会に出たくない、と打ちあけようか迷《まよ》った。

でもそのあとにアダムズ先生の言ったことが、すべてを変えてしまった。

「もちろん、その年齢《ねんれい》で全国チャンピオンになったら、マスコミが大さわぎするわよ。全国の人たちがみんな、あなたの功績《こうせき》を知ることになるわ」

〈みんな。全国の人たち〉

学校の子たちの多くは有名になったり金持ちになったりしたいみたいだけど、ぼくは一度もそんなふうに思ったことはない。でも突然《とつぜん》、気がついた。大会に出れば、この世でいちばんの望みがかなうかもしれない。

母さんにぼくを誇《ほこ》りに思ってもらうこと。

本当に会えるのか、いつ会えるのかもわからないけれど、もしも……。

もしも、母さんを本当に見つけることができたら？　もしも（いや、ぼくだってそれはむちゃくちゃだし、考えるのもおかしいと思うけど）、母さんがアレックスとその父親といっしょに暮《く》らしていたとしたら？

そうしたら、母さんにぼくのことを誇《ほこ》らしく思ってもらいたい。ぼくが言葉に打ち負かされているとはいえ、べつの方法で言葉を克服《こくふく》したことを知ってほしい。

たとえアレックスといっしょに暮《く》らしていなかったとしても、大会で勝てば、母さんとついに連絡《れんらく》をとれるようになるかもしれないのだ。どこにいるかわからないけど、新聞のあちこちにぼくの顔写真が出ていれば、きっと目に入るはずだ。テレビにだって映《うつ》るかもしれない。

熱い感情《かんじょう》が腕《うで》や足の先へどんどん流れだす。自分をおさえきれなくなった。

「や、や、やります」とぼくは言った。

12

つぎの言葉は、最初の言葉につなげて枝分《えだわ》かれするようにならべていく。

午後の授業《じゅぎょう》の間はぼんやりしていた。

プール先生の歴史は一八三一年、アメリカのオハイオ州からモルモン教徒が移動《いどう》を開始するところからはじまった。クラスが終わる五分前、時代は一八四七年になっていて、モルモン教徒はグレートソルト湖に到着《とうちゃく》していた。その間のことを、ほとんど覚えていない。

アレックスがもう連絡《れんらく》をくれないのではないかと心配だった。きのうぼくが一方的に話を切ってしまったから、怒《おこ》っているかもしれない。

午後の授業が終わるチャイムがやっと鳴ると、ぼくはみんなといっしょに廊下《ろうか》に出て、そのまま流れに乗って正面玄関《げんかん》まで行った。

そのとき、誰《だれ》かに背中《せなか》をどんとおされ、女の子にぶつかってしまった。

「ご、ごめん」

女の子がふりかえった。マリアムだった。

マリアムはぼくのうしろにいた人を見て、うんざりした顔で首をふった。

「何見てるんだ？」オリヴァーがかみつくように言った。「なんでおれたちの国にいるんだよ？」

ふりむくと、オリヴァーが真うしろにいた。くさい息のにおいまでわかるくらいに。

「スクラブル王者になったつもりか、おい、ダメ人間」オリヴァーが耳もとでおどすように言う。「自分が大会に出るくらいうまいと思ってるのかよ」

「そうだよ、大会に出るのはオリヴァーに決まってるんだ、マヌケ野郎《やろう》」仲間のダレンが同調する。

「おまえは黙《だま》ってろ」オリヴァーがかみつくように言った。すばやくあたりを見まわして、人に聞かれていないのを確認《かくにん》する。「どうせ出たいとも思ってなかったんだ」

体温の高い体がいくつか、ぎこちない動きで、ぼくのまわりでおしあいをする。めまいがしてふりむくと、オリヴァーがいきおいよくぼくの前に出てきた。

「優勝《ゆうしょう》したらスピーチをするのは知ってるよな」オリヴァーは笑う。「いろんな人に感謝《かんしゃ》を伝えたりしてさ。でも、おまえは自分の名前すら言えない。大笑いだな。早く見てみたいよ」

ぼくは口をひらいたけど、言葉は何も出てこなかった。

「じゃ、じゃあな。おれがおまえじゃなくて、よ、よ、よかったよ！」オリヴァーは笑い声をあげると、うしろにさがって仲間といっしょになった。

マリアムがだいじょうぶかきこうと思ってさがしたけど、とっくに人混《ひとご》みに消えていた。

オリヴァーたちがバスに乗っていなくなるまで、ぼくは建物の横でうろうろしていた。父さんは五分だけおそかった。

車に乗りこむと、父さんはハンズフリーの電話で会話中だった。家に帰るまでほとんどずっと、ブライトンの工事について誰《だれ》かと話していた。

交通の多い通りを走る車の中で、ぼくはぼんやりと窓《まど》の外をながめた。スクラブル大会でおおぜいの人の前でしゃべるところを想像《そうぞう》すると、胸《むね》がしめつけられる。ぼくが前に立って、とぎれとぎれの言葉をなんとかしぼりだそうと苦しんでいるのを、部屋いっぱいの人たちが腹《はら》をかかえてゲラゲラ笑う。その最前列にオリヴァーと仲間がいて、こっちを指さし、「あいつ、終わってるぜ」と大声でみんなに告《つ》げるのだ。

バンがつぎの通りで曲がると、小学校の前をゆっくり通過《つうか》した。小さかったころ、母さんはいつもぼくを学校までむかえにきてくれていた。ふたりで家まで帰りながら、夏にはアイスクリーム屋さんを呼《よ》びとめ、秋にはオレンジや黄色の落ち葉を蹴《け》って歩いた。

胸《むね》のしめつけが少しだけゆるんだ。

〈スクラブル全国チャンピオン〉という新聞の見出しを想像《そうぞう》する。写真が掲載《けいさい》されるから、母さんにもまちがいなくぼくだとわかる。

母さんはその記事を朝食のときに見るかもしれない。ひとりで、前にぼくたちがいた家とそっくりのキッチンで。母さんは目を見ひらき、顔を輝《かがや》かせる。手をさっと口もとに持っていく。ずっとさがしていたぼくが、やっと見つかった！

「おい、フィンレイ、目を覚ませ！」父さんが車のハンドルをたたき、ぼくは飛びあがりそうになった。「もう三回も呼《よ》んでるんだぞ」

車は生協の店の前に停まっている。

「ご、ごめんなさい」

「ベイクドビーンズとフライドポテトのほかに、何にする？　ソーセージか、魚のフライか？」

食欲《しょくよく》がわかなかった。

「さ、さ……」

「よし、魚のフライだな」父さんが車から飛びだした。

また母さんの想像にもどって落ちつこうとしたけど、さっきの絵は色あせてしまった。頭の中のイメージはどれものっぺりして、嘘《うそ》っぽかった。

13 先に置かれた単語につながっていれば、どの方向に単語をならべてもよい。

夕食のあと、父さんは明日ブライトンに持っていく物のリストを作りはじめ、ぼくは自分の部屋にかけあがった。

ログインしたとたん、メッセージボックスが現《あらわ》れた。

ゲーム、どう?　A

おなかの底からほっとすると同時に、緊張《きんちょう》した。どうすればアレックスから義理《ぎり》の母親のことを、不自然にならずに聞きだせるだろう。

危《あぶ》ない要素《ようそ》が多すぎる。

きのうは、とちゅうで消えてごめん……腹《はら》をくだしちゃって　ぼくは打った。

どこからそんな言いわけが出てきたのかわからないけど、もっともらしい感じはする。

つらいね　とアレックス。

いつもなら、よけいなことを言わずにすぐゲームをはじめたいところだけど、アレックスに不審《ふしん》がられないように話をつづけさせないといけない。

そういえばきのう、大変だったよね。だいじょうぶ？　義理《ぎり》のお母さんも？

ああ、もうおさまってる　とアレックス。

考えろ、考えろ。ほかに何が言える？

お母さん、気分屋みたいだね

とにかく、母親のことを聞きだすんだ。

まあね。そっちのお母さんも同じ？

さあ、どうする。〈うちの母親も家族を見捨《みす》てたんだ、きみの義理のお母さんと同じように〉と言う？　それとも、〈もしかしてきみの義理のお母さんって、うちの母親なんじゃないかな〉って？

いや、それはまずい。アレックスをビビらせてしまう。誰《だれ》と暮《く》らしているのか聞きだしたいけど、質問《しつもん》ばかりしたら、いやがられるだけだ。アレックスとは友だちでいたい。

うちの母親はあんまり家にいないんだ　と打ちこむ。**仕事がいそがしくて**

あっというまに返信が来た。

何の仕事？

IT《アイティー》の会社をやってる

すごい。何ていう会社？　返信が早い。

嘘《うそ》の網《あみ》がはりめぐらされ、大きなクモの巣になっていく。

母親はネットに個人的《こじんてき》なことを書くのをいやがるんだ。ごめん　と返した。

ゲームボードでアレックスが最初の単語をならべるのを待ったけど、何もおこらない。

うちの父親もIT関係　とアレックスが書いた。**自分もコンピューターは得意なほうかも！**

母親の話題から遠ざかって、ほっとした。これでアレックス本人について、もう少しわかるようになるかもしれない。

そのとき、父さんが「行ってくる」と声をあげ、裏口《うらぐち》のドアがバタンとしまるのが聞こえた。

近所の仕事を二軒《けん》ほどやりに出かけたのだ。

すごいね。うちの父親は自営《じえい》で造作《ぞうさく》工事とかやってる　ぼくは打った。

学校が休みのときは、父親の仕事に合わせてあちこち行ってるよ　アレックスがつづける。

マンチェスター、ロンドン、ノッティンガム、グラスゴー。きみの家はそのどこかに近い？

えっ？　アレックスはノッティンガムに来るんだ。〈ノッティンガムに来るんだ！〉

アレックスに会って、いっしょにボウリングをしたり、映画《えいが》を見たりするところを想像《そうぞう》した。

スクラブルだってできるじゃないか、うちで。だけど、そこまで考えたとたん、思い出した。

アレックスは現実《げんじつ》のぼくを知らない。吃音《きつおん》のことも知らない。

ゲーム、はじめよう　ぼくは打ちこんだ。質問《しつもん》にこたえていないことにアレックスが気づいていないといいけど。

ゲーム開始から十分。アレックスは心ここにあらず、という感じだ。

ほとんど点にならない短い単語しか出してこないし、まったくゲームに力を入れていないみたいだ。ぼくがいつもどおりにプレイすれば、めった切りにできてしまうけど、それはやりたくなかった。友だち同士はそういうことはしない。

お母さんが仕事でいなくても、話はする?　アレックスが打ちこんだ。

あれ、そういうつもりじゃなかった。ぼくがアレックスの家族について聞きだしたいのだ。

これじゃあ、ぎゃくだ。

まったくの嘘《うそ》ではない答えをひねりだそうとした。難《むずか》しい。

電話やメールできるときはくれる。このところしばらく連絡《れんらく》がないけど
どうして?

知らない。しばらくしゃべってない
アレックスが返信する前に、つづけて打った。

義理《ぎり》のお母さんの仕事は？

少し間があってから、

きみのお母さんと同じで……ネットでそういうことを話すのをいやがるんだ

今のは自業自得《じごうじとく》だったかもしれない。

ゲームが終わると、アレックスがもう時間がないと言ったから、おたがい「じゃあ」と別れ、アレックスはすぐにログアウトした。

ぼくはあたりを見まわした。家じゅうの沈黙《ちんもく》に、寝室《しんしつ》のドアが圧迫《あっぱく》されている感じがする。父さんはまだとうぶん帰ってこないけど、ネヴィルのケージからカサカサッと引っかくような音がした。

少し待ったけど、ネヴィルは顔を出してあいさつしてくれなかった。

五月十四日（木曜日）

母さんへ

毎晩《まいばん》、目をつぶって寝《ね》るときにする、バカみたいな習慣《しゅうかん》がある。頭の中で、母さんがなぜいなくなったのか、理由をひとつひとつあげていくんだ。

なんでそんなことをするのか、自分でもわからない。母さんがいなくなった夜にはじめて、それ以降《いこう》ずっとつづいている。

理由には、たとえばこんなのがある。

・ABDUCTED《アブダクテッド》【14】（誘拐《ゆうかい》された）。もちろん、母さんが傷《きず》つくかもしれないような、こんな理由はいやだ。でも、これはいちばん気に入っている理由でもある。母さんが自分の意志《いし》でいなくなったわけじゃないことになるから。

・記憶喪失《きおくそうしつ》になった。いなくなる前の数か月、母さんは大事な会議のため、北へ南へと出張《しゅっちょう》していたけど、そんなふうに出かけた先で、記憶を失ってしまったのかもしれない。それで、いまだに自分が誰《だれ》でどこに住んでいたのか思い出せないんだ。二年間もそのままかって？　うん、ありえないことじゃない。父さんの「母さんはそのつもりでいなくなったんだ」という言葉は、この際《さい》、無視《むし》する。

・迷子《まいご》になった。まあ、一応《いちおう》。イギリスで二年間も迷子になるって、ありえないのはわかってるけどね。

でもそこが〈いなくなった理由を考える習慣《しゅうかん》〉のいいところで、どんなことだって理由になるし、検討《けんとう》の対象《たいしょう》になるのだ。今でもいろんな理由について考えている。そして今、アレックスのおかげで、まったく気に入らない理由がひとつ、頭の中に入りこんでしまった。

・新しい家族をつくるために、出ていった。

こういうことが現実におこるのは知ってる。でもそれは、ほかの人たちにしかおこらないと思ってた。ぼくが母さんの〈義理《ぎり》の息子《むすこ》〉にオンラインで知り合うなんて、本当にありうるんだろうか？

そんなのは、偶然《ぐうぜん》をとおりこして、奇跡《きせき》だよ。

ときどき、本当は母さんに何があったのか、真実を明かしてくれる夢《ゆめ》を見せてください、と祈《いの》る。少なくともヒントをください、と。どんなことでもいいから。

そして、いつか母さんが帰ってきますように、と懸命《けんめい》に祈る。

でも、だんだんわかってきたよ。母さんが帰ってくるように願っても、無意味だ。母さんが夢に出てくるときでも、決してぼくの思うようにはならないから。

夢《ゆめ》の中で、母さんはバッグとスーツケースを持ってドアから出ていき、ふりむきもしない。

理由ははっきりしている。いつも同じ。

母さんは、もうぼくたちのことなんか、いらないんだ。

愛をこめて。
フィンレイ　×

14

プレイヤーは時計回りの順番に単語をならべていく。

金曜日

学校でのいい午前中の定義《ていぎ》＝オリヴァーに出会わないこと。そういう意味では、今日はいい午前中だった。

昼休みにはまっすぐ図書室に行って、マリアムの最初の特別レッスンを受けた。行く場所があるのはいい気分だ。科学棟《とう》の裏《うら》や体育館の倉庫の外で、チャイムが鳴るのを待っていなくてすむ。

第六学年級の生徒は服装《ふくそう》が自由だけど、マリアムは学校の制服《せいふく》を着て、頭に銀色に光る水玉がついた黒いヘッドスカーフを巻《ま》いている。

マリアムの肌《はだ》はなめらかな淡《あわ》い褐色《かっしょく》。目は深い茶色で、楽しそうに、いたずらっぽそうに光っている。

「ねえ」図書室の静かなすみっこにアダムズ先生が用意してくれたテーブルの前に、マリアムはさっとすわった。「特別レッスン、楽しみにしてた？」

マリアムの英語はきれいだ。力強く印象的《いんしょうてき》なアクセントに、この地域《ちいき》で覚えた言葉づかいが混《ま》じりあって、聞いていると癖《くせ》になりそうに心地いい。

「いやだったら、やらなくてもいいの。でも、アダムズ先生はあなたとオリヴァーに全面的に期待してる」

ぼくは椅子《いす》にすわったまま、そわそわ体を動かした。

「ラッキーだって思ってるでしょ？」マリアムはぺろっと舌《した》を出して、にこっと笑った。

こんな人だとは思っていなかった。全然。

遠くからだと、内気そうで、冷淡《れいたん》な感じにさえ見えた。それにアダムズ先生の前では、こんなにおしゃべりじゃなかった。

「あんまりしゃべらないのね」マリアムはちょっと顔をしかめた。「もしわたしに吃音《きつおん》があったとしても、人に自分の話を聞いてほしいと思うけど」

ぼくはマリアムの顔を見た。

「つまりね、もしあなたの視力《しりょく》が今ほどよくなかったとしても、まわりの世界を見ようとするでしょ？」

マリアムはとても率直《そっちょく》に話していて、ぼくはとても静かにしていた。胸《むね》の中が、食べ物を急いでつめこんだときのような感じがする。

「無視《むし》されても、わたし、慣《な》れてるから」マリアムは軽く肩《かた》をすくめた。「このへんの人たちは、ヘッドスカーフをかぶった女の子としゃべりたくないみたい」

マリアムに人種差別主義者《しゅぎしゃ》だと思われたくなかった。それに、ぼくのゲームの上達のために、時間をさいてくれているのはありがたかった。

だから、がんばってみた。

「あ、あ、あり……」

マリアムが何を考えているのかわかる。たいていの人にとって、「吃音」と「バカ」は同じ意味だ。

ぼくはマリアムが笑いだすのを待ったけど、マリアムの表情《ひょうじょう》は変わらない。

「あ、ありがとう。と、と……」ぼくはつぶやく。

「つづけて」

「あ、ありがとう。と、特別レッスンをしてくれて」

「どういたしまして」マリアムはこたえると、ゲームボードをのせた回転台をくるっとまわした。「はじめなくちゃね」マリアムはとなりの椅子《いす》に置いてあったノートパソコンに手をのばした。「まずは、ボードにさわりもしないでスクラブルがぐんと上達する方法を教えてあげる。興味《きょうみ》をそそられるでしょ？」

マリアムは単語ゲームのソフトの使い方をさっと見せてくれた。

「単語学習ツールよ。トッププレイヤーたちが使ってる。練習するには、毎日三十分ずつ予定を組まないといけないの」マリアムはノートパソコンをとじた。「一、二週間で、上達を実感できると思う」

ソフトを使って練習できるのはうれしい。父さんがブライトンに行っていてよかった、とはじめて思った。ただでさえ、長時間パソコンをやっていると文句《もんく》を言われている。

マリアムがちらっと腕時計《うでどけい》を見た。

「短いゲームならできそう。フィンレイ・マッキントッシュの実力を見せて」

ぼくはテーブルに自分のタイル袋《ぶくろ》を出した。

「きれい」袋《ふくろ》のこまかい刺繍《ししゅう》を指でなぞりながら、マリアムが言った。「自分で作ったの？」

からかうように、にっと笑う。

「か、か、母さんが」ぼくはテーブルについていた傷跡《きずあと》をこすった。

母さんなら、ぼくがマリアムと練習するのを喜んでくれるだろう。なにしろ元世界ユース選手だ。

「お母さんといっしょにスクラブルをするの？　お母さんはなんていうお名前？」

ぼくはかぶりをふって、両手を見おろした。なんでいらいらしてしまうのか、自分でもよくわからない。

「ごめんなさい」マリアムがそっと言った。「怒《おこ》ってる？」

ぼくはかぶりをふった。

「な、名前は、ク、クリスタ。い、家を出てった」

マリアムはしばらくの間、ぼくをじっと見ていたけど、それ以上、母さんのことは何も言わなかった。

ぼくたちは最初の七枚《まい》のタイルを選び、ぼくが先攻《せんこう》になった。

「はい、スタート」マリアムが対局時計《たいきょくどけい》のボタンをおす。

ぼくは文字タイルを入れかえながら、指のふるえが止まるように念じた。文字のならんだラックを見ても、何も目に飛びこんでこない。頭の中で文字が単語に結びついていかない。

マリアムの視線《しせん》が、タイルの上にかがみこむぼくの頭のてっぺんを焼きこがしている感じがしてくる。

あと二十秒でぼくの番が終わるというとき、どうしようもないL・A《レ》・C《ー》・E《ス》（レース）という単語を思いついた。たったの十二点。

マリアムの顔を見たくなかったけど、数秒後、顔をあげた。マリアムは笑っていなかった。こっちを見てもいない。部屋の中にそれしかないみたいに、自分のタイルラックに集中している。

マリアムはJ《ジ》・E《ュ》・T《テ》・E・S《ズ》（バレエの跳躍《ちょうやく》、ジュテの複数形《ふくすうけい》）という単語をならべ、十四点獲得《かくとく》した。

それから、自分のタイルラックをこっちにむけて、ならんでいる文字を見せてくれた。なんだかズルをしているみたいな気になる。

「そんな顔しないで」マリアムが笑う。「こうやって学べるの」

タイルラックを指さす。

「見て。あなたのならべたLと〈文字得点二倍マス〉を使って、J《ジ》・E《ュ》・L《リ》・L《ー》・Y（ゼリー）という言葉を作れば、二十点になるでしょ？」

手加減《てかげん》してくれたんだ。ぼくが下手だから、点数の低い単語を作ったにちがいない。

「わたしは戦術的《せんじゅつてき》にプレイしているの」マリアムが説明した。「あいているEの文字と〈文字得点三倍マス〉をわたしが使ったから、あなたはほかの文字を使ってまともな点数をとるのがずっと難《むずか》しくなるはずよ」

ちょっと待った。確認《かくにん》させてほしい。マリアムはぼくをじゃまするのに最適《さいてき》な単語を選んで、ぼくを不利にしたってこと？　やさしくしてくれたわけじゃなくて、容赦《ようしゃ》なかったんだ！

「わたしが有利な文字を全部使ってしまって、あなたが何回かパスせざるをえなくなったら、あなたの合計点がのびないでしょ？」マリアムは、まるでぼくに親切をしてくれているみたいに、にこにこした。

なるほど！　ぼくも思わずにこにこした。こんなふうに考えたことなんか、今まで一度もなかった。

マリアムはぼくのタイル袋《ぶくろ》をちらっと見てから、ぼくと目を合わせた。

「スクラブルでは、人生と同じように、いちばんわかりやすい手がいちばん効果的《こうかてき》とはかぎらないの」

15 プレイヤーは一回にひとつしか単語をならべることができない。

午後の二時間目の授業《じゅぎょう》は生物で、テーマは動物の行動について。

オリヴァーと子分たちがつぎつぎ投げつけてくる、紙をかんでかたく丸めた湿《しめ》ったボールを無視《むし》する。ぼくの背中《せなか》や頭に当たると、子分たちがピンポンピンポーンとさわぐ。それも無視。

「ほかの場所にうつったら?」同じ列の女子がひそひそ声で言った。

あたりを見まわしたけど、オリヴァーのいる最後列に席がひとつあいているだけだった。

今日はいつもの先生が病欠で、代理の女の先生が来た。その先生は、クイズ問題を用意していた。ぼくたちは列ごとに1から5まで番号をわりふられた。

「復習《ふくしゅう》のために、列対抗《たいこう》クイズをやりましょう。それぞれの列に問題を出します。その列の人が答えをまちがえたり、わからなかったりした場合は、ほかの列が早い者順で回答権《かいとうけん》をもらえて、正解《せいかい》すればボーナス点を獲得《かくとく》できるの。じゃあ、はじめます」

はじめはかんたんだけど、だんだん難《むずか》しくなる。十分後、どの列も互角《ごかく》だったから、問題がさらに高度になった。

「はい、一列目。アヒルなどの鳥が、卵《たまご》からかえったとたんに母親を認識《にんしき》することを、何と言いますか？」

一列目が顔を見あわせる。

「わかりません」誰《だれ》かがつぶやく。

「ほかの人は？」先生が教室を見わたす。

ぼくはたまたま答えを知っている。「刷《す》りこみ」――オーストリアの生物学者コンラート・ローレンツが研究した現象《げんしょう》だ。でも、言葉がつっかえて出てこないのは目に見えている。だから、手をあげなかった。

誰もこたえない。

「はい。今のは『刷りこみ』という現象ですね」先生が答えを言う。「ノートに書いてください」

二列目は、動物の本能《ほんのう》行動の例を正しくあげることができなかった。

ぼくは例をふたつ思いついた。クモが巣をはること。生まれたばかりのウミガメが海にむかっていくこと。ぼくは黙《だま》っていた。ほかの人は誰《だれ》も回答しない。

「三列目」先生が呼《よ》びかける。「コウモリやフクロウやハムスターは、薄暗《うすぐら》い時間帯に活発に行動します。このような動物を何と言いますか？」

「夜行性《やこうせい》です」三列目の誰かが声をあげた。

「惜《お》しい。でも残念ながら、ちがいます。ほかの人は？」先生は教室を見わたす。

答えは「薄明薄暮性《はくめいはくぼせい》」だ。ネヴィルのように。

顔と手にかあっと熱が伝わる。腰《こし》のあたりが熱く湿《しめ》ってくる。

答えを声に出して言えれば、うちの列が一歩リードできる。優勝《ゆうしょう》だってできるかもしれない。

口に出さずにくりかえす。「薄明薄暮性」。

頭の中では完璧《かんぺき》に聞こえる。言葉がつっかえてめちゃくちゃになったりしない。答えをわかっていることを、みんなに知ってもらいたかった。一度くらい、クラスのできるやつになってみたい。吃音《きつおん》がここまでひどくなかったときのように。

指が小きざみにふるえる。腕《うで》が上にあがりたくてうずうずしている。

先生がぼくの目を見た。ぼくがしゃべろうとしているのに気づく。

「名前は？」先生は自分の授業《じゅぎょう》計画に目を落とす。

「フィ、フィ、フィ……」

先生は目を丸くして、もう一度きいた。

「名前は？」

最後列では、ぼくの失敗を手ぐすね引いて待っているにちがいない。深く息を吸《す》いこんで、がんばってみる。

「フィ、フィ、フィ……」だめだ、出てこない。

オリヴァーと子分たちがゲラゲラ笑いだしたけど、先生はやっとぼくの困難《こんなん》に気づいたらしい。

「だいじょうぶよ。ゆっくりでいいですよ。みんなが、あなたのうしろについてるからね」

「たしかに、うしろから見てるよ。み、み、み、見ちゃいらんないけどさ」オリヴァーが口をはさむ。

ほかの列がいっせいにこっちを見る。まるで顔にガスバーナーを近づけられているような感じ。今にも、首から上が吹《ふ》っ飛《と》んでいきそうだ。

「先生、むだですよ。だってそいつ……」

「それ以上ひとことでも言ったら、クラス全員、居残《いのこ》りにします」先生がオリヴァーに指先をむけ、みんなは不満そうな声をあげた。「きちんと敬意《けいい》をはらって、この少年が名前を教えてくれるのを待ちましょう」

先生は両方の眉毛《まゆげ》をあげて、ぼくにほほえんだ。

「名前は？」

「ジャ、ジャック」ぼくはなんとか口に出した。

ジャックなら言える。フィンレイは本当にがんばらないと言えない。まったく言えない日もあるくらいだ。

「先生、そいつ、バカです。だって名前は……」

「やめなさい」先生がびしっと言った。ダレンをにらみつけ、静かにさせる。「それではジャック、さっきの質問《しつもん》にこたえてみますか？」

最後列からおし殺したような笑い声。

ぼくは息を吸《す》った。できるだろうか。

言葉をふたつにわけたら、言いやすいかもしれない。きっと、できる。

ハクメイ・ハクボセイ。

全力を集中すれば、できる。

「ジャ、ジャックにきいたってだめですよ、先生」オリヴァーがうしろから声をはりあげる。

「ひ、日が暮《く》れるまで、ま、待ってるはめになりますよ」

「ジャック、答えを知っているの？　知らないの？」先生は、今度はいらだっている。

指のふるえが止まる。

ぼくはかぶりをふった。

言葉はまだそこにあって、声に出して言われるのを待っているけど、ぼくはそれをゴクンと飲みこんだ。冷たくなった軟骨《なんこつ》のかたまりのように。

「まあ、今のはとくに難《むずか》しかったですからね」先生はため息をついた。「答えは、薄明薄暮性《はくめいはくぼせい》です。ノートに書いてください」

16

自分の番が終わったあと、プレイヤーはそれぞれタイル袋《ぶくろ》から新たに文字タイルをとりだす。

チャイムが鳴ったとたん、ぼくはリュックをつかんで、教室のドアにむかった。父さんはブライトンにいるからむかえにこないけど、早く出れば、オリヴァーに会わずにすむかもしれない。

一台目のスクールバスに生徒がどんどん乗りこむのが見える。

「よう、ジャ、ジャック！」オリヴァーががっちりとぼくの肩《かた》をつかんだ。子分たちがまわりをとりかこむ。「ジャ、ジャックだったよね？」

身をよじってのがれようとしたけど、オリヴァーはますます強くつかんできた。まだ包帯を巻《ま》いて、つっているほうの手で。ほかの生徒も学校から流れでてきて、ぼくたちの左右を通りすぎるけど、こっちを見もしない。早く帰ることしか考えていないのだ。

「おれの肩、そろそろ完治《かんち》するから、借りを返そうと思ってさ」オリヴァーが歯をむきだして言う。「学校に言いつけたってよかったけど、黙《だま》っててやった。このためにな」

オリヴァーは、ミッチェルが持っている物に手をのばした。今さら気づいたけど、クリケットのバットだった。

オリヴァーがバシッとバットをたたきおろしてくる直前に、なんとか手をあげたけど、ひじに一撃《いちげき》を食らった。痛《いた》くて、悲鳴をあげる。

「どもらずに声を出すの、はじめて聞いたぜ」ダレンが言う。

オリヴァーが笑い声をあげる。

「おれがねらってるのは、指だ。二、三本骨折《こっせつ》してもスクラブルができるか、見てやろうじゃないか。おまえら、こいつをおさえつけておけ」

「や、やめろ!」ぼくはさけぶ。「は、離《はな》せ!」

ダレンとミッチェルに一本ずつ腕《うで》をつかまれる。オリヴァーはぼくの前に来て、バットがふりやすいように、ニセのつり包帯から腕を引っぱりだした。

オリヴァーの顔は青白く、真っ赤なにきびが散っている。目つきは邪悪《じゃあく》でまともじゃない。息をいくら吸《す》っても足りない感じがしてきた。気持ちが悪くなって吐《は》きそうだ。

「ダレン、こいつの手を前でおさえろ」オリヴァーが指示《しじ》する。バットをふりあげはじめる。

「おい、きみたち、そこにいたらじゃまだ」正面玄関《げんかん》の階段《かいだん》から、ホーマー先生が声をかけてきた。ぼくはくるっとふりむいて、先生の注意を引いた。先生は顔をしかめて、何歩か近づいてきた。「ここで何をしてる？」

「なんでもないです、先生。ちょっとふざけてただけで」オリヴァーが声をあげ、バットを横におろした。先生から見えない位置に。

ダレンとミッチェルがぼくの腕《うで》を放すと、三人とも人混《ひとご》みをかきわけてバスにむかった。

オリヴァーが引きかえしてきて、ぼくの腕をつかむ。

「つぎはぶちのめしてやる。絶対《ぜったい》にのがれられないからな。おれに勝とうったって、不可能《ふかのう》だぜ、ダメ人間」

ぼくはオリヴァーをふりはらい、反対方向にむかった。歩きながら、足の力が抜《ぬ》けてがくっと転ばないように念じた。


学校から歩いて帰るのに四十分くらいかかった。玄関をあけて中に入るのはへんな気分だった。沈黙《ちんもく》が重苦しく、まるでぼくを追いはらおうとしているように感じる。

ドアをしめ、玄関ホールにリュックと靴《くつ》を置いた。

オリヴァーになぐられたひじがズキズキ痛《いた》む。さわったら、大きなあざになりそうな感触《かんしょく》がした。

居間《いま》に入って窓辺《まどべ》に腰《こし》をおろしたけど、テレビはつけなかった。

学校の同じ学年の子たちのグループが、インラインスケートの靴を肩《かた》にかけて、窓の外を通りすぎるのが見えた。男子はニット帽《ぼう》をかぶり、女子は髪《かみ》をポニーテールにしている。ここから歩いて二十分くらいのキャッスルマリーナ・ショッピングセンターで、ローラープラネットというイベントをやっているらしい。ダンス音楽がかかったり、ライトがぴかぴか光ったりする、と行ったことのある人が学校で話していた。マンスフィールドに住んでいたときに友だちと行ったボウリング場みたいなところなんだろう。

じっとすわっていると、家の中は思っていたほど静かじゃないことに気づく。まず、うちの古い冷蔵庫《れいぞうこ》がブーンとうなっている。近所で犬がほえ、となりの通りでは子どもたちがサッカーをして遊んでいる。歓声《かんせい》をあげたり、笑ったりしながら。

母さんがいなくなるまでは、ちがう家に住んでいて、ちがう人たちが近所にいた。壁《かべ》を接《せっ》したとなりの家からたまに、三歳《さい》のジャックがおもちゃを壁にゴンゴン当てながら階段をのぼっていく音が聞こえてきた。お兄ちゃんのセスはぼくのクラスメートだった。ほかの子たちも集まって、いつもうちの通りのはしでクリケットをして遊んでいた。駐車場《ちゅうしゃじょう》から離《はな》れた場所で。

それぞれ家に帰ったあと、セスはよく電子キーボードを弾《ひ》いていた。壁越《かべご》しに音が聞こえてきても、母さんも父さんも気にしなかった。引《ひ》っ越《こ》さなければ、今もセスと仲よしだったにちがいない。友だちだって、おおぜいいたはずだ。

母さんがいなくなったあと、父さんは新しい場所でやりなおすのがいちばんだと言ったけど、そんなふうには思えなかった。まるでにげだすみたいだった。

だんだん慣《な》れてくるさ、と父さんは何度も言った。時間がたてば、自分たちで最高にうまくやっていけるようになるよ、おれとおまえでな。そう言って笑うけど、目はあいかわらず悲しいままだ。

慣れるまで、どのくらいかかるの？　と、きいたのを覚えている。でも、父さんはこたえられなかった。

ある仮説《かせつ》によると、何かに習熟《しゅうじゅく》するには、一万時間練習する必要があるそうだ。

「ビル・ゲイツは十三歳《さい》のとき、高校のコンピューターを利用できるようになったの。だから一万時間、プログラミングをする時間がとれたのよ」と、母さんは言っていた。

「それで、一万時間目にマイクロソフト社を立ちあげたってわけか」父さんがにやにやする。

「フィンレイ、おまえもぐずぐずしてる場合じゃないぞ」

父さんがこういう皮肉っぽいことを言うと、母さんは笑ったものだ。でも、いなくなる数か月前くらいからは、父さんがふざけると、いらいらするようになった。

「自分がやりたいと思えば、どんなことだって達成できるのよ、フィンレイ」母さんはまっすぐぼくを見て、父さんを無視《むし》して言う。「時間を使って努力して、自分を信じればいいの。できないなんて、人に言われても、気にしちゃだめ。とくに向上心ゼロの人に言われてもね」

そのときは、父さんは笑わなかった。

一万時間の法則《ほうそく》は、すべてにあてはまるわけではない。ぼくはこれまで一万時間くらい、母さんがいなくなったわけを考えているはずだけど、いまだに真実に近づけていないのだから。けど、全国学校スクラブル選手権《せんしゅけん》大会の出場をめざすのには、法則が役に立つかもしれない。時間を注ぎこんで練習して、人前でしゃべらないといけないことを考えないようにすれば、なんとかうまくいくかもしれない。

大会に出る気をなくしても、いくらでも言いわけを考える時間がある。喉頭炎《こうとうえん》になったとか言えばいい。アダムズ先生とマリアムに病気だとわかってもらえれば、確実《かくじつ》に抜《ぬ》けられる。

頭の中で不安がブンブン、炭酸《たんさん》飲料入りのコップにとじこめられたスズメバチのように飛びまわっている。不安はどんどんわきあがり、答えをはげしくせまってくる。アレックスの義理《ぎり》のお母さんについて知りたいことを、オンラインのチャットでどうもうまく聞きだせない。心の奥《おく》では、その人が母さんであるはずがないと思っている。でも、その可能性《かのうせい》をあきらめきれない。確実《かくじつ》にちがうとわかるまでは。

　それから、もしアレックスがノッティンガムに来たときに会えたら、どんなにいいだろうとも、しばらく前から考えている。それには、ぼくがアレックスを信用して、住んでいる場所を教え、吃音《きつおん》について知られても気にしないようにならないといけない。アレックスとふつうの友だちのようにオンラインでチャットするのは楽しい。だから、ぼくのことをもう少し伝えても、問題はないだろう。

「その人が変質者《へんしつしゃ》じゃないって、どうしてわかるの？」マリアムにきかれたことがある。アレックスとリアルで会いたいという話をしたときだ。

「た、ただ、わ、わかるんだ」ぼくはこたえた。

「へえ、霊能力《れいのうりょく》を身につけて、オンラインの相手が見えるようになったの？　スクラブルの試合でもさぞかし役に立つでしょうね、フィンレイ」

　マリアムにわざわざ言わなければよかった。

「と、とにかく、わ、わかるんだよ」

　マリアムは考えこむような顔をした。

「ひとつ、確《たし》かめる方法があるけど」やがて、そう言った。「スカイプで話してみたら?」

それは思いつかなかった。


5:32PMのリンカーン行きがゴーッと家の裏《うら》を走っていくのを聞いて、もう一時間近く窓《まど》の外を見ていたことに気づいた。

おなかが鳴っているから、キッチンに行って、サンドイッチを作った。父さんがパンを置いてくれていて、冷蔵庫《れいぞうこ》をのぞいたら、チーズの厚切《あつぎ》りと太いソーセージのパックが入っていた。

食べたあと、アレックスとオンラインでゲームをした。

スカイプでビデオ通話しない? ぼくはメッセージボックスに打ちこんだ。

いいよ! すぐに返事が来た。五分したら、そっちからかけて
マリアムの疑念《ぎねん》はこれで晴れたわけだ。

ぼくは最初の一手をプレイしてから、スカイプにログインしているのを確認《かくにん》して、ウェブカメラをオンにした。七分後、アレックスの用意ができたか、確かめることにした。

準備《じゅんび》できた? ぼくはきいた。スカイプ名は何? これからかけるよ
デジタル時計がもう二分、時をきざむ。窓の外を見ると、空はどこまでも灰色《はいいろ》で、たくさんの雲が走っている。

ぼくのメッセージがちゃんととどかなかったのかもしれない。

準備《じゅんび》できた？　もう一度きく。こっちからかけていい？

画面がちらっと光り、ぼくはオンラインのゲームボードに目をむけた。何かがヘンだ。原因《げんいん》はすぐわかった。

アレックス側《がわ》のボードに、小さな頭と肩《かた》のアイコンがない。アレックスはログアウトしていた。

夜九時なのに、ちっとも眠《ねむ》くない。ぼくはハムスターのケージの横にすわって、ネヴィルが目を覚ますのを待った。

少しすると、巣箱の中からゴソゴソいう音が聞こえた。

「おーい、ネヴィル」ぼくは腹《はら》ばいになって、ケージに顔をおしつけ、そっと声をかける。プラスチックの巣箱の戸口に、小さなふわふわの顔が現《あらわ》れた。ネヴィルは空気のにおいをかぎ、ぼくのところまで歩いてきた。

「薄明薄暮性《はくめいはくぼせい》、薄明薄暮性、薄明薄暮性」ぼくは言った。

ネヴィルは鼻をフンフン言わせながら、餌入《えさい》れを見にいった。

「マリアムは、アレックスのことを、う、疑《うたが》ってるんだ」ぼくはネヴィルに話しかけた。「スカイプで話せたら、アレックスが自分で言っているとおりの人だって、確《たし》かめられるんだけど。でも……」

ネヴィルはぼくがさっき餌入れにふりかけたブロッコリーのかけらを見つけた。

「もしかしたら家で何かあって、ア、アレックスは急にログアウトしないといけなくなったのかも」ぼくはつづけた。「そういうことって、あ、あるよね。義理《ぎり》のお母さんに、フィンレイという子とチャットをしているのがバレたのかも」

そう言ったとたん、目がチクッとした。そんなとんでもない妄想《もうそう》をするのはバカだけだ。だけど、妄想を止められなかった。どうしても。

「ひょっとして、アレックスは今、義理のお母さんにぼくのことを話しているのかも。この瞬間《しゅんかん》に」

ネヴィルは食べ物から顔をあげ、するどい目つきをこっちにむけた。ほっぺたはブロッコリーや種をつめこんで、まんまるくふくらんでいる。ビーズのような黒い目が、ぼくをつきさす。ネヴィルでさえ、そこまで考えるのは行きすぎだと思っているんだ。

ネヴィルはちょこちょこと巣箱にもどっていった。一刻《いっこく》も早く、ぼくのくだらない考えからにげだそうとするように。

ゲームの間、プレイヤーはいつもラックに計七枚《まい》のタイルを置いておかなくてはならない。

土曜日

土曜日の朝、目ざめたとたんに思ったのは、学校がない、オリヴァーを避《さ》けなくていい、ってことだ。

つぎに思ったのは、父さんがブライトンで二泊目《はくめ》を過《す》ごしたんだということ。

ベッドに寝《ね》たまま、天井《てんじょう》を見つめた。

ひじが痛《いた》くて、あざになっている。家じゅうの沈黙《ちんもく》が頭の中におしよせてきて、ほとんど轟《ごう》音《おん》のようだ。

父さんがいない間にできることをざっと考えてみた。無限《むげん》の可能性《かのうせい》をすべて。たとえば、フライドポテトやベイクドビーンズ、ソーセージや魚のフライを、あえて食べないとか。

ボウリング場や映画館《えいがかん》に出かけて、そのあと街の広場をぶらぶらしてもいい。市役所の外に立つ巨大《きょだい》なライオンの石像《せきぞう》のひとつによりかかって、黒ずくめのゴス集団《しゅうだん》と酔《よ》っぱらい集団が敵対《てきたい》しているのをながめてもいい。

最終バスでもどって、最近、何人かが襲《おそ》われて金品を盗《と》られたとかいう、ヴィクトリア公園の中を歩いて帰ることだってできる。わざわざ恐怖《きょうふ》を味わって、それを乗《の》り越《こ》えるために。

まあ、最後のは、やらないだろうけど。

要するに、そういうことや、もっといろんなことを、やろうと思えばできる。ただ、どれも、ひとりでやるのはおもしろくない。

もしもアレックスについに会うことができたら、ときどき週末にいっしょに出かけられるかもしれない。アレックスが泊《と》まりにくると言ったら、父さんは喜ぶだろう。ぼくに友だちを作ってほしくてたまらないから。

午前中はベッドで、古い『スター・ウォーズ』のDVD《ディーヴイディー》を見て過《す》ごした。好きなキャラクターはダース・ベイダー。その声を演《えん》じている俳優《はいゆう》のジェームズ・アール・ジョーンズは子どものころ、ひどい吃音《きつおん》があって、全然しゃべらなかったそうだ。『スター・ウォーズ』では重苦しく呼吸《こきゅう》をしているだけだけど、『ライオン・キング』ではムファサの声を担当《たんとう》していて、吃音《きつおん》を克服《こくふく》しているのがわかる。そういうことも可能《かのう》なのだ。

数分ごとにパソコンを見て、アレックスがログインしていないか確《たし》かめているけど、あいかわらずプレイヤー・アイコンは灰色《はいいろ》のままだ。

やっと着がえて一階におりると、沈黙《ちんもく》が待ちうけていた。父さんがいない間にできることについて考えるのをやめて、気になっている唯一《ゆいいつ》のことに集中する。

〈なぜアレックスは何も言ってこないのか？〉

気をまぎらわすため、グリーンの風車を見に出かけた。一八〇七年、ジョージ・グリーンが十四歳《さい》だったとき、父親がこの風車を建て、グリーンはそこで働いた。独学《どくがく》で勉強し、数理物理学者になった。グリーンの定理やグリーン関数は、今でも世界じゅうの科学者やエンジニアが使っている、と学校で習った。

風車はいつも週末には混《こ》んでいるから、わざわざ中に入らなかった。もう何度も見ている。いちばん気に入っているのは、石でできた床《ゆか》だ。

風車の羽根が風を受けて回転することで、大きな平歯車がまわりだす。すべての機械装置《そうち》が動いてはじめて、穀粒《こくりゅう》がすりつぶされて粉《こな》になり、それが落とし樋《どい》を通って下の階にある袋《ふくろ》に入っていく。たくさんのことが連続しておこってはじめて、粉屋《こなや》さんは小麦粉《こむぎこ》の袋を手にできる。

ぼくが母さんをさがしあてるためには、たくさんの調査《ちょうさ》をして、事実を全部つきとめる必要がある。わかったことを整理して正しい順番にならべることができれば、実現《じつげん》できるかもしれない。たとえ見つけた証拠《しょうこ》が、信じがたいものに見えたとしても。

風車の反対側まで行って、見あげた。大きな羽根に圧倒《あっとう》されて自分が小さくなった気がするけど、ざらざらしたレンガの壁《かべ》によりかかると、安心する。ここが自分の居場所《いばしょ》だと感じる。もしかして、ジョージ・グリーンもそう思ったんだろうか。このへんを歩きまわっていたのは確実《かくじつ》だ。ちょうど今ぼくが立っているあたりを。そして父親のためにあれこれ働いていたにちがいない。

朝から晩《ばん》まで小麦粉の袋をあげたりおろしたりするのは、数学の公式を書いていたい人にとっては、つらいだろう。今が一八〇七年なら、ぼくはきっとジョージと友だちになっている。でも、一日じゅう数学だけやっていたい人と過《す》ごすのは、あんまり楽しくなさそうだ。

家に帰ると、すでにだいぶ暗くておなかもすいていたから、トーストを焼いてジュースをコップに注いで自分の部屋に持ってあがった。

むりやり十分間がまんしてから、パソコンの電源《でんげん》を入れた。一分待つごとに、アレックスがつながっている可能性《かのうせい》が五パーセント増加《ぞうか》するという、バカげたルールをたった今作ったためだ。でも、そんなにバカげたルールではなかったのかもしれない。というのは、実際《じっさい》にログインしたら、アレックスのＩＤ《アイディー》アイコンの横に緑の点がついていたから。

ゆうべ、どうしたんだよ？　ぼくはがんがん打ちこんだ。

ごめん。パソコンがクラッシュした　返事が来た。

もう直ったんだよね？　今はパソコンを使っているのだから、もう問題ないはずだ。

うん。義理《ぎり》の母親がコンピューターに強いから。自分以上に。こわれたと思ったけど、なんとかしてくれた　そのあと　**ウェブカメラが死んだからスカイプはむり**

心臓《しんぞう》が口までせりあがってきそうになった。ぼくの母さんもＩＴ《アイティー》専門家《せんもんか》だ。家にあったパソコンに問題がおきると、どんなことでも解決《かいけつ》してくれた。これははっきりときくチャンスだ。

義理のお母さん、何という名前？

反応《はんのう》がない。アレックスによる無線封止《ふうし》。

アレックスのＩＤアイコンを見つめながら、いつ消えるかと身がまえた。けど、消えない。ログインしたままだ。

家族についてオンラインで話すこと、両親に禁止《きんし》された　アレックスからメッセージが返っ

てきた。ふたりとも、めちゃくちゃ秘密主義《ひみつしゅぎ》。かくし事でもあるんじゃないかって感じ

秘密主義。かくし事。

意味がわからない。でも……母さんが見つかりたくないと思っているなら、ありうることだ。もしも本当に母さんだったらの話だけど。頭の中の妄想《もうそう》をふくらませているだけかもしれないけど、その可能性が確実《かくじつ》に高まった気がする。

最低だよね　アレックスがつづける。でも、そっちもお母さんのこと、かくしてるよね。思ったんだけど……いや、べつにいいや

何？　ぼくはきいた。

思ったんだけど、秘密をひとつ交換《こうかん》するのはどう？　おたがいをもっと信用できるように

秘密なんてないよ　ぼくは言う。

秘密のない人なんていないよ　アレックスはメッセージのあとに、ウィンクする顔の絵文字をつけた。誰《だれ》も興味《きょうみ》ないようなことでも、なんでもいいから

ノッティンガムにはいつ来る？　ぼくはすばやく打ちこんだ。それがこっちの秘密！　前に住んでる場所をきいたよね。答えはノッティンガム

そんなのたいした秘密じゃないよ！　いつ行けるかわからない。父親は仕事の予定をよく変えるから　アレックスが返信してくる。

思っていた返事とちがう。関心もそんなになさそうだ。

父親は来週、マンチェスターで仕事。もしかしたらそのつぎの週、ノッティンガムに行くかも　アレックスが打ってきた。

気持ちがずんとしずみこむ。

最初はアレックスに会って、ふつうの友だちのように一日過《す》ごせたらいいと思っていた。けど、アレックスの父親と義理《ぎり》の母親が何かをかくしているようだと聞くと、その義理の母親が母さんかもしれないという妄想《もうそう》が、まったくの見当ちがいとは思えなくなってくる。脳《のう》が異様《いよう》に活性化《かっせいか》してきた。

そっちに行けたら、ゼッタイ会おう　アレックスがつづける。言葉のあとに笑顔の絵文字がついている。

ぼくはフーッと息を吐《は》き出《だ》した。アレックスの義理の母親が母さんかもしれないという疑念《ぎねん》を伝えたら、ぎょっとされるだろう。変人だと思われて、見かぎられるかもしれない。

近くにカフェはある？　アレックスがきく。

あるよ。通りの先のほうに

いいね。そこで会える。支店名《してんめい》は？

チェーン店じゃないから、支店名はない。

〈コーヒー&クリーム〉っていう店。マンデラ通りの坂のいちばん下。誰《だれ》にでもきいたらわかるよ　ぼくは言う。

家からすぐ?

うん。うちは坂のてっぺんだから　ぼくは教えた。

アレックスに遊びにきてもらいたい。アレックスが自分で言っているとおりの人だと、ぼくは信じている。たとえマリアムが疑《うたが》っているにしてもだ。だけど、新しい友だちがまともに言葉をつなげてしゃべれないと知ったら、どんな顔をするだろう。

OK。日にちがわかったらゼッタイ知らせる　アレックスが言う。**そのときまでに、すごい秘密《ひみつ》を考えとく。知ったらすごいって思うような。じゃあね**

ぼくは椅子《いす》にしずみこんだ。頭の中がぐるぐるしている。家はじっとして静かだ。父さんがいないと、どうしてこんなに感じかたがちがうんだろう。これまでだって、父さんはしょっちゅう仕事で家をあけていたのに。

アレックスが来る日にちがわかったら、おたがいの家族の写真を持ってくるように言おう。そうすれば、変人だと思われずに、母さんのことを確《たし》かめられる。でも、家族の写真を見たいと言う段階《だんかい》で、すでに変人なんだろうか?

一階で音がする。ガタガタと。家の裏《うら》から聞こえるようだ。

寝室《しんしつ》の窓《まど》からのぞいたけど、何も見えないし、何も聞こえない。二分くらい、じっと外を見つめながら待った。

列車がやってきた。遠くからゴーゴー、シューシュー近づいてきて、ビュンッと青と黄色が通りすぎる。乗客の顔が一瞬《いっしゅん》照らしだされる。その人たちには、寝室の窓から自分たちをのぞいている少年が、見えただろうか。

そして列車がいなくなると、ふたたび沈黙《ちんもく》がおりてきた。

うちのせまい庭はトゲトゲしたしげみに、ふちどられている。線路をつたって庭に入り、身をひそめようと思ったらかんたんだ。

庭の奥《おく》をじっと見ていたら、ぱっと何かが動いた。あわてて目をやると、その何かはもういなかった。

単にとなりのネコかもしれない……けど、ぼくの頭の中の声は、今のは人間の動きだと告《つ》げていた。

窓辺を離《はな》れ、階段《かいだん》のてっぺんに立った。家がわりと新しいから、せまくて傾斜《けいしゃ》が急な階段は、ミシミシ音をたてたりしない。

誰《だれ》かが階段をこっそりあがってきても、きっと聞こえないだろう。まして、寝《ね》ていたら……。

まだベッドに入る気になれなかった。

五月十六日（土曜日）

母さんへ

なんで父さんの部屋に入ったのかわからない。最後に入ったのは、もう大昔だから。というか、最初の文は、厳密《げんみつ》には正しくない。どうして入ったのか、だいたいわかっている。さがし物をしていたんだ。具体的に何かまではよくわからないけど。それに一階から聞こえてきた音がちょっとこわかった。正直に言うと。

父さんは、母さんがいたころからかたづけが苦手だったけど、今は何も捨《す》てないんじゃないかと思う。役に立たないものが部屋じゅうの壁《かべ》ぞいに山積みになって、壁の半分くらいまでうめつくしている。古い雑誌《ざっし》や、母さんのアンティーク人形のコレクション。もらいものの材木の切れはしや、母さんが捨てようと思って物置に入れておいた、古いキャンプ用品まで。

父さんがこういうものを全部この家に持ってきたなんて、知らなかったよ。きっとずっと屋根裏《やねうら》部屋に置いてあったのを、おろしてきたんだ。母さんの古い服まで積んである。どれもたたんであって、ちょっとほこりっぽい。

なんでこんなに物をためこんでいるのかわからない。そのうちに部屋に入れなくなるよ。ときどき、父さんは口に出して言っている以上に、母さんが出ていったわけを知っているんじゃないかと思う。EVIDENCE《エヴィデンス》【14】（証拠《しょうこ》）はないから、単なる勘《かん》だけど。

母さんはよく、自分の直感を信じなさい、って言ってたよね。自分の内なる声を聞けば、とんでもないまちがいはおこらないからって。父さんはそれを聞いて笑ってた。ぼくの頭にあやしげな迷信《めいしん》をふきこむなって、言ってたよね。

オンラインでアレックスと話すようになってから、母さんのことを頭の奥《おく》におしこめておけなくなった。以前は父さんを信じて、母さんのことはすべて忘《わす》れるのがいいと思ってた。それ以外のやりかたはないって。

でも最近は、母さんを本当に見つけることができるかもしれない、って思いはじめたんだ。スクラブル大会を通してかもしれないし、アレックスを通してかもしれない――けど、以前は胸《むね》の奥深くにうめていた希望の小さな火花が、FLICKERING《フリッカリング》【20】（ちらちらする）小さな炎《ほのお》に育った感じがするんだ。

父さんの部屋に入って数秒後、すみにある、小さな木製《もくせい》のチェストが目にとまった。母さんはそこに書類をしまってたよね？

そのチェストに近づいて、ふたをあけてみた。からっぽだろうと思ってたら、全然そうじゃない。ほとんどふちまでいっぱい、写真が入っていた。

ぼくはチェストの前にひざをついて、存在《そんざい》も知らなかった写真をつぎつぎと手でつかみだして、一枚《まい》一枚全部見た。

最後まで見終わってはじめて、自分の顔がぬれていることに気づいた。

床《ゆか》の上につまれた写真は、もはやぼく以外の人には何の意味もない、幸せな思い出のかがり火みたいだった。

ぼくは気を落ちつけながら、写真を全部チェストにもどすことにした。そのとき、チェストの左下のすみに、四角く折りたたんだ新聞紙がはさまっているのが見えたんだ。それをそっと、時間をかけて、やぶかないようにはずしていった。

新聞の日付は、母さんが出ていってから一週間後。SERRATED《セレイテッド》【9】（ぎざぎざした）ページのはしのすぐ下に、電話番号が走り書きしてある。

最初はどうでもいい旅行記事だと思ってた。でも、はっと気づいたんだ。

〈ノッティンガムシャー州バニー〉

それって、母さんの生まれたところだ。

しかも、この家から二十キロくらいしか離《はな》れていない。

で、ぼくは今、こう思ってる。なぜ父さんはわざわざそんなに近い場所について書かれた新聞記事を切りとって残しているんだろう？　父さんは、母さんの持ち物を全部車につめこんで、市のゴミ捨《す》て場《ば》に持っていったと言ってた。母さんの写っている写真も全部捨てたと。

それって全部、嘘《うそ》だったんだ。

ぼくは電話番号を書きうつしてから、新聞をチェストの下にもどした。写真をもとどおりにしまおうとしたとき、母さんの思い出をまたはらいのけているような気分になった。暗い秘密《ひみつ》をかくすような。

これがどういうことなのか、まだわからない。でも、ＳＩＧＮＩＦＩＣＡＮＴ《シグニフィカント》【17】（重要）なものを見つけたことはわかる。

ただの勘《かん》だよ。だけど、ぼくには勘しか残されてないんだから、しっかりしがみついておくつもり。

愛をこめて。
フィンレイ　×

18

プレイヤーがラックにあるすべてのタイル——七文字——をいっぺんに使うことができた場合を、「ビンゴ」と言う。

日曜日

翌朝、5：06ＡＭに目が覚めた。

日の出は早起きしてでも見る価値《かち》がある。ぼくのように、思いがけず起きた場合でも。

空にはあざやかなオレンジとピンクの筋《すじ》が走り、まるで画家がほそい絵筆で描《か》きこんだかのようだ。もし学校でそんな絵を描いたら、コーナー先生に、もっと色をやわらげて本物らしくしなさい、と言われるだろう。コーナー先生の授業《じゅぎょう》でいい成績《せいせき》をとろうと思ったら、先生が頭で思いえがく絵を描かないといけない。自分の頭じゃなくて。

ゆうべはろくに寝《ね》ていないけど、不思議なことに、目をぱっとあけてあの空を見たとたん、気力と決意がみなぎってきた。

太陽はもう完全にのぼり、空にかかる熟《じゅく》しすぎた巨大《きょだい》なブラッドオレンジのようになって、ぼくの寝室《しんしつ》の壁《かべ》を燃《も》えたたせている。

夜の間ずっと、頭が時間外労働をしていた結果、やっと自分がつぎにどうするのか決めることができた。でも、まだ行動するには早すぎるから、まずは起きてシャワーをあびることにする。

バスタブから出て、ずっと置きっぱなしのカビくさいタオルをつかむと、今日の午前中にやることに決めた重要な作業に気持ちを集中させた。

父さんはもう何度も言っていた。母さんがどこにいるか知らないし、母さんのことは何もかも忘《わす》れたいと。それなら、どうして母さんの持ち物や写真をとってあるんだ。なぜ母さんの生まれ故郷《こきょう》の町の記事をかくしてあるんだ。電話番号を書いて。

どうも父さんにはずっと、母さんに連絡《れんらく》をとる手段《しゅだん》があったんじゃないかと思う。

朝食を食べながら、ズボンのポケットにつっこんであった紙切れをとりだして、テーブルの上で広げた。今日は、母さんとふたたび話すことができる日になるかもしれない。

十時きっかりに、うちのコードレス電話機を居間《いま》へ持っていき、紙切れに書きうつしておいた番号に電話した。

誰《だれ》も出ないだろうと思ったところに、声が聞こえた――けど、すぐに期待が消しとんだ。留守《るす》番《ばん》電話だった。

「お電話ありがとうございます。バニー郵便局《ゆうびんきょく》の営業《えいぎょう》時間は終わりました。月曜日から金曜日の午前九時から……」

バニー郵便局？　録音されたメッセージのつづきは耳に入ってこなかった。ようやく聞こえたのは、「トーンのあとに、メッセージをどうぞ」

ピーと機械音が鳴る。

ぼくは息を吸《す》いこんだ。

「あ、あ……」

留守番電話の沈黙《ちんもく》は、実際《じっさい》の人間としゃべるのよりも、さらにきついかもしれない。

「お、お、お願いが……」

言葉が口の中の天井《てんじょう》にはねかえり、喉《のど》の奥《おく》へもどっていく。制御《せいぎょ》不能《ふのう》なピンポン球のように。母さんがそこで働いているのかだけ、わかればいい。

「あ、あの、ク……」

連続音が鳴って、打ちきられた。言いたいことを言う時間はじゅうぶんあったと、留守番電話《るすばんでん》が判断《はんだん》したのだ。

キッチンに行って、コップに水を注いだ。何回か深呼吸《しんこきゅう》をしてから、もう一度、電話番号を打ちこんだ。

もう一度、めんどくさい手順をふんで、ピーという音を待ってから、しゃべりはじめる。

「あ、あの、ク、クリスタ……」

〈いいから言え〉

口をひらいて、がんばっても、何も出てこない。するとカチッとするどい音がして、連続音が鳴り、また電話が切れてしまった。

唇《くちびる》の内側《うちがわ》をぎゅっとかみしめると、口の中に金属《きんぞく》っぽい味が広がった。さけびだしたい気分だけど、そんなことをしてもどうにもならない。そこで、三度目の挑戦《ちょうせん》をして、深く息を吸《す》う……でも、ピーという音が来ない。かわりに、ロボットのような声が伝えてきた。「留守番電話の録音がいっぱいになりました。おそれいりますが、のちほどおかけなおしください」

ぼくは水の入ったコップをつかむと、思いっきり壁《かべ》に投げつけた。

19 ビンゴになった場合のボーナス点は五十点で、作った単語の点数に加算される。

月曜日

朝、父さんから置き手紙があった。早朝から仕事で出かける、すまん、と。ゆうべおそく帰ってきてから、死人も目をさますくらい大きな音でガタガタやっていたけど、それでも父さんが家にいると安心してよく眠《ねむ》れた。

午前中は二時間連続で国語の授業《じゅぎょう》――オリヴァーと同じクラスだ。話す技術《ぎじゅつ》と聞く技術を勉強するのが、オリヴァーには笑えるらしい。

「おい、聞いたか、フィ、フィ、フィンレイ？　は、は、はっきりしゃべらないといけないらしいぜ」最後列からひそひそ言ってくる。

「静かに」ベル先生が怒《おこ》った顔をする。「みなさん、自分のクラス発表について、じっくり考えてください。テーマはどんなことでもかまいません」

ぼくは先生がホワイトボードに書いた発表の日程《にってい》をメモすると、予定どおりマリアムに会いに図書室に行った。

「どうだった?」マリアムがきく。

ぼくは黙《だま》ってマリアムのほうを見た。

「謎《なぞ》のアレックスとのスカイプ通話よ」

「う、うまく、い、いかなかった」こたえながら、タイル袋《ぶくろ》をひらいていく。「アレックスの、ウェ、ウェ、ウェ……」

言葉がどんどんつまっていくけど、マリアムはじっと待っていた。

「ウェ、ウェブカメラが……」

タイル袋を下にたたきつけて、髪《かみ》をかきむしった。

「しゃべる前に息をたくさん吸《す》って、ひと息に早口でしゃべってみたら?」マリアムは大きく息を吸うと、「こんなふうにあいだをあけないでつづけざまにしゃべるの」

言葉が出ようと出まいとかまわず、むりやりおしだしているみたいだった。

ぼくはマリアムの顔を見た。

「あなた次第だけど」マリアムは肩《かた》をすくめた。「やってみてもいいかもよ?」近くに人がいないか、見まわした。アダムズ先生は図書室の反対側《はんたいがわ》でとどいたばかりの箱入りの本を整理している。

ぼくは息を吸った。

そしてそのまま何も言わずに吐《は》いた。

うまくいきそうにない。マリアムがやってみせるのはかんたんだ。吃音《きつおん》がないのだから。

タイル袋に手をつっこんで、七枚《まい》のタイルを出してラックにならべた。

マリアムも同じようにした。こっちのほうを見ない。

先攻《せんこう》はぼくだ。E《エ》・X《グ》・A《ザ》・M《ム》（試験）という単語を作った。

マリアムはかぶりをふる。

「よくない手」と、つぶやく。

最初の単語で二十六点とれたのだから、ぼくにとっては「よくない手」ではない。

ぎゅっと口を結んで、新たにタイルを四枚、袋《ふくろ》からとった。

「強いタイルは、得点の高いマスで使えるように、残しておかないと」マリアムはボードの上で指をふった。「見て。強いXの文字がむだになってる。わかる、フィンレイ?」

どうでもいい練習ゲームなんだから、どうしてマリアムが大さわぎするのかわからない。

「いやがらせだと思ってるかもしれないけど」と、マリアムがつづける。「大事なことなの。強い力をどこで使うのか、慎重《しんちょう》に決める必要がある。そうすれば、結果的に勝てるの」

図書室の入り口のあたりがガヤガヤうるさくなって、オリヴァーと仲間が入ってきた。オリヴァーはもう腕《うで》に包帯をしていない。こっちを指さして、手で口をかくして何か言う。みんなが大声で笑った。

アダムズ先生が本の箱をおしのけ、近づいていった。

「シェイクスピアがあるかどうか、さがしにきました」オリヴァーが言うと、仲間たちがしのび笑いをしながら、つつきあった。

「シェイクスピアの作品をそんなに読みたいなんて、うれしいわ、オリヴァー」アダムズ先生はこわばった笑顔をむけた。「奥《おく》の壁《かべ》ぞいに演劇《えんげき》と詩の本がならんでるわよ。あなたたちのこと、見てますからね」

腕がかゆくてしかたない。たくさんの虫がはいずりまわっている感じがする。ぼくは皮膚《ひふ》をこすって、すわったまま体をもぞもぞさせた。

「ゲームに集中して」マリアムが小声でするどく言う。「バカな人たちは無視《むし》すればいいから」

かなり努力して、文字や単語に没頭《ぼっとう》するうちに、オリヴァーの笑い声や子分たちの悪ふざけが、意識《いしき》の領域《りょういき》からだんだん消えていった。

マリアムとぼくはずっと抜《ぬ》きつ抜かれつだったけど、いきなり、バシッ！　マリアムがぼくの置いたばかりのGを使って、B・L・A・Z・I・N・G《ブレイジング》（燃《も》えたつ）とならべた。Zが〈文字得点二倍マス〉、Bが〈単語得点三倍マス〉にのっている。ひとつの単語で、たんまり八十七点もかせぎだした。

ぼくは顔をあげて、にっと笑い、マリアムが勝ちほこった声をあげるのを待った。けど、マリアムはこっちを見ていなくて、笑ってもいなかった。

マリアムの顔はこわばって、へんだった。どうしたらいいかわからないみたいに。

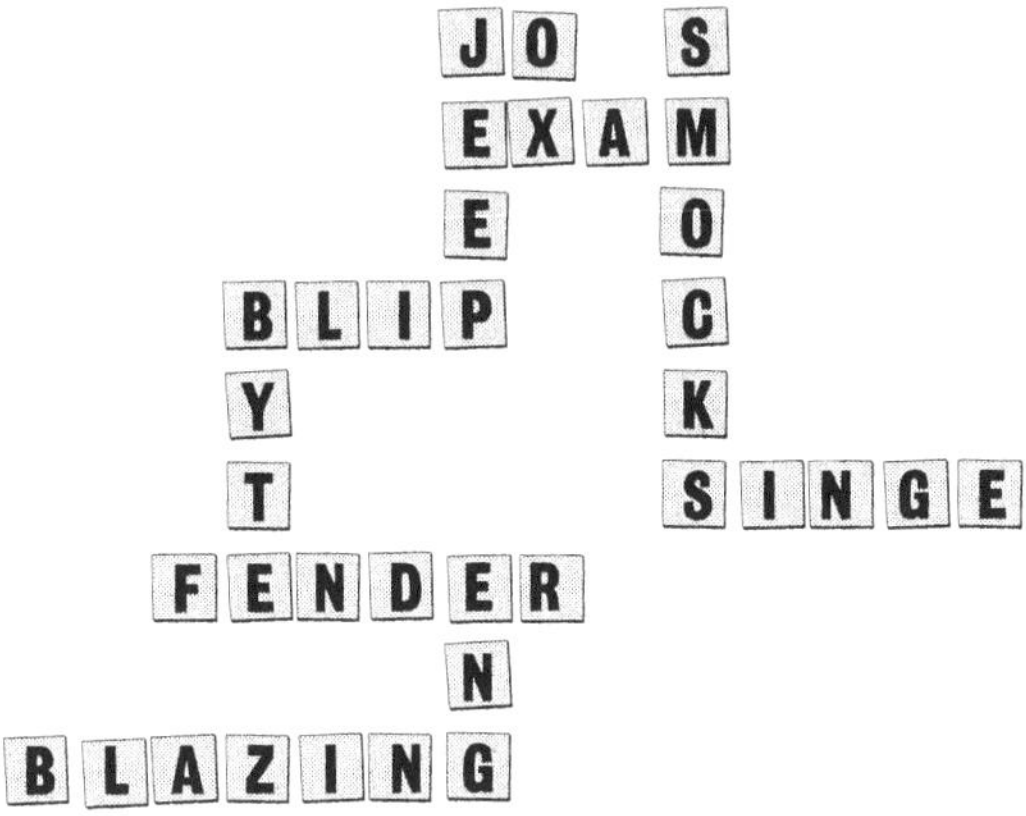

20

水色のマスにタイルを置くと、その文字の得点が二倍になる。

マリアムはぼくのうしろのほうに注意をむけていた。

そのとき、オリヴァーのあざける声が聞こえた。

「やるね、女の子のわりに。あぶらっぽいヘッドスカーフをかぶった、カレーくさい女の子のわりにね」

マリアムはココナツのようなあまいにおいがする。ときどきヘッドスカーフからこぼれるおくれ毛は、はりがあってつやつやしている。

アダムズ先生がいないかとふりかえったけど、遠いすみの保管庫《ほかんこ》にいて、頭のうしろしか見えない。

「な、な、なんだよ」ぼくは立ちあがった。「だ、だめだ」

「な、な、何がだめなんだよ、フィンレイ?　い、一日じゅう待たせる気か?　言いたいこと言えよ」

ダレンとミッチェルがいやらしく笑う。

「ど、どうした?」オリヴァーがつづける。「じゃあさ、自分の名前を言えよ。誰《だれ》だってそのくらいできるだろ?　三歳《さい》のガキだって言える。ほら、『ぼくの名前はフィンレイ・マッキントッシュです』って言えよ。そうしたら、放っておいてやる」

「無視《むし》して、フィンレイ。その人たちのためにがんばることないから」マリアムは立ちあがって、文字タイルを袋《ふくろ》にしまいはじめた。

「何をがんばるって、ヘッドスカーフ?」オリヴァーがかみつくように言う。「自分の名前を言うことか?　しゃべることか?　しゃべるなんて、誰にだってできる、あたりまえのことだろ。あっ、無知な外国人や、ど、ど、どもるやつはべつか」

「そうだな」ダレンも言って、ゲームボードを強くおした。タイルがテーブルの上に散らばる。

保管庫のドアがしまる音がしたから、期待してそっちを見たけど、アダムズ先生はすでに図書室の外で、ほかの生徒と話をしていた。

「おい、何かくさくないか、フィ、フィンレイ?　おまえ、よっぽど外国のにおいが好きなんだな。ずっと彼女《かのじょ》といっしょにいるもんな」

オリヴァーが一歩近づき、マリアムの体がこわばる。いつもはきらきらした茶色い目が、なぜだか色あせて見える。オリヴァーにひどい言葉をあびせられても、マリアムは言いかえそうとしない。ただぼんやり前を見つめ、まるで心がどこかべつの場所に行ってしまったかのようだ。

「そういえばさ、ヘッドスカーフの下に、何をかくしてるんだよ？　爆弾《ばくだん》でもしまいこんでるんじゃないのか？」オリヴァーが足を蹴《け》りだすと、マリアムはあとずさった。

「マジかよ、カチカチ鳴ってんのが聞こえたぞ」ダレンがおびえた声色で言うと、三人ともゲラゲラ笑う。

「イギリスはな、イギリス人のもんなんだよ」オリヴァーが怒《おこ》った声をあげた。

オリヴァーの腕《うで》があがり、手がかぎづめのような形になって、マリアムのヘッドスカーフにのびていく。ぼくは思わず飛びだしていた。全体重をかけて、オリヴァーに体当たりする。オリヴァーはよろけて横ざまにたおれ、テーブルの角《かど》にももをぶつけて悲鳴をあげた。

アダムズ先生が図書室の中にもどってきたのは、ちょうどぼくがオリヴァーにぶつかっていったときだった。

先生は早足ですっとんできた。

オリヴァーは声をあげて床《ゆか》にしずみこみ、アカデミー賞受賞俳優《はいゆう》なみの演技《えんぎ》で足をかかえ、のたうちまわる。

「いったい何ごとですか」アダムズ先生がオリヴァーを助けおこした。

「オ、オ．オリヴァーが……」ぼくは説明しようとしたけど、舌《した》が腫《は》れた感じで、言葉がその下に入りこんでしまう。

「フィンレイが襲《おそ》いかかってきたんです」ミッチェルが言いつけた。「いきなり」

「ち、ち、ちがう……」

「おれたち、全然何もしてなかったのに」ダレンが無実を訴《うった》えるように目を見ひらく。

アダムズ先生は反応《はんのう》をうかがうようにこっちを見たけど、ぼくが話そうとする言葉は口の中でこなごなにこわれてしまっていた。

「マリアム？　何があったんですか？」

ぼくはマリアムがふたり分の主張《しゅちょう》をしてくれるのを待った。オリヴァーが人種差別的なことを言い、どんなに攻撃的《こうげきてき》だったか、アダムズ先生に話すのを待った。けれど、マリアムは何も言わなかった。

「マリアム？　何があったか話してくれますか？」アダムズ先生がもう一度きく。

マリアムはかぶりをふった。

「それなら、今回のこの残念なできごとを、学年主任《しゅにん》の先生に報告《ほうこく》するしかありません」アダムズ先生はぼくにそう言うと、むこうへ歩いていった。「待ってなさい。〈暴力行為報告書《ぼうりょくこういほうこくしょ》〉の用紙をとってきますから」

「腕《うで》をやられた復讐《ふくしゅう》をするって、言っただろ」オリヴァーはこっちに身を乗りだして、声を低めた。「これでおまえがスクラブル大会に出られるのか、見ものだな、フィ、フィンレイ」

アダムズ先生は保健室の先生を呼《よ》んだ。冷たい湿布《しっぷ》をすすめられたオリヴァーは、足をひきずりながら帰っていく。ぼくの前を通りすぎるとき、にやりと笑って。

マリアムは——いつもどうしたらいいかわかっていて、言うべきことをしっかり言うマリアムは——黙《だま》りこくっていた。まるで自分自身の中に折りたたまれてしまったかのように。マリアムに、オリヴァーがヘッドスカーフをとろうとしたんだ、と伝えたかった。どうしてアダムズ先生にきかれたときに、きちんと自分の主張《しゅちょう》をしなかったのか、ききたかった。でも頭がズキズキして頭皮がむずむずするばかりで、何も言えない。

立ちあがって歩きまわって手足をガシガシひっかきたい衝動《しょうどう》にかられた。でも、そうはしなかった。じっとすわって静かにしていた。マリアムのように、両手を組んだりほどいたりしながら。

やがて、学年主任《しゅにん》のホーマー先生が現《あらわ》れた。マリアムといっしょに、先生の事務室《じむしつ》についいていった。先生が椅子《いす》を動かし、三人で小さな輪になってすわる。

「何があったのか話してくれないか」先生が言う。

ふたりともしゃべらない。

「黙っていたら助けてやれないぞ」ホーマー先生は、アダムズ先生の報告書をちらっと見た。「フィンレイ、ここにはきみがオリヴァー・ヘイウッドをなぐったと書いてある。なぜそんなことをした？」

「オ、オリヴァーは……」

「何をしたって？　笑ったのか？」

体がこわばり、言葉が全部くっついて、舌《した》の裏《うら》に毛玉ができたようになった。

「オ、オリヴァーは……」

「マリオン」ホーマー先生がさえぎる。「フィンレイには難《むずか》しいようだ。図書室で何があったのか、きみから話してくれないか」

「わたしは、マリアムです」小さな声でマリアムは言った。

「あ？　ああ、マリアムだね。さあ、何があったんだ？」

「なんにも」マリアムがこたえる。

「いいか、オリヴァー・ヘイウッドが天使じゃないことはわかっている。きみがいやがるようなことを何かしたのなら、今、話してほしい」

「オリヴァーは、わたしのヘッドスカーフをとろうとしました」マリアムがやっと言った。

「フィンレイが止めてくれたんです」

「オリヴァーは実際《じっさい》にきみにさわったのか？」ホーマー先生が強い口調でせまった。

「いいえ……だけど……」

「誰《だれ》かが何かをするかもしれない、いいというだけの理由で、人にぶつかっていくのはよくないな、フィンレイ」先生がきびしい顔をする。「オリヴァーはスクラブルのことできみたちと話がしたかったそうだ。ゲームを中断《ちゅうだん》されたんで、フィンレイが怒《おこ》りだしたと言っている。きみがオリヴァーにあやまる気があるなら、三人でいっしょにスクラブルのゲームをして、うめあわせをしてはどうだ。そうすれば、今回は見のがしてやろう」

「オリヴァーには、近づいてきてほしくありません」マリアムが言った。

声はあいかわらず小さいけれど、決然とした言いかただった。

「そういう態度《たいど》はあまり助けにならないな、マリオン」ホーマー先生が言う。「きみは以前にもこの学校で問題をかかえ、不適切《ふてきせつ》な行動をとったことがあった。しかし今回、オリヴァーは実際にきみに危害《きがい》を加えたわけじゃない。きみがそう思いこんだだけだ」

マリアムはちらっと、こっちを見た。

「きみ自身のためにも、もっとほかの生徒になじむようにするべきだよ。人のことを、悪いほうへばかり考えないようにしないとな。統合《とうごう》には、双方《そうほう》の努力が必要だ。覚えておきなさい、マリオン」

ホーマー先生は自分の時計をちらっと見た。

「さてと、今日は当番だから、また外にもどらないと。きみたちは……」先生はぼくたちを順ぐりに見た。「今から五分間、自分たちの態度についてじっくり考えてから、オリヴァーにあやまりにいきなさい。オリヴァーには明日、どうなったか確認《かくにん》するからな」

数秒で先生は部屋からいなくなり、残されたぼくたちは、ただ顔を見あわせていた。

ぼくは息を大きく吸《す》いこんで、言葉をいっぱいためこむと、マリアムが教えてくれたように、一気に吐《は》きだした。

「あいつにはぜったいにあやまるもんか」

言葉はとぎれることのない川のように、いきおいよくこぼれでた。ぼくは口をぽかんとあけ、顔から血の気がひいていくのを感じた。まったくつっかえずにしゃべれたのだ。

マリアムの指先が宙《ちゅう》で止まった。さっきまでねじっていたヘッドスカーフのすみから手を離《はな》す。

「すごい」マリアムはささやいた。

21 ふたつの〈単語得点三倍マス〉にかかるように単語を置くと、その単語の得点は九倍になる。

学校が終わると、ノッティンガム駅のそばのブロードマーシュ・バス・ステーションまで行って、バニー町にむかうバスに乗った。

バニー町までは二十分くらいだ。道中のほとんどの時間、母さんがいなくなってから住んでいた場所を、ついに見つけたんだろうかと考えていた。今までは、母さんが遠い場所にいるものと思っていた。外国かもしれない、とも。こんなに近くにいるなんて、誰《だれ》も考えつかないだろう。近すぎて、さがす気もおこらない。

指先を、なめらかでひんやりした母さんの写真に置いた。父さんが大かたづけをしたとき、この写真だけはなんとか残すことができた。ほかに何百枚《まい》もとってあったなんて、ちっとも知らなかった。

もしかしたら母さんは郵便局《ゆうびんきょく》で働いていて、だから、父さんは電話番号を書きとめておいたのだ。ぼくが郵便局に入っていったら、母さんはそこにいて、カウンターの奥《おく》に立って、書類の確認《かくにん》か何かをしているかもしれない。

マリアムに教わった「大きく息を吸《す》うテクニック」を使えば、バカだと思われずに、しゃべることもできるかもしれない。今日が人生最高の日になるかもしれないのだ。

バスを飛びおりて、歩きはじめた。郵便局がどこだか知らないけど、小さな町だから、百万キロも離《はな》れているわけはない。

おじいさんとすれちがった。買い物袋《ぶくろ》をさげて、足を引きずりながら歩いている。知らない人と話すのは恐怖《きょうふ》だけど、なんとか言葉をしぼりだすか、ここまでの旅をむだにするか、どちらかしかない。

ぼくは母さんの写真をかかげた。

「す、す、すみません。こ、こ、この人を、さ、さがしています。こ、このへんで、み、み、見かけていませんか?」

おじいさんはぼくをじっと見てから、ふるえる手で写真を受けとった。目から遠ざけ、今度は近づけ、その間ずっと目をほそめている。

「いや」おじいさんは写真をかえしてよこした。「このへんじゃ見かけないな。悪いねえ、兄ちゃん」

たまたま最初にきいた人が母さんを知らないからといって、何かが証明《しょうめい》されたわけではない。おじいさんは郵便局《ゆうびんきょく》の場所を指さして教えてくれた。通りのはし、生協の裏《うら》にある。生協の店はけっこう混《こ》んでいたけど、郵便局には客がいない。

郵便局のカウンターの奥《おく》には棚《たな》が何列もあり、大きさのちがう茶封筒《ちゃぶうとう》や荷造りテープやフェルトペンが置いてある。

ガラスの仕切りのむこうに女の人が立っている。母さんではない。

「あ、あの、ひ、ひ、人をさがしています」なんとか口に出せた。

ガラスの下のすきまから、母さんの写真をさしだした。

女の人はこっちを見てから、写真を手にとってじっくりと見た。

「ひょっとして、きのう、留守番《るすばん》電話にメッセージを入れようとしていたのは、きみだったの？」女の人がきく。

ぼくはうなずいた。女の人は写真をかえしてよこし、かぶりをふった。

「ごめんなさいね。知らないわ」

ぼくは足早に郵便局を出た。新鮮《しんせん》な空気がほしかった。町の大通りを歩きまわって、一軒《けん》のパブとすべての店できいてみた。学校の校庭を掃《は》きそうじしていたおじさんにまでたずねた。誰《だれ》も母さんを見たことがなかった。ここには住んでいないんだろう。

バス停のそばの小さな草むらに置かれたベンチにすわり、ぎゅっと目をつぶった。何かいい考えを、小さな希望のかけらを、さがしもとめていた。だけど、何も見つけられそうにない。まるで市役所にあるような大ホールの中にいる気分だ。天井《てんじょう》が高くてドーム型をしているから、大声をあげると部屋全体にこだまするけど、数秒後には消えてしまう。だから、こだまは気のせいで、本当は何もおこらなかったのかな、と思ってしまう。

五月十八日(月曜日)

母さんへ

不思議だけど、母さんがいなくなっていちばんさびしいのは、母さんがいたころには気にもとめなかったようなこまかいことを思い出すときなんだ。母さんがラジオにあわせて歌っていたこととか、毎朝、食卓《しょくたく》に朝食の皿をならべていたこととか。

ぼくの引き出しには洗《あら》いたての靴下《くつした》や下着がいっぱい入っていて、アイロンのかかった制服《せいふく》のシャツが毎朝、戸棚《とだな》にかかっていた。そういうことを思い出すと、さびしくなる。

今は自分でやらないといけないからいやだというわけじゃない。そういうことをぼくのためにしてくれていたからこそ、たとえ一日じゅういなくても、泊《と》まりがけの出張《しゅっちょう》に出かけていても、母さんがここにいると感じられていたんだ。家の中に母さんの存在《そんざい》がありありとあった。

この新しい家に引《ひ》っ越《こ》したとき、前の友だちと会えなくなって本当にさびしかった。それと、母さんがいなくてさびしかった。猛烈《もうれつ》に集中すれば、母さんのＰＥＲＦＵＭＥ《パフューム》【14】（香水《こうすい》）のにおいをなんとか思い出せて、母さんがこう言うのも聞こえる。「フィンレイ、ときにはね、幸せそうなそぶりをしているほうがいいこともあるのよ。心の中でそう思ってなくてもね。そうすれば、なんとかその日をやりすごせるの」

今、ぼくは考える。母さんはキッチンでときどきダンスをしてたけど、それは幸せそうなそぶりだったの？　ぼくが七文字の単語を思いついたとき、喜んで悲鳴をあげていたけど、なんとかその日をやりすごしていただけだったの？

ときには、母さんのにおいや声を思い出せない日もある。どんなにがんばっても。

そういうときは、母さんはまったく存在していなかったんじゃないかと思えてくる。

愛をこめて。

フィンレイ　×

22

濃《こ》い青のマスに文字タイルを置くと、その文字の三倍の点数になる。

日記帳をかくすと、ホーマー先生から留守電メッセージが入っていたのを思い出して、消した。オリヴァーとの「一件《けん》」について、父さんに知らせる電話だ。ぼくが学校で問題をおこしたせいで、父さんがブライトン行きをとりやめることになってほしくない。

バニー町に行ってきた今、アレックスと話すことがますます重要になった気がした。それまでは、新聞の切《き》り抜《ぬ》きにあった電話番号がかならず母さんの消息につながると信じていた。こんな結果は想定《そうてい》していなかった。

自分の部屋でゲームサイトにログインすると、アレックスが待っていた。

ヘイ！　アレックスが打ってくる。**今日はどうだった？**

けっこう最低　ぼくは返した。

なんで？　何かあった？

アレックスと友だちになりたければ、信用しないといけない。前の学校を去ってから、アレックスがはじめての友だちになるかもしれないのだ。もちろん、マリアムをのぞいて。

その話、したかったらしていいよ　アレックスがつづける。

学校でイヤなやつと、ちょっともめただけ　ぼくはたいしたことじゃないふりをした。

そいつ、何ていう名前？　――ノッティンガムに行ったとき、避《さ》けるようにするから

オリヴァー・ヘイウッド。絶対《ぜったい》に会わないほうがいいよ

そういうやつって、痛《いた》い目にあわないとわからないんだよ

そうだね　ぼくはにやりとして打った。ゲーム、する？

今はむり。あと十五分で食事。チャットなら少しいいよ

OK

それで、すごい秘密《ひみつ》、思いついた？

アレックスの言葉がメッセージボックスの中でわずかにゆらめいた。言葉の裏《うら》に、プレッシャーのようなものを感じる。でも、とにかく何かこたえないと。

じゃあ、秘密を言うね……アイスクリームが苦手なんだ！　誰《だれ》にもバレてない(^0^)

数分間、何も返ってこない。

そのあと、アレックスの返事がとどいた。

そうじゃなくて本物の秘密だよ、フィンレイ。誰にも言ったことのない、大事な秘密

手がじっとりして、キーボードからすべりおちる。

ログアウトしないと、と思った。オンラインで居心地《いごこち》悪くなったときはそうするべきだと、わかっている。でもアレックスを怒《おこ》らせたくない。アレックスとのつながりに、あまりにもたくさんのことがかかっている。

何を言えばいいかわからないから、一階におりて、マグカップに紅茶《こうちゃ》をいれ、ビスケットをとってきた。部屋にもどると、画面のど真ん中で、新しいメッセージが点滅《てんめつ》していた。

OK、こっちの秘密を先に言うよ。三年前、父親が仕事関係の女の人と浮気《うわき》をしてることに気づいた。でも、母親には黙《だま》ってた

ぼくは言葉を失った。そんなことを聞いたら、どうやって返事をすればいいんだろう。

母親は去年亡《な》くなった　アレックスがつづける。**自分が最悪の裏切り者になった気分**

そんなふうに思うことないよ。きみのせいじゃないんだから　ぼくは打ちこんだ。

一、二分、間があってから、アレックスから返事が来た。

この話、今まで誰にもしたことなかったんだ

チクチクする指先が、キーボードの上に浮《う》かんでいる。そんなに個人的《こじんてき》な話をするなんて、アレックスはぼくを完全に信用しているのだ。

友だちがあんまりいなくて。ほとんど家の中で過《す》ごしてる。母さんが亡《な》くなってから　アレックスがつづける。なさけないよね？

それがどんな気持ちなのか、ぼくにはわかる。びっくりするくらい、ぼくはアレックスと境遇《きょうぐう》が似《に》ている。もちろん、母さんは亡くなってはいない。でも、いなくなってからは、友だちと過ごすことが遠い記憶《きおく》にすぎなくなっている。

秘密《ひみつ》を打ち明けたくなかったら、かまわないよ　アレックスが言う。

そこまでさらけだして、何も見返りを求めないなんて、アレックスは本当にぼくを信じているにちがいない。呼吸《こきゅう》が速く、あさくなった。手が少しふるえているけど、ぼくはキーボードを打ちはじめた。打ちおわると、気が変わらないうちに、送信した。

誰《だれ》にも話してはいけないことになっている、ぼくの秘密はこう。母さんが二年前に家を出て、消えてしまった。さようならも言わずに。どうしていなくなったのか、いまだにわからない

ショックを受けたアレックスの返事を待ったけど、何もなかった。

紅茶《こうちゃ》をゴクリと飲んだけど、口の中はからからのままだ。秘密を話したことで、義理《ぎり》のお母さんについて、ききやすくなったかもしれない。うまく質問《しつもん》すれば、あと数分で、ぼくは母さんの居場所《いばしょ》をつきとめられるかもしれないのだ。

23

ゲームボードには、星印のマスをふくめ、〈単語得点二倍マス〉が十七ある。

すわったまま、きっかり七十二秒間、何かを待ちつづけたことはあるだろうか？ ただすわって、宙《ちゅう》を見つめたまま。携帯《けいたい》電話を見たり、本を読んだり、音楽を聞いたりしないで。ただ、待ちつづける。

嘘《うそ》じゃない。七十二秒間が、一時間に思える。

きっとアレックスを怒《おこ》らせてしまったんだと、自分を納得《なっとく》させたころになって、ようやくメッセージが光った。

誰にも話してはいけないって、誰が言ってるの？ アレックスがきいた。

チクリと、心にかすかな痛《いた》みを感じた。アレックスはぼくの秘密にショックを受けていないようだった。ぼくがアレックスの秘密に驚《おどろ》いたほどには。ぼくの話を信じていないのか、それとも、義理《ぎり》の母親が前の家族を見捨《みす》てたという話をまねをしているると思っているのか。

父さんが話をしたがらないんだ　ぼくはこたえた。

どうして?

わからない。ただ話したくないから。母さんの持ち物も全部処分《しょぶん》したし
全部??

そう、全部。というか、自分ではそう言ってた。でもつい最近、嘘《うそ》だってわかった
どういうこと?

母さんの持ち物の話題を終わらせて、自分のとんでもない推測《すいそく》が当たっているかどうか知りたい。アレックスの義理の母親は、本当にぼくの母さんなのか？　答えが「ノー」なら、とりあえずそのことは忘《わす》れて、アレックスとふつうに友だち同士の話をすればいい。

ぼくは大きく息を吸《す》ってから、打った。

チャットをはじめたころ、義理のお母さんが前の家族を捨てたって言ってたよね?

うん、言った　アレックスが言う。その前に、お父さんがお母さんの持ち物を捨てたと嘘をついたことについて教えて。気にしてるみたいだから
アレックスはテリア犬のようにしつこく食いさがってくる。その話をするしかない。

父さんが仕事でいないとき、部屋をのぞいたんだ。母さんの写真が大量にあった。ほかのも

のも

ほかのどんなもの？

どこまで言えばいいんだ？　新聞の切《き》り抜《ぬ》きに書いてあった電話番号のことまで？

フィンレイ？

ぼくの指がキーボードの上をさまよう。

ほかにどんなものを見つけた？

とくになんにも　ぼくは打った。服とかそういうもの。父さんが市のゴミ捨て場に持っていったって言ってた

アレックスは黙《だま》っていた。

気づまりだった。いい友だち同士はかくし事をしないものだ。一度、リアルで話をすれば、何もかもちがうだろう。そうなったら、すべてを話せるようになる。でも今はこれ以上待てなかった。

こんなことを書いたらヘンに思われるかもしれないけど　と、ぼくは打った。義理のお母さんは何という名前？　お父さんに出会う前は、どこに住んでたの？

アレックスから返事が来るまで、何年も待ったような気がした。オンライン中だとわかるのは、アレックスのＩＤ《アイディー》アイコンがまだ緑色だからだ。

あきらめかけたとき、返事が来た。

名前はニコールで、どこに住んでいたかは知らない
心臓《しんぞう》が、ぬれそぼった冷たい石のように、体の中をしずんでいく気がした。

すると、メッセージボックスがまた光った。

でもそれ、本当の名前じゃないんだ。新しいID《アイディー》を作ったらしいよ。ものすごく悪いことをしたんだって、父親が言ってた
ぼくは呼吸《こきゅう》のしかたを思い出せなくなったようだ。アレックスのメッセージをもう一度読んだ。

写真は、ある？　なんとか打ちこんだ。

でも送信ボタンをおす前に、ピンと、つぎのメッセージが入ってきた。

もう行かないと。また明日　アレックスはいなくなった。

真夜中近くまで家の中をうろうろしたあと、どうにか苦しい眠《ねむ》りについた。夢《ゆめ》の中でへんな場所にはまりこんだり抜《ぬ》けだしたりしていた。けわしくてすべりやすい傾斜《けいしゃ》をのぼらないといけなかったり、寝室《しんしつ》の窓《まど》からのぞいていると巨大《きょだい》な波が家におおいかぶさってきたりする。とちゅうで目が覚め、ネヴィルが巣箱の中でひっかいたりこすったりして、巣材で巣をつくりなおしている音が聞こえた。自分も小さなボールのように丸まって、ネヴィルのとなりで寝《ね》られればいいのにと思う。暗くて安全で、悪いことがおこらない場所で。

街灯《がいとう》の光に、ネヴィルのケージがぼんやりと照らされて見える。

「きっと母さんだよ、ネヴィル。ぼくにはわかる」ぼくはささやいた。

ひくひくする鼻先が現《あらわ》れ、ネヴィルがぱっとこっちを見る。

「わかったよ、ぜ、絶対《ぜったい》ってことはない。でも、可能性《かのうせい》はある。本当にそうかもしれないよ」

ネヴィルは感心していない。鼻をフフンと鳴らすと、ふかふかの寝床《ねどこ》にもどっていった。

今週の金曜日が終わると、春学期の中間休みに入る。その一週間の真ん中あたりに、全国学校スクラブル選手権《せんしゅけん》大会がある。学校が休みの間は、ぼくとマリアムが地元の青少年クラブで練習できるように、アダムズ先生が手配してくれた。

でも、スクラブル大会なんて、たいしたことじゃないように思える。アレックスとの会話のことしか、今は考えられない。なんてバカだったんだ。「ニコール」は母さんかもしれない、とアレックスに言えばよかった。でも、どうしても言えなかったのだ、結局。

もしまちがっていたら、友だちのいる生活に手をふって別れればいいだけだ。アレックスはぼくのことをダメ人間だと思うだろう。誰《だれ》だって、そう思うに決まっている。

でも、もしまちがっていなかったら……？

考えただけで、脳《のう》みそがくらくらする。
可能性《かのうせい》はかぎりなく小さいのに、その考えを追いはらえない。確実《かくじつ》な証拠《しょうこ》がほしいけど、
それには直接《ちょくせつ》アレックスに会うしかない。
そうなってはじめて、何もかもわかる。

24

〈単語得点三倍マス〉は四角いゲームボードの四辺に等間隔《とうかんかく》に配置されている。

火曜日

今日が午前中からいい日なのは、おもにオリヴァーと授業《じゅぎょう》が重なっていないからだ。昼休みがはじまるチャイムが鳴ると、図書室に行って、マリアムの短いレッスンを受けたけど、まったく入りこめていなかった。

ずっと下をむいて、ちゃんと見たり聞いたりしているふりをしたけど、レッスンが終わったときには、習ったはずのことを何ひとつ覚えていなかった。

アレックスと会うことばっかり考えていた。アレックスとは友だちのままではいたいけど、母さんの情報《じょうほう》を得るほうが大事な気がする。

「ちがうことを考えているでしょ」マリアムに気づかれた。

ぼくは、べつに、というように肩《かた》をすくめた。そして急に、ききたかったことを思い出した。

「ホ、ホーマー先生が、き、きのう言ってたの、ど、どういうこと？」ぼくは深く息を吸《す》って、すばやく言葉をおしだした。「いぜんにふてきせつなこうどうをとったって」

マリアムはかぶりをふった。

「そのことは、忘《わす》れたいと思ってる」

去年、第六学年級の人たちの間で何か問題がおきたことがあったけど、くわしくは覚えていない。マリアムが話したくなさそうだから、ぼくもそれ以上は追求しなかった。

レッスンが終わったとたん、マリアムは科学の個別指導《こべつしどう》の先生に会いに足早に去っていった。ぼくが図書室のドアから出たとき、オリヴァーがダレンとミッチェルをつれているのに出くわしてしまった。

「おいみんな、フィ、フィンレイに気をつけろ。くさい彼女《かのじょ》をちらっと見ただけで張《は》りたおされるぞ」

「マ、マリアムを、ほ、ほ……」

「放っておけってか？」オリヴァーがさっとふりむく。「なんで、かばうんだよ？　彼女はおまえをモルモットとしか思ってないぜ、フィ、フィンレイ」

ぼくは口を完全にとじていたのに、オリヴァーはこっちの顔をひと目見るなり、ブハッとふきだした。

「まさか彼女に好かれてるから、スクラブルのレッスンをしてもらえてると思ってないよな」

「おい、見ろよ、怒《おこ》ってるぜ！」ダレンがにやにやする。「ヘッドスカーフがおまえにほれてるとでも思ってたのかよ？」

「彼女が今やってる科学の自由研究のこと、知ってるか？」オリヴァーがきく。

「おまえの実験をしてるんだぜ！」ミッチェルが声をあげ、拳《こぶし》をつきあげた。

「な、な、なんだって？」ぼくはむせそうになった。

「今朝《けさ》、科学棟《とう》で見かけたら、プリチャード先生とその話をしてたんだ」オリヴァーはほかのふたりを見て、にやりとする。「け、研究内容は、こ、こ、言葉をつづけて言えない、ダ、ダメ人間の観察だってさ。あっ、ごめん、フィ、フィンレイ、ここにいるのを一瞬《いっしゅん》忘れてたよ」

オリヴァーはいなくなる前に、手のひらでぼくの頭のてっぺんをぎゅっとおさえつけた。なぐったのではない。痛《いた》くもない。ただ、ぼくの姿《すがた》が見えなくなるように、地面の下におしこもうとしている感じがした。

「お、おい、や、やめろ！」

「お、落ちつけ、フィ、フィンレイ。おならの発作をおこすなよ！」オリヴァーはぼくをおしのけると、三人でゲラゲラ笑いながら歩きさった。

午後の授業《じゅぎょう》がはじまる十五分前、マリアムが校内の自然庭園のベンチにすわって、本を読んでいるのを見つけた。ぼくがすわると、マリアムはちらっとこっちを見たけど、また読書にもどった。

「髪《かみ》の毛《け》にガムがくっついてる」マリアムは顔をあげずに言った。

頭のあちこちをさわってみると、かんでやわらかくなったかたまりが、べたっとはりついていた。引っぱってとろうとしたけど、長い糸を引いていくばかりだ。

「そのままにして、かわいてから切りとるしかないでしょ」マリアムが言った。

「オ、オリヴァーの、くそ野郎《やろう》」あいつの手が頭をおさえてきたのを思い出して、ののしった。

「あ、あいつ、マリアムのことを、い、言ってたんだ」

マリアムがさっとあたりを見まわし、表情《ひょうじょう》がけわしくなる。

「じ、自由研究を、や、やってるって」

「どうしてオリヴァーなんかの言うことを信じるの？」マリアムがため息をつく。

「じ、自由研究のテ、テーマが、ぼ、ぼくだって」

マリアムは息をのんで、読んでいた本をとじた。

「フィンレイ、あなたをテーマにした自由研究じゃないの」

「だ、だから、ぼ、ぼくを、た、助けてくれてるって」顔が熱くなっていて、今にも泣きだしてしまいそうだ。

「それはちがう」

友だちなんかいなかったときのほうが、ましだった。ぼくは、たったひとりでケージにいる、ネヴィルのことを考えた。ネヴィルには、がっかりさせられるような、ハムスター友だちはいない。傷《きず》つけられたり、信頼《しんらい》を裏切《うらぎ》られたりしないですむのだから、ラッキーだ。

ぼくは立ちあがって帰ろうとした。

「フィンレイ」マリアムがすかさず言う。「行かないで。話し合いましょう」

「な、何について？　ぼ、ぼくが、じ、じ……」息を吸《す》いこむ。「じ、実験対象《たいしょう》だってこと？」

「あなたは実験対象なんかじゃない、フィンレイ」マリアムが静かな声で言う。「わたしはあなたの助けになりたいの」

「じ、自由研究のために？」

「ちがう。自由研究のためじゃない」

じゃあ、自由研究自体はあるんだ。

「フィンレイ、お願い。もっと早くに言うべきだったけど、わたしは言語聴覚士《ちょうかくし》になりたいと思っているの。世界一の言語聴覚士《ちょうかくし》になりたい。それはあなたと友だちでいることとはまったく関係ないの。本当よ」

「だ、だから、ス、スクラブルのレッスンを、し、してくれ……」

「ちがう」マリアムの声が一オクターブあがった。「それにスクラブルのレッスンは、わたしが言いだしたことじゃなくて、アダムズ先生にたのまれたの」

25

ボーナス点のつくマスは、色のちがいで識別《しきべつ》できる。

足をふみならしながら、つぎの授業《じゅぎょう》のある技術棟《ぎじゅつとう》にむかった。

ぼくは、マリアムの科学の自由研究のテーマなのだ。マリアムに、うしろから腕《うで》をつかまれた。ねじれる感じがしたから、どなり声をあげ、思いっきり腕を引いた。

ふたりとも体のバランスをくずし、気づくと、もつれあうように地面にたおれていた。

顔を見あわせる。マリアムの口もとがひくついているけど、ぼくは顔をそむけた。

ぼくは笑わない、ほほえみもしない。そんなことはできない。

「フィンレイ、お願い。一瞬《いっしゅん》でいいから待って。何もかも説明するから」マリアムは立ちあがると、ぼくに手をさしのべた。

それを無視《むし》して起きあがり、ベンチにすわる。午後の授業がはじまるまで、どこにも行くところがない。自分の体が重たく感じる。リュックに錆《さ》びたおもしをいっぱいつめこんでいるかのように。

「さっき、ホーマー先生の話について質問《しつもん》したでしょ?」マリアムが言う。「わたしが去年、学校で問題をかかえていたことについて」

ぼくは顔をしかめた。それが何の関係があるんだ?

「この学校に転校してすぐのころ、何人かの子たちに悪口を言われて、それでわたしが教室をめちゃくちゃにしてしまったの」

マリアムが教室をめちゃくちゃにした? そんなこと、ありえないだろう。

ぼくがマリアムのことを全然わかっていないだけなのだろうか。

「机《つくえ》と椅子《いす》をいくつかひっくりかえして、ホワイトボード消しを投げたら、困《こま》ったことに、小さな窓《まど》を割《わ》ってしまったの」ぼくの表情《ひょうじょう》を見て、マリアムはにっと笑った。「乱暴《らんぼう》な子でしょ?」

ぼくは笑わなかった。何も言わなかった。

「もちろん、今は後悔《こうかい》している。バカだった。わたしの悪口を言うバカに反応《はんのう》してしまったんだから。その場を離《はな》れて、先生に報告《ほうこく》すればよかったのに。そのあと、アダムズ先生がわたしの指導役《しどうやく》になってくれた。おかげで、停学にならずにすんだの」

マリアムが教室であばれているイメージはショッキングだ。でももっとショッキングなのは、やさしくて思慮深《しりょぶか》いマリアムがただの見せかけで、科学的で非情《ひじょう》なマリアムは科学の自由研究でいい成績《せいせき》をとるためにぼくを研究したいだけだったということだ。

「知っているでしょうけど、わたしはスクラブル世界ユース選手権《せんしゅけん》大会のパキスタン代表チームにいたの。それでアダムズ先生は熱烈《ねつれつ》なスクラブル好きだから、わたしに放課後のスクラブルクラブを手伝ってほしいと言ったの。あなたが来たとき、特別レッスンをしてほしいってたのまれた」

マリアムは当然スクラブルが好きなんだろうから、もちろんアダムズ先生はまっ先にマリアムにたのんだにちがいない。

「ど、どうして、じ、自分で、た、大会に出ないんだ?」

「スクラブルのゲームは好きだけど、競技《きょうぎ》として戦うのは昔からきらいだったの」マリアムは肩《かた》をすくめた。

ぼくは何も言わなかった。オリヴァーのおかげで、マリアムがなぜぼくのレッスンを引きうけたのかわかったからだ。

マリアムはこっちをむいて、そっとぼくの肩に手をのせた。

「フィンレイ、あなたの吃音《きつおん》に気づいたのは、レッスンを引きうけたあとだったの」

最初に対戦したとき、マリアムがぼくを見て不思議そうな顔をしたことを思い出した。マリアムの言っていることは本当だという感じがする。

ぼくは肩《かた》の緊張《きんちょう》を少しゆるめたけど、それでもマリアムはぼくについて自由研究をしているのだと、自分に言いきかせた。オリヴァーによれば、ぼくは実験対象《たいしょう》なのだ。

「わたしの自由研究のテーマは、あなたではないの」マリアムが言う。「吃音《きつおん》だけがテーマでもない。吃音のことをふくんではいるけど」

ぼくはふつうの顔をしていようとしたけど、表情《ひょうじょう》がくずれていくのがわかった。

「フィンレイ、話し方がよくなっている。前より流れるようになっているでしょ？」

ぼくはこたえなかった。都合《つごう》よく言いのがれされたくない。

「あなたに会うずっと前から、言語聴覚士《ちょうかくし》になりたかったたし、今もなりたいと思っている」マリアムがつづける。「わたしの自由研究があなたの助けになるかもしれない。わたしが伝えたテクニックのいくつかで、あなたは言葉をコントロールしやすくなるかもしれない。でも、あなたは研究対象ではないの」

まるで科学者のような話し方をしている。

「ま、前に、い、言ってくれればよかったのに」ぼくはあごを自分の胸《むね》におしつけた。

「そうね、そうするべきだった」マリアムが同意した。「ごめんなさい、フィンレイ。だますつもりはなかった。助けたかっただけなの」

今度はぼくのほうが悪いことをしたような気分になった。なぜマリアムよりも、オリヴァーの言うことをかんたんに信じてしまったんだろう。

「あなたと知り合いになりたい人が、みんな下心を持っているわけじゃないの。フィンレイ、あなたは頭がよくておもしろい」マリアムが言う。「そういうあなたを好きな人もいるんだって、考えたことある？」

答えはノーだ。まったく考えたことがない。

それにマリアムが以前にいじめられてやりかえした話を聞いたら、なぜ図書室でオリヴァーにやられて黙《だま》っていたのか、ますますわけがわからなくなった。

「き、きのう、オ、オリヴァーを言いつければよかったのに、な、何も言わなかった」

「わかってる」マリアムが静かに言う。

「オ、オリヴァーはバカだ。あ、あんなやつの言うことに、い、意味なんかない」

マリアムは自分の両手を見おろした。

「きのうは、意味があった。わたしにとって」

ぼくは黙っていた。

「フィンレイ、こういうことがあったのは、きのうがはじめてじゃないの」マリアムはきらきらする茶色い目をぼくのほうにむけた。「人に憎《にく》しみをむけられたことは、いっぱいある。だけど、きのうオリヴァーがしたこと、しようとしたことは、わたしをとても悪いところへ引きもどしてしまった」

つらい気持ちになった。マリアムは感じがよくてやさしい人だ。マリアムを憎む人がいるなんて、想像《そうぞう》できない。オリヴァーをのぞけばだけど。でも、オリヴァーはほとんど何でも憎んでいるから、数には入らないだろう。

「で、でも、マ、マリアムは人に悪いことなんか、き、きっと、い、一度もしたことないんじゃないか」ぼくは言った。

マリアムはまたほほえみ、ぼくは決まり悪くなった。心の奥《おく》では、マリアムのことを知りもしない人が、なぜマリアムを憎むのか、ちゃんとわかっているからだ。

「人はこれを見る……」マリアムはやわらかく光る黒と銀のヘッドスカーフを指さした。「それで、じゅうぶんなの」

26

得点が二倍や三倍になるマスの効力《こうりょく》は一回かぎりである。

午後の授業《じゅぎょう》がはじまるチャイムが鳴ったけど、ふたりとも動かなかった。ぼくは下をむいて、木製《もくせい》のベンチの横板に刻《きざ》まれた名前をいくつか、指でなでた。自分がここにいたんだという、しるしを残そうとした人たちの名前。

マリアムには、ほかの人たちに傷《きず》つけられたしるしがたくさんついているけど、そのしるしは目に見えない。マリアムの痛《いた》みの小さなかけらが、いくつも宙《ちゅう》に浮《う》いているのを感じた。バタバタとまわりを飛びまわる、不吉《ふきつ》なコウモリのように。

「そ、それなら、ど、どうしてヘッドスカーフを、つ、つけてるの？　そ、それが、み、みんなとちがう、し、しるしになるんなら、は、はずしておけばいいのに」

マリアムは口をきゅっと結び、強い意志《いし》を感じさせる目つきになった。

「決してはずさない」マリアムは言った。「わたしが誰《だれ》なのか、何者なのか、決めるのはほかの人たちじゃないから」

「そ、それ、つ、つけないといけないのかと思ってた。お、親に言われてるのかと」

マリアムの表情《ひょうじょう》がまたやわらいだ。

「ちがう、自分で決めたの。これは、わたしの信仰《しんこう》の一部。わたしが信じているものなの」と言う。「でも、そのことで、わたしを憎《にく》む人たちもいる」

そのとおりだ。

マリアムは少し姿勢《しせい》を正し、芝居《しばい》がかった声を出した。

「ここに驚《おどろ》くべき事実があります。ヘッドスカーフをつけて、なおかつ自信を持って夢《ゆめ》をかなえる女性《じょせい》でいることは、可能《かのう》なのです……。びっくり！　ショック！」

ぼくは笑った。マリアムはおもしろいし、目にちらちらといたずらっぽい光がもどってきたのもうれしかった。

「オリヴァーの言ったことを、アダムズ先生に伝えたかった」マリアムがつづける。「ちゃんと声をあげるべきだったたって、わかってる」

マリアムは爪《つめ》をかんだ。

「家族といっしょにイギリスにわたってきて、新しく通いはじめた学校では、最初はとても歓《かん》迎《げい》してもらえてた」

運動場のほうを見つめるマリアムの目がどんよりくもっていく。

「はじめて登校する日、母が、祖母《そぼ》のヒジャブをつけていいと言ってくれた。それは、おばあちゃんが自分の手でパールやスパンコールを縫《ぬ》いつけたヒジャブだったの。おばあちゃんが家族といっしょにはじめて未来の夫、つまりおじいちゃんに会うときのためにね」

マリアムは悲しそうにそっとほほえんで、自分のヘッドスカーフにふれた。そうすると安心するみたいに。

「はじめての登校日、出だしはよかった。でもひとりだけ、年上の男の子がいて、口をきかないうちから、わたしのことをはげしくきらっていたの」

「ど、どうして？」

「あとでわかったんだけど、その人のおじさんがロンドンの爆破《ばくは》テロで亡《な》くなったの。とても悲しい、痛《いた》ましい事件《じけん》。でも、その人は悲しみをのりこえるために、怒《いか》りや攻撃《こうげき》をわたしのような人にむけるようになっていたの。だから、校庭のすみにわたしを追いつめて、ののしりだした。まわりにおおぜいの人が集まってきたから、わたしは誰《だれ》かが助けてくれると思ってた。誰かが止めてくれる、と。でも、誰も止めなかった」

ぼくは、オリヴァーと仲間にかこまれたときの、どんどん不穏《ふおん》になっていく感覚を思い出した。

「その人は、おばあちゃんのヘッドスカーフをはぎとって、つばを吐《は》きつけた。よごれたコンクリートの上で、靴《くつ》のかかとでふみつけた」マリアムの指がヘッドスカーフのはしにぎゅっとからみつき、きらきらしたこまかいビーズがひざにこぼれ落ちた。「そして、わたしをおしたおして、たたいて、蹴《け》った」

ぼくはマリアムの手をとって、そっとスカーフの布《ぬの》から引きはなした。マリアムは目を大きく見ひらき、宙《ちゅう》を見つめている。頭の中ではまだそのときの場所にいて、ふたたび恐怖《きょうふ》を体験しているのだ。

「も、もう、す、すんだんだ」ぼくは言う。「こ、ここでは、だ、誰《だれ》も、マリアムを傷《きず》つけない」

「そうかな、フィンレイ？　そうは思えない。きのうはあなたがオリヴァーを止めてくれた。でも、彼《かれ》がしようとしていたことを、見たでしょ？」

ぼくは言うことをさがしたけど、何もなかった。

「止めてくれてありがとう、フィンレイ。でも、オリヴァーのことを報告《ほうこく》しなかったわたしは、あなたのことも、自分自身のことも、裏切《うらぎ》ってしまった」マリアムはうつむき、ほとんどささやくような声になった。「じつはね、前の学校で、自分の言いぶんを先生たちに言ったら、かえってひどいことになったの」

まだ傷《いた》むひじをなでながら、これまでに、あざややぶれたブレザーのことで、父さんに何度嘘《うそ》をついて学校に来させないようにしたか、思い出した。先生たちはいつも、いじめに対処《たいしょ》できると思いこんでいる。でも、先生たちがかならずしも現場《げんば》——ひとけのない廊下《ろうか》や、洗面所《せんめんじょ》の暗いかたすみ——にいるわけではない。一日の中で一秒単位におこるすべてを止めるなんてむりだ。

ときには、ちょっとおされたり、しのび笑いをされたりするだけ。なんでもなさそうなこともある。少なくとも報告するようなことではない。でも、そういう小さなことがつみかさなると、もっと大きなものになって、やがて鏡をのぞきこんだときに、自分がきらいになる。

「マ、マリアムの、せ、せいじゃないよ」ぼくはそっと言った。「じ、自分を、せ、責《せ》めないで」

大粒《おおつぶ》の涙《なみだ》がマリアムの顔をつたって、ぽとりと、ひざに置かれた本の表紙に落ちた。

「自分はもう強くなったと思ってたけど、誰でも、状況《じょうきょう》は変わったんだと思いこみたいだけなのかもね。実際《じっさい》は、もっとひどいことになっているかもしれないのに」

ぼくは笑顔を作ろうとしたけど、マリアムの助けになりそうなことは何も言えなかった。そのとき、午後の授業《じゅぎょう》開始を告げる二度目のチャイムが鳴り、ぼくたちはあわてて立ちあがって、それぞれの場所へむかった。

五月二十日（水曜日）

母さんへ

ときどき、いつもとちがって、母さんが出ていってよかったと、心のどこかで思う日がある。あ、言っちゃった。

今日はそういう日だ。変わりはてた自分を、母さんに見られなくてほっとしてる。今日は一日じゅうただよいながら、やりすごした。幽霊《ゆうれい》のように。以前までは存在《そんざい》していたのに、誰《だれ》にも気づいてもらえなくなった人間のように。

ぼくが小さかったころ、母さんはいつもとても強かった。ぼくは母さんのエネルギーをいっぱいＳＡＰＰＥＤ《サップド》【11】した（使わせた）んじゃないかな。ぼくの吃音《きつおん》を治そうとしていろいろ助けてくれたから。でも、あのころは今ほどひどい吃音じゃなかった。それが十倍ひどくなったところを想像《そうぞう》したら、ぼくの現状《げんじょう》が少しわかってもらえると思う。今日みたいな日は、母さんがいなくてうれしい。ぼくを見たら、はげしく失望してただろうから。

母さんはきっとこう言う。

「堂々としゃべりなさい、フィンレイ。強くなるのよ！」

でも、言うのはかんたんだけど、実行するのは難《むずか》しい。

ほら、ぼくがふつうの人とちがうことは、しゃべるまでわからないよね。で、その瞬間《しゅんかん》、相手が気づいたことが目に表れる——気まずい、おもしろがっている、ときには同情《どうじょう》していることも——そして一刻《いっこく》も早くぼくから遠ざかりたいと思っていることがわかってしまう。その瞬間、ぼくの中で何かが小さくパリンとひび割《わ》れる。奥深《おくふか》く、誰にも見えないところで。

マリアムはわかってくれる。なぜなら、やっぱり多くの人の目から見て、ふつうとちがうから。それはマリアムにはどうしようもないことだ。ぼくと同じで。

もちろん、ふたりとも、もっとふつうらしく見せる方法を見つけだしてはいる。ぼくは話す直前に、言いたいことを変えることがある。それか、文章を言いやすくするために、単語をとりかえることもある。

で、マリアムは自分の中にかくれてしまう。本当は大声をあげるべきだし、オリヴァーのたわごとなんか聞かなきゃいいのに。

だけど、どんな方法も、完全にはうまくいかないし、ふたりともそれがわかっている。

それでもぼくは、言葉が折れたマッチ棒《ぼう》のように飛びだすのを止めるためなら、どんなことだって試すつもりだ。たとえそれが、本当にしゃべりたいときに口をつぐんでいることだったとしても。

でも、ずっと目だたないでいようとすると、つけを払《はら》うことになる。

ときには、言葉をのみこむと、喉《のど》がひりひりして、おなかが痛《いた》くなる。どうして学校じゅうでぼくだけが、自分の名前を言おうとするだけで、ＪＡＢＢＥＲＩＮＧ《ジャバリング》【21】な（意味不明のことをまくしたてる）バカに見られてしまうんだよ？


その質問《しつもん》の答えはまだ見つかっていない。答えがあるのかすら、わからない。

もしかしたら、それは母さんが出ていった理由と同じなのかもしれない。きっとぼくは何か悪いことをしていて、どういうわけかその報《むく》いを受けているんだ。今は、もっといい人間になるように努力してるってわかってほしい。ぼくは母さんに誇《ほこ》りに思ってもらえるようになる。

知り合うだけの価値《かち》のある人間だってところを、母さんに見せたい。

幽霊《ゆうれい》なんかじゃないって。

愛をこめて。
フィンレイ　×

27 持っているといちばん使いやすいタイルは母音の「E」である。

木曜日

ゆうべはおそくまで起きていて、日記帳に書きこんだり、マリアムの前の学校での経験《けいけん》が今もマリアムの感じかたや行動のしかたに影響《えいきょう》していることについて考えたりしていた。きのう、第六学年級の人たちは模擬《もぎ》試験を受けていたから、マリアムとはまったく話せなかった。でも、悪い日ではなかった。オリヴァーと仲間がスポーツ遠足でいなかったから、ひさしぶりに落ちついて過《す》ごせた。

朝、目ざましが鳴って数分してからやっと、今日がオリヴァーと対決する日だったと気づいた。アダムズ先生が、全国学校スクラブル選手権《せんしゅけん》大会の代表選手を誰《だれ》にするか、最終的に決める日だ。

午前中は速く過《す》ぎていった。授業《じゅぎょう》でもとくに問題はなかった。先生たちは明日の職員《しょくいん》研修を前にのんびりしている感じだし、オリヴァーのつばで丸めた紙ボールはふたつしか当たらなかった。

昼休みに図書室に行くと、オリヴァーがすでにテーブルで待っていた。

「そこで楽にしていてちょうだい。今、コップに水を入れて持ってくるわね」アダムズ先生がうれしそうに言う。「この時間は図書室にほかの人が入れないようにしたの」

「あのパキスタンから来た魔女《まじょ》に、卑怯《ひきょう》なワザを教わってたんだろ」先生が姿《すがた》を消したとたん、オリヴァーがおどしてきた。「ふたつの選択肢《せんたくし》から選ばせてやる。おれを勝たせてくれたら、おまえたちふたりを放っておく。そうでない場合……おまえとあの爆弾《ばくだん》女がどれだけ悲惨《ひさん》な目にあうか、わかるよな」

こっちをにらむオリヴァーの視線《しせん》を受けとめていると、ほそい針金《はりがね》をつたうように、おなかの底から熱が這《は》いのぼってきた。何が何でもこのゲームでこいつをたおしたい。オリヴァーがどんなに勝ちたいと思っているかがわかったからだ。

「準備《じゅんび》はいい？」アダムズ先生が水を持って現《あらわ》れた。

オリヴァーが視線をはずし、アダムズ先生に気持ち悪い笑顔をむけた。

「はい、準備万端《ばんたん》です」ていねいに言う。「きみからどうぞ、フィンレイ」

喉《のど》の奥《おく》に、木の実のようにかたいかたまりがつっかえている気分だ。

ふたりが文字タイルをとり、アダムズ先生が対局時計《たいきょくどけい》のボタンをおす。

ぼくは最初にC《ク》・R《ル》・W《ー》・T・H《ス》（クルース）という単語をならべた。

これで相手は母音を使えない。オリヴァーの助けになることは、いっさいなし。

アダムズ先生がその単語を自分のiPad《アイパッド》に打ちこむのと、オリヴァーが抗議《こうぎ》しようと口をひらきかけたのと、同時だった。

「すごいわ、フィンレイ」アダムズ先生がにっこりする。「クルースというのは古代の弦楽器《げんがっき》ね」

オリヴァーはG《グ》・R《ル》・E《ー》・W（成長した）という単語で返してきた。ぼくのWを使っている。

図書室のドアをそっとノックする音が聞こえ、マリアムの顔が小さなガラス窓《まど》からのぞくのが見えた。アダムズ先生はマリアムを中に入れるために、さっとドアにむかった。

「気をつけろよ」オリヴァーがタイル袋《ぶくろ》に手をつっこみながら、小声で言う。「おれにはじをかかせたら、ヘッドスカーフの彼女《かのじょ》を痛《いた》い目にあわせてやる」

ぼくは自分のタイルラックから文字を選びだし、C・R・W・T・HのCの下につづけてC《ク》・R《リ》・E《テ》・T《ィ》・I・N《ン》（頭の働かない人）という単語をならべた。

オリヴァーを見て、どうだ、という顔をした。マリアムは思わずふきだしそうになり、あわてて口を手でおおった。ぼくたちを見るオリヴァーの目から火花が散り、ぼくは思いきって小さくほほえんだ。アダムズ先生がマリアムのほうをむいて、得点を記録するようにたのんだ。

ふたりがしゃべっている間、オリヴァーが身を乗りだしてきた。

「おれは彼女《かのじょ》に指一本ふれなくてすむんだぜ」と、ひそひそ言う。「言葉だけで、徹底的《てっていてき》に傷《きず》つけてやれる」

ぼくはマリアムの目が苦しみをたたえるところを思いうかべた。前の学校でおこったことを思い出したとき、宙《ちゅう》を見つめていた様子を。アダムズ先生にもホーマー先生にも、オリヴァーが具体的に何を言ったのか、どうしても話せなかったことを。

ただの練習試合にオリヴァーを勝たせたくないと意地をはって、マリアムを今以上につらい目にあわせていいのか。アダムズ先生は、どっちがすぐれたプレイヤーなのか、ちゃんとわかっているはずだ。

得点の高い文字を無視《むし》して、T《タ》・A・N《ン》（日焼け）とならべた。四点。

マリアムがぼくの視線をとらえようとしている。立っている場所から、ぼくのラックの文字が全部見えているのだ。なぜ高得点の単語を作らないのか、とまどっているにちがいない。

オリヴァーが自信をふくらませる。

オリヴァーのならべた単語は、A《ア》・X《ク》・I《シ》・S《ス》（軸《じく》）、S《ス》・T《ト》・O《ー》・R《ク》・K（コウノトリ）、

J・O・B（職務《しょくむ》）。

ぼくのは、R《ラ》・A・G《グ》（ぼろきれ）、B《バ》・A・N《ン》（禁止《きんし》）、A《ア》・M《ム》（beの一人称《しょう》単数現在形《げんざいけい》）。

アダムズ先生が顔をしかめる。

ぼくのうしろで、マリアムがため息をつく。

時間終了《しゅうりょう》の音が鳴ると、オリヴァーが立ちあがり、両手の拳《こぶし》をつきあげた。

ぼくがタイルをかたづけているいる横で、アダムズ先生に思いきり笑顔をむける。

「やっぱりおれが最高ですよね、先生」

にっと笑う。テーブルから離《はな》れるとき、こっちにかがみこんで、ささやいた。

「ところでさ、フィ、フィンレイ。おまえのシラミ頭にガムが残ってるぜ」

気がかりそうな顔のアダムズ先生にマリアムが話しかけている間、ぼくは図書室を飛びだし、トイレに行って鏡を見た。火曜の夜、ガムをとりきったつもりだったのに、まだべたべたしたものが少し髪《かみ》にくっついていた。

鏡の中の自分をじっと見つめる。今の対戦で気づいたのは、オリヴァーがふたたびスクラブルクラブのトップにならないかぎり、マリアムとぼくを放っておかないだろうということだった。ぼくが大会に出ても、オリヴァーのエジンバラ公アワードには影響《えいきょう》しないというのに、自分がいちばんでないと気がすまないのだ。

トイレから出ると、大きな声が聞こえた。

「フィンレイ、待って！」マリアムがうしろから廊下《ろうか》を走ってくる。

ぼくは歩くスピードを落としたけど、止まりはしなかった。

「フィンレイ、今のはいったい何だったの？」

「そ、その話は、し、したくない」まっすぐ前を見たまま、校庭にむかって歩きつづける。

「話をしないわけにいかないでしょ。アダムズ先生はあなたを大会に出すのをやめて、オリヴァーひとりだけにしようかと考えてるんだから」

足もとの床《ゆか》がすうっとすべっていく。

動揺《どうよう》するぼくを見て、マリアムも動揺したようだ。

「フィンレイ、だいじょうぶ？」

だいじょうぶではない。オリヴァーの思うつぼになるなんて、自分はなんてバカだったんだ。もし「ニコール」が母さんだったとしても、それで終わるわけじゃない。スクラブル大会でいい成績《せいせき》をとって、母さんにふさわしい息子《むすこ》だと認《みと》めてもらわないといけないのだ。それに「ニコール」が母さんでなかったら、スクラブル大会で優勝《ゆうしょう》することでしか、もう母さんを見つけるチャンスはない。

「フィンレイ！」マリアムにブレザーのえりをつかまれたけど、その手をぼくはふりはらった。今はいろいろ説明している場合じゃない。アダムズ先生のところにもどって、オリヴァーなんかじゃなく、ぼくが大会に出られるように説得しないと。

ぼくは図書室にむかって歩きだした。

「フィンレイ」マリアムが呼《よ》ぶ。「お願いだから、話をして」

「ほ、放っておいて！」大声をあげ、足を速めた。

マリアムはそのとおりにした。その日はもう話しかけてこなかった。

28

自分の番にならべられる単語がない場合は、パスするか、ラックの文字タイルを袋《ふくろ》の中のタイルと交換《こうかん》できる。

図書室の鍵《かぎ》のかかったドアの前で、昼休みの終わりまで待っていたけど、アダムズ先生がもどってくる前に、午後の授業《じゅぎょう》開始のチャイムが鳴った。

重い足どりで歴史の授業にむかい、スクラブル大会の学校代表に決まったオリヴァーのあざけりに対処《たいしょ》しようと見がまえていたのに、教室についたら、オリヴァーはいなかった。それでも、授業に集中できなかった。授業の終わりのチャイムと同時に、リュックをつかんで階段《かいだん》をかけあがり、アダムズ先生が帰る前につかまりますようにと願った。運よく、鍵をしめている先生に会えた。

「オリヴァーにはもう、補欠《ほけつ》だと伝えてあるわよ」

ぼくが何とか言葉を吐《は》きだして、もう一度実力を証明《しょうめい》するチャンスがほしいとわかってもらったあと、アダムズ先生はそう言った。

「え、え？　そ、そうなんですか？」今日の午後はずっとオリヴァーを見かけなかったけど、その理由がわかった。激怒《げきど》しているのだ。

「あなたのほうが優秀《ゆうしゅう》なプレイヤーだということは、ずっとわかっていたのよ」先生はうなずきながら、鍵をおろした。「でも、公平な判断《はんだん》をしたと思われる必要があるし、もしオリヴァーもマリアムのレッスンを受けて上達していたなら、オリヴァーを代表にすることも真剣《しんけん》に考えていたと思うわ」

ぼくはふうっと息を吐きだした。

「オリヴァーにはさっき説明したけど、今日勝ったのは彼《かれ》が上達したからではなく、どういうわけか、あなたのプレイがよくなかったからよ。わたしが常識《じょうしき》をわきまえていなければ、わざと相手を勝たせたんじゃないかと思ったでしょうね」

ぼくはそわそわしながら黙《だま》っていた。

「マリアムから聞いたけれど、最近、あなたたちはオリヴァーとうまくいっていないようね」アダムズ先生はつづけた。「明日、ホーマー先生にその話をするつもりよ」

今日一日の中ではじめて心の中が軽くなった感じだ。マリアムがとうとう先生に話す気になってくれて、本当にうれしかった。

「ひとつだけ確認《かくにん》しておきたいんだけど、フィンレイはスクラブル大会に出場したいと思っているの？」先生がつづける。「いえね、わたしはときどき……熱心になりすぎてしまうものだから」

それを言うなら〈仕切りすぎてしまう〉じゃないかと思ったけど、それは自分の心の中にしまっておくことにした。

「ぼ、ぼくは、ほ、本当にしゅ、しゅ、しゅ……」

「出場したいのね？　よかったわ。じゃあ、それで決まりね」

図書室から出るとき、ほっとして、くたびれてもいた。だけど何よりも、またチャンスをもらえたことに感謝《かんしゃ》していた。


ひさしぶりに、静かで落ちついた家が居心地《いごこち》よく感じられた。父さんが仕事で留守《るす》でなければいいのにとは思うけど。心の中がバネをちぢめたように、ぎゅっと緊張《きんちょう》している。

冷凍庫《れいとうこ》に古いチキンティッカ（鶏肉を使ったインド料理の一種）があったから、電子レンジにかけた。テレビをつけ、温めたばかりの冷凍食品をがつがつ食べて、ラズベリー入りアイスクリームをパックのまま食べながら、再放送《さいほうそう》していたアニメ『ファミリー・ガイ』を三話連続で見た。

頭の中を落ちつかせたい。

謎《なぞ》の「ニコール」の正体をつきとめることができるのか。アレックスとリアルで友だちになれるのか。そのふたつの問題がたがいにおしたり引いたりしているみたいだ。どちらか一方しか勝てないのだと思うと、こわい。

外はどんどん暗くなっていて、もうすぐネヴィルが起きてくるころだ。ケージを一階に持ってくれれば、いっしょにテレビを見られるかもしれない。

ぼくとネヴィルには言葉はいらない。ネヴィルが小さな手でケージの桟《さん》をにぎってこっちを見るとき、ああ、理解《りかい》してくれてるんだな、とわかる。

手話ができる人は、手や顔やときには体を動かして、他人と会話する。ネヴィルのように、ひとことも発しなくても、自分の思っていることを伝えられる。

もしぼくの耳が不自由だったなら、むりやりしゃべらされることはないだろう。でもぼくは耳が聞こえるから、ただのバカだと思われる。声に出してしゃべることが、なぜこんなに重要視《じゅうようし》されるんだろう。口に出した言葉というのは、絶対《ぜったい》に過大評価《かだいひょうか》されている。

集中できないから、テレビを消した。そのとたん、音が聞こえた。

キッチンの裏口《うらぐち》のとってを誰《だれ》かがガチャガチャ鳴らしているようだ。

ぼくはじっとすわっていた。息の音で存在《そんざい》がバレるとでも思っているみたいに。でも、誰にバレるというんだ。誰《だれ》もたずねてくる人はいないはず。

またた。また聞こえた。ガチャガチャいう音。

風もないし、たずねてくる人はたいてい玄関《げんかん》の呼《よ》び鈴《りん》を鳴らす。

両耳と両手が熱くなっているけど、こわくはない。こんなのは何でもない。

心臓《しんぞう》の鼓動《こどう》がどんどん大きくなるのがわかる。

〈ビビるんじゃないぞ、フィンレイ！〉父さんならそう言って笑うだろう。もしここにいたなら。

立ちあがって、そっと部屋を横切っていった。ここからは、キッチンがよく見える。裏口《うらぐち》のドア自体には窓《まど》がないけど、ドアの左側《ひだりがわ》にせまい縦長《たてなが》の窓があり、不透明《ふとうめい》な模様《もよう》入りのガラスがはまっている。

ぼくは鍵《かぎ》を鍵穴《かぎあな》にさしっぱなしにしていた。誰かが窓を割《わ》れば、かんたんに手をのばし、鍵をまわしてドアをあけられる。

ここから大またで六歩くらいでドアまで行って、鍵穴から鍵を抜《ぬ》きとれるだろう。

一歩前に出た。そのとき、窓越《まどご》しに影《かげ》がさっと動き、また消えた。

まちがいなく、外に誰かいる。

ドアのハンドルがまたガチャガチャ鳴り、ドンドンとノックする音がした。胃《い》が重しのようにドスンと落ちて、冷凍食品《れいとう》とアイスクリームが危険《きけん》な感じに混《ま》ざりあった。

ガチャガチャ。ドンドン。そして、こもったような声。

「フィンレイ？　わたしよ、マリアム。あけて」

「ちょ、ちょっと待ってて」

肩《かた》の緊張《きんちょう》がとけ、思わず小さな笑い声をあげた。かんだかくてヘンに聞こえる。

急いで蛇口《じゃぐち》をひねり、冷たい水をぐいっと一杯《ぱい》飲むと、鍵をまわしてドアをあけた。

「永遠《えいえん》に入れてくれないかと思った」マリアムがキッチンに入ってきた。

「テ、テレビが、つ、ついてたから」ぼくは小さな嘘《うそ》をついた。「げ、玄関のべ、ベルを鳴らせばよかったのに」

「いつも裏口を使うって言ってなかった？」マリアムは顔をしかめてから、何かをさしだした。

「先週話した、上級者のためのアナグラムの本を持ってきたの」

「あ、ありがとう」ぼくはつぶやいて、本を見ないで受けとった。これだけのために、マリアムがわざわざやってきたわけではない気がする。

「フィンレイ、今日は何があったのかわからない。最高のプレイをしていたのに、急にめちゃくちゃになった。あのバカ者をスクラブルで打ちまかすべきだったのに」

「わ、わかってる。そ、それと、さ、さっきは、き、きついことを言って、ご、ごめん」

「いいのよ」マリアムは肩《かた》をすくめ、それから目をすっとほそめて、こっちをじっと見た。

「気分はだいじょうぶ？　顔色があまりよくないけど」

「あ、あの、ジュ、ジュース飲む？」ぼくは冷蔵庫《れいぞうこ》にむかった。

「うん、ありがとう」マリアムがこたえる。「でもその前に、髪《かみ》に残ってるガムを切らせて」

マリアムがかわいたべたべたをすっかり切りとると、ぼくは明かりをつけて、ふたりでジュースを持って居間《いま》にすわった。

「マ、マリアムは、ア、アダムズ先生に、オ、オリヴァーのことを、は、話したんだ」ぼくは言った。

マリアムはうなずいた。

「ときには立ちむかわないとね。どんなにこわいと思っていることでも」

この部屋にあった沈黙《ちんもく》の壁《かべ》は消えさった。部屋は、さっきとまったくちがう感じがする。話す相手がひとりいるだけで、何もかも変わるのだ。

29

パスをしたり、ラックの文字タイルを交換《こうかん》したりした場合、その回は零点《れいてん》になる。

ジュースを飲みながら、悲惨《ひさん》な対戦にもかかわらずアダムズ先生がぼくをスクラブル大会の学校代表に選んだことを、マリアムに話した。

「フィンレイ」と、マリアムが言った。「あなたのオンラインの友だちについて、話したいと思っていたの。スカイプで通話するはずだった男の子のこと」

「ア、アレックス」ぼくはうなずいた。

「そう、アレックス。どうして通話ができなかったの？」

「む、むこうの、ウェ、ウェブカメラが、こ、故障《こしょう》したから」

「なるほど」マリアムは眉根《まゆね》をよせた。「教えて、フィンレイ。アレックスとはオンラインでチャットをする？　それとも、スクラブルをするだけ？」

「チャ、チャットするよ。きょ、共通点も多いし」

マリアムがぼくを信用し、学校であったいやな体験について話してくれたのを思い出した。ぼくも思いきって、同じことをしていいのかもしれない。アレックスが言っていたように、仲のいい友だちは、そうするものなのだから。

「ア、アレックスはお母さんを亡《な》くしてるし、と、友だちがあまりいないんだ……。ぼ、ぼくみたいに。ま、まだ、会ったことはないけど、す、すごく気が合う」

「気をつけたほうがいい」と、マリアムが言った。「今でもまだ、その人が誰《だれ》なのかわからないわけだから。それにね、あの、フィンレイ?」

ぼくはマリアムのほうを見た。

「わたしはあなたの友だちよ」

ぼくはほほえんだ。

アレックスのことは心配いらないと伝えたかった。マリアムはわかっていないけど、アレックスは本当の友だちだ。そして、母さんを見つける手がかりを持っているかもしれない。

「最後にやりとりしたとき、何の話をしたの?」マリアムは引きさがらない。

「か、母さんの話」慎重《しんちょう》に言葉を選ぶ。アレックスのお父さんが浮気《うわき》していたという秘密《ひみつ》をもらしたくない。「か、母さんが、で、出ていったこと」

「どうしてそういう話になったの?」

「ア、アレックスは、と、父さんが、か、母さんの持ち物を捨《す》てたのか、し、知りたかっただけ」

「どうして十四歳《さい》の男の子がそういうことに興味《きょうみ》を持つのか、理解《りかい》できない」マリアムが食いさがる。

ぼくは肩《かた》をすくめた。

「お母さんのこと、もう一度話してくれる、フィンレイ?」マリアムが言う。「もし、あんまりいやでなかったら」

母さんが何も言わず、誰にも行き先を告《つ》げずに、出ていった話をした。マリアムは、ぼくが母さんと仲がよかったのかたずねた。

「うん」そっとこたえた。「母さんは、ス、スクラブルを、お、教えてくれた」

マリアムは気がかりそうな表情《ひょうじょう》で、かぶりをふった。

「こんなことを言って、ごめんなさい。だけど、お母さんがそんなふうに黙《だま》って出ていくなんて、ふつうじゃない気がする。もっと何か事情があったはずよ」

すばやくまばたきをして、こみあげてくる涙《なみだ》を止めようとしたけど、うまくいかなかった。

「いやな思いをさせてしまって、本当にごめんなさい」

「いいんだ。そ、そんなふうに言ってもらえると、う、うれしいから」ぼくはほほえんだ。「か、母さんが、た、ただ出ていくわけないって、こ、心の中ではずっと、お、思ってた」

「それなら、自分の心にしたがったほうがいい」マリアムがきっぱりと言う。そして一瞬《いっしゅん》考えてから、にっこりした。「ときどき、スクラブルのきびしい試合で、単語を置くのは絶対《ぜったい》にむりだと思うことがある。だけど、そのままあきらめる？　いいえ。さがしつづける。試しつづける」マリアムは手をのばして、ぼくの手の先をぎゅっとにぎった。そしてまじめな顔になった。「フィンレイ、心の中で感じているのなら、かならず自分で道を見つけられる。オンラインのアレックスに教えてもらわなくてもね」

とっさに、ぼくは今日のオリヴァーとのゲームで何がおこったのか、話した。

「オリヴァーがわたしのことで、おどしてきたの？」マリアムの口もとがゆがむ。「フィンレイ、今後オリヴァーのおどしのせいでゲームに負けたりしないって、約束して。さもないと、わたしが直接《ちょくせつ》あなたの鼻をパンチするわよ」マリアムはこわい顔をしてから、にこっと笑った。「これは本物のおどしだからね」いたずらっぽい輝《かがや》きが目にもどっている。「いい？」

ぼくは笑った。

「や、約束する」

「それならわたしは、オリヴァーがまたひどいことをしようとしたら、先生に報告《ほうこく》するって約束する。今日はさっそくアダムズ先生に話をしたから、出だし良好よ」

「りょ、了解《りょうかい》」

「じゃあ、今からゲームをしない？」マリアムがにっこりする。

ぼくはそんな気になれなかった。

「どうしたの？」マリアムがぼくの顔を見る。

肩《かた》をすくめた。

「肩をすくめたり、もぞもぞしたり、ぼそぼそつぶやいたり」マリアムがとがめる。「話をしてよ、フィンレイ。言葉は大事なの。意味を持っているの。あなたにはあなたの言葉があるってこと、絶対《ぜったい》に忘《わす》れないで。言葉が出てくるのに少し時間がかかったって、待っているだけの価値《かち》がある。そうでしょ？」

きっとそのとおりなんだろう。でも、マリアムがぼくの言おうとしている言葉を聞きたいかどうかは、自信がない。

「それで？」

「も、も、ものすごくこ、こ、こわい。ス、スクラブル大会のときに、ス、スピーチをすることになったら」やっと、なんとか口に出した。

「フィンレイ、ゲームボードを持ってきて」

「え?」

「ボードよ」マリアムはコーヒーテーブルのほうに顔をむける。

反対するのもめんどくさいから、ボードを手にとって、タイル袋《ぶくろ》をさがした。

「ボードだけでいい」マリアムはソファーの自分のとなりをぽんとたたいた。「ここにすわって」

ボードだけで、文字タイルはなし?

マリアムがにこにこした。

「フィンレイ、これは最強のスクラブルレッスンになるかもしれないわよ」

30

タイル袋が空《から》になり、プレイヤーの一人のタイルラックが空になったら、ゲームは終了《しゅうりょう》する。総得点《そうとくてん》の高いプレイヤーが勝つ。


マリアムがそばによってきた。ボードは半分マリアムのひざに、半分ぼくのひざにのっている。

「ボードを見て」マリアムがささやく。

ぼくはぼうっとボードを見た。

マリアムはこっちを見て、なさけないとでもいうように、ため息をついた。

「あのね、真剣《しんけん》に見て、フィンレイ。あなたは今、人生を見ているの」

無地の四角いマスがならぶなか、ところどころに色のついたマスがある。人生みたいだとは思えない。

「たくさんの地味なふつうのマスは、あなたの一週間のなかのふつうの日」

マリアムが何を言おうとしているのか、おぼろげにわかったけど、それでもちょっと不思議な感じがする。無地のマスの中で動いている小さな自分を想像《そうぞう》した。学校に行き、ネヴィルにごはんをあげ、宿題をし、スクラブルをする。そして、つまらない単語でつっかえる。

「ときどき、特別な日がやってくる」マリアムの指がボードをなぞって、濃《こ》い青の〈文字得点三倍マス〉にたどりついた。「これはチャンス。それを生かせば、ふつうを何か特別なものに変えられる。運がよければ、びっくりするくらいすばらしいものになる」

こっちを見たマリアムの目は、誠実《せいじつ》で真正な何かに燃《も》えている。

「フィンレイ、あなたはあと一歩で、色のついたマスにたどりつく。そのすばらしいチャンスが、何を運んできてくれるのか、誰《だれ》にもわからないのよ。お願いだから、自分が自分でいることを、そのままの自分でいることを、こわいと思わないで」

そして、マリアムはボードをふたつに折りたたんだ。

マリアムが帰ったあと、ぼくは明かりを消して、しばらくの間、父さんの椅子《いす》にすわっていた。

何もかもがこれまで以上にこんがらかって宙《ちゅう》に浮《う》いている感じだ。もしかしたら、ごちゃごちゃになった頭をいったんリセットして、はじめからやりなおしたほうがいいのかもしれない。ゲームの前のすっきりしたボードのように。

必要なときには、ぼくはしゃべれる。できるとわかっている。人の三倍時間がかかるかもしれないし、真っ赤になってはずかしくて死にそうになるかもしれないけど、いずれは言葉が出てくる。がんばりつづければ。

今まではスクラブルをしていれば、吃音《きつおん》の悩《なや》みを忘《わす》れられたし、少しの間とはいえ、母さんのことさえ忘れられた。でもそれが最近、変わってしまった。ぼくが目標を達成しようと思ったら、それはぼく以外の誰にも止められない。たしかに、スクラブル大会で優勝《ゆうしょう》したいのは、母さんにぼくを誇《ほこ》りに思ってほしいからだ。だけど、はじめて、自分でも自分のことを誇りに思いたくなった。

人前でしゃべることは、ただのふつうのマスで、そこをとおらないと、おもしろいところに行きつけない。いくつかの発音しにくい言葉に、そこに行きつくじゃまをされたくない。

いろんなことの意味が少しはっきりしてきた。もしかしたら、母さんは本当にアレックスの義理《ぎり》の母親かもしれない。でも、ちがうかもしれない。もしかしたら、母さんはぼくがスクラブル大会で優勝すればニュースで見て連絡《れんらく》をくれるかもしれない。でも、そうならないかもしれない。

保証《ほしょう》はない。だけどひとつだけ百パーセント確《たし》かなのは、ぼくがスクラブル大会でいい成《せい》績《せき》をおさめれば、ぼく自身が自分を誇《ほこ》りに思うことだ。それにきっとマリアムも誇りに思ってくれる。アダムズ先生も。そして、父さんも。父さんは心から誇りに思ってくれるだろう。

母さんはいなくなった。でもぼくにはまだほかにも大事に思っている人たちがいて、その人たちもぼくを大事に思ってくれている。

ぼくは知り合いになるだけの価値《かち》のある人間で、よい友だちだ。特別なマスを使うと、いいことがおこる。今、ぼくはそういうマスのはしっこに立っている気がする。

31

タイルラックに残った文字タイルの合計点は、プレイヤーの総得点《そうとくてん》からさしひかれる。

はっと目が覚めたときには、父さんの椅子《いす》にすわっていた。こんなところで父さんのように着がえもしないで眠《ねむ》りたくない。玄関《げんかん》と裏口《うらぐち》の鍵《かぎ》が両方かかっているのを確認《かくにん》してから、一階でまだついていた電気を全部消した。

足が重くて階段《かいだん》ものぼれないくらいだったけど、数分後にはパジャマを着てベッドに横になっていた。目を覚ましたまま。

パソコンのほうに目をむける。画面のライトが点滅《てんめつ》していて、気づくと、ぼくはその前にすわっていた。

もうおそい時間なのに、アレックスがログインしている。

ヘイ！　見捨《みす》てられたかと思ったよ☺

まさか　ぼくは返信する。疲《つか》れてたけど、今は目が冴《さ》えてる

わかる。いい日だった？

まあね　ぼくは打つ。学校でオリヴァーのバカにまた迷惑《めいわく》かけられたけど

どんな？

ぼくは、スクラブルの試合で、オリヴァーにむりやり勝ちをゆずらされた話をした。

マジでキタナイやつ　アレックスが言う。スクラブル大会はフィンレイにとって大事なんだね

一瞬《いっしゅん》、この会話をつづけたいのかどうか、考えた。

母さんを見つける手段《しゅだん》になるかもしれないから　ぼくは打ちあけた。

一分ほど沈黙《ちんもく》がつづき、返事が来ない。ぼくはあくびをして、ベッドにもどろうかと思った。

すると、アレックスが帰ってきた。

おもしろそう。作戦は？

いっしょに解決《かいけつ》できる問題だと言ってくれているみたいでうれしい。ぼくはスクラブル大会で優勝《ゆうしょう》をめざし、母さんにその姿《すがた》を見てもらおうとしていることを伝えた。母さんを見つけるためにどんなにがんばっているか、アレックスに話すのはへんな感じだった。ぼくの一部はこうさけんでいるのに。〈母さんはそこに、きみのとなりにいるかもしれないんだ！〉

でも、お母さんはフィンレイの家がわかってるよね?

引《ひ》っ越《こ》したんだ　ぼくはこたえる。

考えてみたんだけど　アレックスが打ちこむ。お母さんは、なぜ出ていったのか、手がかりを残してない? 手がかりって、すぐ気づかないこともあるよね。フィンレイに見つけてもらおうとして、手がかりをかくしたかもよ
何のために?

さあ　アレックスが肩《かた》をすくめるところを想像《そうぞう》する。ほかの人に見つかってほしくなかったのかも。お父さんとか
アレックスはいいやつだと思うけど、父さんのことを、母さんが出ていった理由の一部だと見なした言いかたをしている。ぼくはキーボードから手を離《はな》した。会話の方向性《ほうこうせい》が気に入らない。得体《えたい》の知れない重みに、また引きおろされている感じがした。

役に立てないかなと思っただけ　アレックスが打ってきた。

ノッティンガムにいつ来るかもうわかった? ぼくはきいた。

まだ　アレックスが打つ。明日話そう　そう言ってログアウトした。

ネヴィルのケージのとなりで、床《ゆか》にすわった。アレックスの言葉が頭の中をかけめぐり、ま

るで破裂《はれつ》した水道管《すいどうかん》のようだ。〈手がかりって、すぐ気づかないこともあるよね。フィンレイに見つけてもらおうとして、手がかりをかくしたかもよ〉

「どんな、て、手がかりだよ？　なあ、ネヴィル」ぼくは問う。「それに、どうしてだよ？」

ネヴィルはしゃがんで、ぼくのほうを見ながら、ピーナッツをかじっている。実際《じっさい》にぼくの質問《しつもん》を検討《けんとう》しているように見える。

「母さんはぼくをすわらせて、なぜ出ていくのか教えてくれたってよかったんだ。だって、ぼくは、じゅ、十二歳《さい》だった。五歳じゃないんだから」

ネヴィルはピーナッツをほっぺたの袋《ふくろ》におしこんで、ヒマワリの種をつかんだ。

〈ほかの人に見つかってほしくなかったのかも。お父さんとか〉アレックスの言葉が頭の中でひびく。

「そんなわけないよな。父さんは、か、母さんに会いたがってる。ぼくと同じくらい。そうだろ、ネヴィル？」

ふりむきもしないで出ていったって、父さんは言いはっているけれど……。

ネヴィルは食べかけのヒマワリの種を落とすと、すばやく水入れの前に行き、完全にぼくに背中《せなか》をむけた。

ぼくと同じように、ネヴィルも、問題を解決《かいけつ》するのは不可能《ふかのう》だと思っているんだ。

32

ゲームを終わらせたプレイヤーの手もとに文字タイルが残っていなければ、総得点《そうとくてん》にボーナス点が加算される。

金曜日

シャワーを浴びて着がえると、スーパーにむかった。あとで父さんがブライトンから帰ってくる前に、食料品を仕入れておきたかった。

父さんが残してくれたお金はほとんど使っていない。ズボンの真ん中がちょっとだぶだぶになっていて、おなかが鳴る感じになんだか慣《な》れてしまったことに気づいた。

そろそろ、もとにもどさないと。

あとで父さんに会うのが待ちどおしい。今日くらいはいつもとちがうものを買って、フライドポテトとベイクドビーンズ以外のものを父さんに食べてもらおう。考えごとに没頭《ぼっとう》していたら、スーパーまで遠まわりしていて、青少年クラブの前まで来ていた。引きかえすにはおそすぎる。

青少年クラブの外では若者《わかもの》たちが集まって立っていた。ぼくはフリースの上着のフードをかぶり、両手をポケットに入れ、誰《だれ》にも気づかれないことを願いながら、大またで通りすぎた。けど、ふと聞こえた言葉に、思わず歩みを止めた。

「で、オリヴァーは無事なんですか?」誰かが声をあげた。

「息子《むすこ》は勇敢《ゆうかん》だ」しゃがれ声がこたえる。「なんとか乗《の》り越《こ》えるだろうが、こんな目にあわせたやつはただじゃすまないからな」

若者たちのグループの真ん中にいたのは、背《せ》が高くて肩幅《かたはば》が広い、厚手《あつで》の作業用の上着を着た男の人だった。髪《かみ》が砂色《すないろ》で、目はオリヴァーと同じ色合いのグレーだ。ぼくはじっと立ったまま、その人が話をつづけるのを待った。

「きみらには、目と耳をしっかりひらいていてほしい。息子に何があったのか、見たり聞いたりしたら、どんなことでもかまわないから、おれか警察《けいさつ》に知らせてくれ。いいな?」

みんながつぶやいたり、うなずいたりする。

「誰がやったか知らないが、最低の卑怯《ひきょう》なやつだ」男の人の声がかすれる。「いいか、おれからの忠告《ちゅうこく》だ。むやみに話しかけてきたり、金をよこそうとしたりするやつには近づくんじゃないぞ」

そういうとオリヴァーの父親は、人を殺しかねないような顔で、自分のトラックにもどっていった。

グループのすみのほうに、同級生の女の子の姿《すがた》が見えた。

「な、な、な、何が、あ、あったの?」なんとかきくことができた。

「オリヴァー・ヘイウッドが車にひかれたんだって」女の子は目をまんまるくして、聞いたばかりの話をしてくれた。「きのうの夜、公園の入り口のそばだったらしいよ。男が近づいてきて、オリヴァーに、ちょっとした現金《げんきん》をかせげる『チャンス』があるって言ってきたんだって」

「ど、ど、どんなチャンス……」指先が手のひらにぐっと食いこんでいく。

「さあね」女の子は肩をすくめた。「オリヴァーがビビッてにげたら、男が逆上《ぎゃくじょう》して追いかけてきたんだって。オリヴァーはそのまま道路に飛びだして、車にひかれたの。よっぽどこわかったんだろうね」

胃《い》の中がもぞもぞして、急にかっと熱くなった。ぼくはフリースのフードをおろし、髪をなでつけた。

女の子は事件《じけん》に興奮《こうふん》して、顔を真っ赤にしている。
「お父さんの話だと、オリヴァーは死んでたかもしれないって。結局無事だったんだけど、しばらくは学校に来られないみたい」

スーパーではなかなか買い物に集中できなかった。オリヴァーが天罰《てんばつ》を受けたのだと思って喜べばいいのかもしれない。でも、はっきりとは説明できないのだけど、何かがへんだという感じがする。

買い物をして帰ると、牛乳《ぎゅうにゅう》とジュースを冷蔵庫《れいぞうこ》に入れた。テレビを見るかわりに、マリアムが持ってきてくれたアナグラムの本を少し読み、自分で作っている二文字単語のリストを更新《こうしん》した。それからキッチンにもどって裏口《うらぐち》に鍵《かぎ》がかかっているのを確《たし》かめてから、父さんに、おそくならないうちに帰る、とメモを書いた。

学校が休みになったから、その間ぼくがマリアムと青少年クラブで練習できるように、アダムズ先生がとりはからってくれた。
今回ばかりは、青少年クラブでオリヴァーが幅《はば》をきかせていないのがうれしかった。バーミンガム市で開催《かいさい》される全国学校スクラブル選手権《せんしゅけん》大会まで、一週間を切っているから、本気で練習に集中したい。

青少年クラブでは、まだ対戦したことのない、学校のスクラブルクラブのメンバーを何人か見かけた。ゆったりしたなごやかな雰囲気《ふんいき》だ。

今日マリアムがとりあげたテーマは、〈接《せっ》しあう単語〉。

「二文字の単語をたくさん知っていると、こういうところで大量得点になるの」ボードをさっと見わたして、すでに置かれている単語のとなりに、その単語に接しあう新しい単語を作れないか確かめるやりかたを、マリアムは教えてくれる。「もとの単語に接しているすべての二文字の単語の点数と、新しい単語の点数と、全部獲得《かくとく》できるでしょ」

「ほ、ほかの人の手を、じ、自分のために、つ、使うようなものだね」ぼくはにやりとする。

「あ、あ、相手の単語が、あ、相手にとって、ふ、不利になるんだ」

マリアムは真剣《しんけん》な顔をした。

「相手に同じことをされないように、注意もしないといけないのよ」

マリアムはふくみのある言いかたをするときがある。言葉の奥《おく》に、もっとべつの意味がかくされているのだけど、それが何なのかはっきりわからない。

素直《すなお》に認《みと》めてもいいけど、ときどき、マリアムにはドキリとさせられる。

33

最終的に総得点《そうとくてん》の高いプレイヤーが勝つ。

青少年クラブから歩いて帰るとき、マリアムが「どうしても」と言うから、思いついた二文字の言葉をかたっぱしから言っていく単語ゲームをした。

「QI《チー》（気）、JO《ジョウ》（ダーリン）、ZA《ザ》（ピザの俗語《ぞくご》）」ぼくは投げやりに言った。

「きっとわたしに感謝《かんしゃ》するわよ、フィンレイ」マリアムはにこにこしている。「トロフィーを手にしたとき、がんばってよかったって思うはずだから」

考えただけで顔のあたりがちくちくしてきた。優勝《ゆうしょう》すれば、もちろんそれはすごいことだ。優勝スピーチというさらなる恐怖《きょうふ》をさしひいても。

道を曲がって帰っていくマリアムを、手をふって見おくると、歩みを速めた。

うちの通りに入るとすぐに、父さんのバンが家の外に停まっているのが見えた。よかった、帰ってきたんだ。そりゃ、料理上手とはいえないし、考える前にしゃべりだすし、ときどきぼくの言おうとしていることを先に言ってしまう。でも何といっても、ぼくの父さんなんだ。

いきおいよく裏口《うらぐち》のドアをあけた。きっと父さんは、ぼくが買って冷蔵庫《れいぞうこ》に入れた生鮮《せいせん》食品を使って料理するかわりに、冷凍庫《れいとうこ》をあさって魚のフライをさがしているだろうな。そう思っていたのに、キッチンは空《から》っぽで、テレビすらついていない。ドアのそばに父さんの作業靴《さぎょうぐつ》が脱《ぬ》ぎすててあり、蛍光《けいこう》色の作業服の上着が椅子《いす》にかかっている。

「と、父さん？」

「二階だ」父さんの声がした。抑揚《よくよう》がなくてしずんだ声。

急に頭が重い感じがしてきたけど、とにかく靴《くつ》を蹴《け》るように脱いで二階にあがった。

父さんの寝室《しんしつ》はめちゃくちゃになっていた。もとの十倍ひどい。

母さんの服があちこちに放りだされ、チェストにあった見覚えのある写真もいくつか床《ゆか》に散らばっている。

ぼくが母さんの持ち物を見つめているのに気づいても、父さんはかくそうともせず、黙《だま》りこくっていた。

「な、何があったの？」ぼくの声はかぼそくてふるえている。

「やられた」父さんはじっと立ったまま、前を見つめ、拳《こぶし》をにぎったりひらいたりしている。

「泥棒《どろぼう》に入られた」

「ど、泥棒がなんで、こ、こんなものを?」ぼくは服をいくつか足でおしのけた。

父さんはこたえない。

一瞬《いっしゅん》、内臓《ないぞう》がちぢんだかのように体がきゅっと内側《うちがわ》に引っぱられ、またもどった。なぜか、ぼくに責任《せきにん》があるような気がした。そんなわけがないのに。

ふいに、頭からいろんなことが消え、ひとつのことしか考えられなくなって、あわてて自分の部屋にかけこんだ。ネヴィルのケージがかたむいている。ワイヤーのドアがあいていて、小さな巣箱がひっくりかえっている。

ネヴィルはいなかった。

居間《いま》で警察《けいさつ》が父さんに質問《しつもん》している間、ぼくは薄暗《うすぐら》い廊下《ろうか》からドアのすきまをのぞきこみ、耳をすました。

「誰《だれ》かに恨《うら》みを持たれている覚えはありませんか?」警察官のひとりがたずねる。

「いや、そんなことはない」父さんがこたえる。警察からしたら、ふつうの声だろうけど、ぼくには小さなふるえが感じとれた。背《せ》の高い警察官が、部屋を見まわす。

「見たところ、ただ家の中を荒《あ》らしたかったようですね。あそこにいい薄型《うすがた》テレビがあるのに、持っていかれてない。具体的には、何がなくなってるんですか？」

ネヴィルのことを思うと、誰かに心臓を強く締《し》めつけられている感じがする。

父さんは一、二秒ためらった。

「まだちゃんと確認《かくにん》できていないんでね」

短い間《ま》があって、もぞもぞと足を動かすような音が聞こえた。警察官のひとりが咳《せき》をする。

「名刺《めいし》をさしあげます。ちゃんと確認されたときに、ご連絡《れんらく》ください」警察は父さんにからかわれているとでも思ったみたいだ。

「できれば、このままの状態《じょうたい》にしておいてください」もうひとりの警察官が言う。「これから鑑識《かんしき》が来ますから」

ぼくはキッチンにひっこみ、警察が帰ってから、居間に行った。父さんは椅子《いす》にすわりこみ、ひじをひざにのせ、両手で頭をかかえている。

「誰の仕業《しわざ》なんだろう、フィンレイ」顔をあげずに言う。

ぼくは答えを知っていないといけないような気がした。

「なくなっているものはない」父さんの声はくぐもっている。「警察には言いたくなかったが、おし入ってきたやつが何も盗《ぬす》んでいないのはすぐわかったよ」

「ネ、ネヴィルが、い、いない」ぼくは涙《なみだ》を飲みこんだ。

「きっとそのへんにいるだろうよ」

「そ、それなら、な、なんで、ケ、ケージのドアがあいてたの？　な、なんでそんなこと、す、するわけ？」

父さんは黙《だま》っている。

「と、父さんは、ど、どうでもいいんだ」ぼくはさけんだ。「さ、最初からネヴィルを、き、きらっていたし」

「バカ言うな」

「か、母さんが言ってた。と、父さんは買うのをいやがってたって」

「そんなことないさ」父さんがため息をつく。「ただ、母さんがどっかで読んできた、ハムスターが吃音《きつおん》を治す助けになるっていうたわごとに反対しただけだ」

「で、でも、そ、それ本当だよ」ぼくはつぶやく。「た、助けになってくれた」

父さんは口をあけて、またとじた。

ぼくは、ネヴィルがケージのワイヤーのむこうからこっちを見て、ぼくの話を聞いているところを思いうかべた。たしかに聞いてくれている、そう思う。ネヴィルはぼくがどんなふうにしゃべろうが、気にしない。こっちの話を聞いていないのは、回し車でがんがん走っているときくらいで、そんなときはまわりのことなんか気にしていない。ほとんど。

ぼくは泣きだした。おさえられなかった。父さんにこう言われるのを待っていた。〈おまえ、いったいいくつだ？　十四歳《さい》か、四歳か？〉でも、父さんは黙っていた。

〈なさけない、なさけない、なさけない〉頭の中の声がなじる。

「タバコ吸《す》ってくる」父さんは立ちあがり、ライターをさがしてポケットをなでた。

「と、父さんは、タ、タバコを吸ってばっかりだ！」ぼくはぶちきれた。「ちょ、ちょっとでも時間があったら、た、たてつづけにどんどん、す、吸いまくってるじゃないか！」

父さんのあごがぴくっとしたけど、タバコの箱をズボンのポケットにもどした。

「は、は、肺《はい》がんになって、し、死ぬかもしれないんだよ。そ、そうしたら、と、父さんはいなくなっちゃうんだ。か、母さんみたいに。ネ、ネヴィルみたいに」

「落ちつけよ」父さんがそっと言った。「そのうち、そのへんをうろちょろしてるのが見つかるから」

「ど、どこを？」

「どこかだ」父さんはそう言ったものの、自分でも信じていないようだった。

ネヴィルの手がかりはまったくなかった。ただ蒸発《じょうはつ》してしまったようだった。それとも誰《だれ》かがつかまえて上着のポケットに入れ、すばやく家からつれだしたのかもしれない。

今ごろひとりぼっちでおびえ、ひどいけがだってしている可能性《かのうせい》がある。ぎゅっと目をつぶり、ネヴィルがケージにもどっているところを想像《そうぞう》する。安全なぼくの部屋に。

目をあけると、何も変わっていなかった。

夕日の最後の光線が、写真立てにはまっていたガラスのかけらに反射《はんしゃ》する。写真は、三年前の夏、オールトンタワーズのテーマパークで撮《と》ったもので、父さんとぼくがウォータースライダーを進む丸木舟《まるきぶね》に乗っている。母さんは乗りたがらずにそばで見学し、ぼくたちは猛《もう》スピードで落ちながら、歓声《かんせい》をあげて手をふった。散らばったガラスがちらちらと光る。最後の命がゆらめいて消えるように。

悲鳴をあげていろんなものをめちゃくちゃに破壊《はかい》したくなった。同時に、心の中はしんと静かで、悲しかった。

「こうとしか説明できないな」父さんの声はあまりにも小さくて、身を乗りださないと聞こえなかった。

父さんが顔をあげ、両手がひざに落ちた。

ぼくは黙《だま》っていた。息をひそめ、待った。父さんはネヴィルの居場所《いばしょ》に心当たりがあるのかもしれない。

「おし入ったのが何者かわからないが、何かをさがしていたんだろう」父さんが小声で言う。

「ずっと前に、おまえに話しておくべきだった」

34

スクラブルのゲームでは、標準的《ひょうじゅんてき》な英語の辞書《じしょ》にのっている単語をすべて使用できる。

父さんが重要な話をしたがっているのがわかるけど、ぼくは物を動かしてまわるのをやめられない。ネヴィルがいるわけない場所をさがすのをやめられない。

「フィンレイ、話さないといけないことがある」父さんがまた言った。「すわれ」父さんは体を前に曲げ、椅子《いす》に深くしずみこんだ。

足ががたがたふるえ、「早く言って！」とどなりたいけど、ぼくはソファーのはしに腰《こし》をおろし、ふるえを止めるために手を尻《しり》にしいた。

父さんが手で髪《かみ》をかくと、こまかい木くずが飛びちった。天井《てんじょう》を見あげ、足もとを見おろす。靴下《くつした》をはいた足の片方《かたほう》で床《ゆか》をトントンたたき、つづいてもう片方の足でたたく。

「か、母さんがどこにいるか、し、知ってるの？」沈黙《ちんもく》をやぶって、ぼくはきいた。

「知らないよ」父さんがさっとこっちを見る。「フィンレイ、嘘《うそ》じゃない」

体じゅうが痛《いた》い。この場で床《ゆか》に寝《ね》ころがって眠《ねむ》ってしまいたい。

父さんはぼくを見て、何か言いたそうに口をひらいてから、またとじた。

ぼくは待った。

さらに待った。

父さんの話なんか聞きたくないけど、同時に、どんな話なのか知りたくてたまらない。頭の中で大量の質問《しつもん》が、たくさんの羽根のように嵐《あらし》にうずまいている。

「出ていってすぐのころ、母さんが連絡《れんらく》をくれた。たった一度」

やっぱり。〈やっぱり!〉

ぼくは飛びあがった。頭に血がのぼる。

「う、嘘つき! い、言ってたじゃないか……」いったん口をつぐんでから、大きく息を吸《す》いこんで、一気に言葉をおしだした。「かあさんかられんらくがなかったっていってたじゃないか」

父さんは顔をかたむけてこっちを見た。びっくりしている。それから話をつづけた。

「嘘はついてない。それ以降《いこう》は一度も連絡がないんだ、フィンレイ。そのときからずっと。あれは、母さんが出ていって数日後だった」

ぼくは口もきけなかった。

「一度だけ、それっきりだ」

見くびった言いっぷりだ。こんなに大事で重要なことをずっとかくしていたのに、たいしたことじゃないことにしようとしている。

「な、何て言ってたの？」

父さんはポケットに手をつっこんで、何かを引っぱりだした。一瞬《いっしゅん》目をつぶってから両手を上にあげて父さんがひらいたのは、ぼくが木製《もくせい》のチェストの底から見つけた、あの新聞の切《き》り抜《ぬ》きだった。

「母さんはぼくが作業をしていた建築現場《けんちくげんば》に来たんだ」印刷物《いんさつぶつ》を見つめながら、父さんが言う。「出ていってから三日後だった。おまえは学校に行っていた。ちょうど魔法瓶《まほうびん》の紅茶《こうちゃ》を飲もうとすわったときで、おれは母さんがもどってきたのかと思った。でも……」

「な、何て言ってたの？」

「これをくれた」すでに読んだ切り抜きを、父さんはわたしてくれた。

数秒間、それを見つめた。

「こ、これ、ど、どういう意味？」

「バニー町が母さんにとって大事な場所なのは知ってるだろ」

父さんは答えになっていないことをしゃべりつづける。でも、母さんについてこの五分間に話してくれたことは、この二年間をひっくるめたよりも多い。

父さんの顔は青ざめたようなへんな色になっている。視線《しせん》がぱたぱたと動きまわり、待っているうちに、ぼくの顔にむけられた。

ぼくは記事のてっぺんに父さんが走り書きした十一桁の数字を指さした。

「郵便局《ゆうびんきょく》の電話番号だ」父さんが息を吐《は》くように言う。

でももちろん、それはもう知っている。

「ど、どうしていなくなったか、い、言ってた?」

父さんは新聞記事を見おろす。両手がちょっとふるえている。

「と、父さん?」

「いや。なぜいなくなったか、おれはもう知っていた、おそらく……」父さんはむこうをむいて、そこにあった引き出しをいじくった。「知っていると、思っただけかもしれないが……」

何を言っているのかわからない。

「と、当然、な、何か言ってたよね?」

「母さんは、もしもおまえに緊急事態《きんきゅうじたい》がおこった場合、本当に命にかかわることがおこった場合のみ、その郵便局にメッセージを送れと言ったんだ。私書箱《ししょばこ》を借りたらしい」

強烈《きょうれつ》な何かがぼくの体内をかけめぐり、思わずうしろの壁《かべ》によりかかった。吐き気とめまいがするのに、父さんの胸《むね》を拳《こぶし》でたたきたかった。ぼくは思いきり息を吸《す》った。

「いままでずっとずっとかあさんにれんらくをとることができたのに」息とその息にのせた言葉がなくなるまでつづけた。「とうさんはずっとうそをついてたんだ」

「ちがう!」父さんは一歩前に出て手をのばしたけど、ぼくは壁ぞいにずれて、両腕《りょううで》を胸の前で組んだ。「命にかかわることでないといけなかった。さもなければ、返事はしないと」

「う、嘘《うそ》をつけばよかったんだ!」ぼくはさけぶ。「ぼ、ぼくが、びょ、病気だとか、な、何だっていい。か、母さんが、か、か、か……」

帰ってくれば。母さんが帰ってくるような緊急事態なんて、いくらでも考えついただろうに。ぼくのほっぺたはびしょびしょになっている。

「おまえの母さんに約束させられたんだ、フィンレイ。それ以外の理由で連絡《れんらく》しないように、誓《ちか》わされた」

「た、助けてほしかったのかも、し、しれないじゃないか」ぼくはしゃくりあげる。「も、もしかしたら、と、父さんにれ、連絡してほしくて、ば、番号を教えたのかも」

父さんはかぶりをふった。

「母さんの目を見れば、おまえだってわかっただろうよ」父さんは下をむいた。「母さんは、なんというか、前と変わってしまった。目がよそよそしくて、まるで自分のまわりに透明《とうめい》なバリアを張《は》りめぐらしているようだった。

「い、言ってくれればよかったんだ」ぼくの声は力がなくて弱々しい。どうせ何を言っても、もう何も変わることはない。

父さんがさっと歩みより、ぼくはにげられないうちに抱《だ》きしめられていた。

「おまえがもっと傷《きず》つくんじゃないかとこわかった」父さんがぼくの髪《かみ》の毛の中で言う。「おまえを守りたかったんだ、フィンレイ」

「な、何から？」

「母さんがまたおまえを悲しませると思った」

「か、悲しませる？　ど、どうやって？」

父さんはこたえず、つかのま、目をとじただけだった。父さんの言っていることが、全然わからない。今までずっと、母さんの居所《いどころ》を知っていたのに、ひとことも言わなかったなんて。

父さんはため息をついた。

「郵便局《ゆうびんきょく》のとりきめは、母さんが実際《じっさい》にいる場所とはまったく関係ない。バニー町に行って、きいてまわったよ。母さんはあそこには住んでいない。どうしても必要なときに連絡《れんらく》をとる場所として、選んだだけなんだ」

35 公式のスクラブル辞書《じしょ》もあり、定期的に改訂《かいてい》され、新しい単語を収録《しゅうろく》している。

数秒ほど父さんの肩《かた》に顔をおしつけながら、母さんがどこにいるのか考えていて眠《ねむ》れなかった夜が何度もあったことを思いかえしていた。元気なのか、無事なのかと心配して。

母さんの古い日記帳に、母さんあての手紙をいくつも書いたことを思いかえした。その手紙を送ることができたかもしれない。母さんに実際に読んでもらえたかもしれない。

父さんの腕《うで》から離《はな》れ、あとずさった。父さんの疲《つか》れたごわごわした顔を、レーザー光線のように見つめる。自分の中にくすぶっているこのいやな感覚は、胃痛《いつう》のようだけど百倍ひどい。胸《むね》の中まで焼きつくしてくる。憎《にく》しみのような感覚。

でも、ぼくは父さんを憎んではいない。

「そ、それをねらって、ど、泥棒《どろぼう》がおし入ったの？」

父さんがまだにぎりしめている新聞の切《き》り抜《ぬ》きを見てきいた。ネヴィルの小さな顔がまた頭に思いうかび、ぼくは目をとじた。

「ちがうよ、フィンレイ。これをねらったわけじゃない」

父さんは息を吐《は》きだして、椅子《いす》にすわりこんだ。

新聞の切り抜きが床《ゆか》にひらひらと落ち、急に室温がさがった感じがしたけど、気のせいかもしれない。

「へんな電話がかかってくるようになったんだ」父さんの顔が赤くなる。「仕事用の電話に。しばらく前から」

頭がくらくらし、部屋がぐるぐるする。父さんの声に集中しようとした。この瞬間《しゅんかん》をずっと前から待っていた。真実を教えてもらえるのをずっと。そしてとうとうその瞬間がやってきて、ぼくはおびえていた。

でも、父さんは気づかないようだった。話しつづけている。

「男の声だ。おれたちのことを知っていて、おまえの母さんのことも知っている」

「ど、ど、どんなことを？」

言葉がつっかえる。ぼくは熱くなって、ふるえてもいた。また息を吸《す》って話そうとする前に、父さんがこたえた。

「母さんが出ていった正確《せいかく》な日付と、おまえの通っている学校を知っている。おれが仕事でよそに行っていれば、注意がそれて、このへんには来ないだろうと思っていた」

父さんは手のひらで額《ひたい》をなでた。

「警察《けいさつ》に通報《つうほう》すればよかったと思ってるし、これからそうするつもりだ。でも、その前におまえに話さなくてはと思った。理解《りかい》してもらわなくては」

「理解？」むしろ、事態《じたい》はますます複雑《ふくざつ》になっているように思える。父さんは、その男が母さんといっしょにいると言いたいのか？　母さんを知っていると？　ぼくは混乱《こんらん》していた。

「そいつが言うには、おれは母さんが残していったものを何か持っていて、そいつにはそれが必要なんだそうだ。それが手に入れれば、誰《だれ》も傷《きず》つかないと言ってる」

ぞっと寒気がした。

「そ、そいつは、な、何がほしいって？」

父さんは肩《かた》をすくめた。

「さあ……不可解《ふかかい》なのは、そいつもわからないらしいことなんだ」父さんはこっちを見て、ぼくが視線《しせん》を合わせるまで待っていた。「そいつの話では、母さんは大きな会社とトラブルになったらしい。母さんが何かの情報《じょうほう》を盗《ぬす》みだし、その会社がそれを返してほしいと思ってるそうだ」

ぼくは頭をふり、理解《りかい》しようとした。

「か、母さんが、ぬ、盗《ぬす》んだ？　そ、そんなわけないよ」

「そうだよな」父さんが同意する。「だが、そいつは、その情報《じょうほう》が手に入れば、おれたちのことを忘《わす》れると言っていた。おれたちのことも、母さんのことも……」

ぼくの頭で対処《たいしょ》するには、問題が大きすぎた。

「警察《けいさつ》に言わないといけないが、何と言ったらいいんだ？　その男が誰《だれ》なのかも、会社がどこなのかもわからない。男の言う情報が何かもわからないし、母さんの正式な連絡先《れんらくさき》もわからない。警察はまともに相手にしてくれないだろうな」

さっき来たふたりの警察官の様子からして、警察が父さんの話を意味のないたわごとだと決めつけて反応《はんのう》するのが、目に見えるようだった。

「ゆ、郵便局《ゆうびんきょく》に、か、母さんあての、メ、メッセージを送ったらいいのに」

「もう送ったよ」父さんが静かに言った。「何日か前だ。でも返事はない」

父さんは青ざめていて、疲《つか》れている。おびえているようにも見える。

ぼくの胃《い》は痛《いた》くてぐちゃぐちゃになっている。

「電話のことは考えないようにした。おまえが巻《ま》きこまれないように、必要以上に長くブライトンにいた。なのに帰ってきたら、これだ」父さんは腕《うで》をふって、めちゃくちゃになった部屋をさししめした。引き出しは中身があけられ、家具はこわされている。「すでに前の家から持ちこんだ物は全部確《たし》かめたが、そんな情報なんか見つからなかった。何もない」

父さんが二階でガタガタやっていたのを思い出す。屋根裏《やねうら》にまであがって、箱をあけたりしていた。ぼくの頭はかっと熱くなり、それから冷たくなった。熱がある感じだけど、じっとしている気になれず、とにかくさがさなくちゃ、母さんが残したものを見つけなくちゃと思った。母さんは何を盗んだんだろう。母さんがいろんな会社のためにした仕事はすべて、スプレッドシートの形式になっていた。それが入っているノートパソコンを持って、母さんは出ていった。

「そ、その男って、だ、誰なんだろう」ぼくはきいた。

「知らないね」父さんはこたえたが、不安そうな顔をしていた。「母さんが何を計画していたのかわからない。そこがまたやっかいなんだよ」

父さんはなんだか様子がおかしい。ぼくをとりまく世界の形が変わっていく感じがする。どうしても母さんが情報を盗んだとは思えない。そんなことは全然母さんらしくない。店でおつりを多くもらいすぎれば、かならず返しにもどるような人だったから。一度、近所のピザ店で、ウェートレスが前菜の分のお金を請求《せいきゅう》しわすれたとき、母さんがミスを教えてあげた。

「わざわざそんなこと」そのとき、父さんは文句《もんく》を言った。「やつらはじゅうぶん儲《もう》けてるじゃないか」

「損《そん》するのは大きい会社じゃないのよ」母さんは、伝票が訂正《ていせい》されるのを待っている間、そう言った。「弱い立場の人がつけを払《はら》わされるんだから。あの人のボスが、不足分をお給料から差し引くのよ」母さんはいつも人のために気を配っている。

「ぼ、ぼくも行く」父さんに言った。「け、警察《けいさつ》に、つ、ついていくよ」

父さんはこっちを見ない。

「行く前に、何を言うか、考えないといけないな」父さんはしっかりと言った。「どうやって状況《じょうきょう》を説明するのか、考えないと。自分でもろくにわかってないんだからな」

36

省略《しょうりゃく》語《ご》や接頭語《せっとうご》、接尾語《せつびご》は、単語としてボードにならべることができない。

土曜日

眠《ねむ》れない。眠りに落ちそうになるやいなや、ぱっと目が覚めて、考える――願う、祈《いの》る。今聞こえた小さなきしむ音とひっかく音が、ネヴィルでありますように、と。

土曜日はずっと家の中をさがしまわった。そのうちひょっこり出てくるよ、と言った父さんを無視《むし》して、すべての部屋をすみずみまでさがした。パソコンは立ちあげなかった。アレックスとチャットをするひまはない。ネヴィルを見つけるほうがずっと大事だ。

でも、マリアムには電話して、泥棒《どろぼう》の話をした。土曜日と日曜日の昼過《す》ぎに青少年クラブでいっしょに練習することになっていたから。

「フィンレイ、たいへんなことになったのね。わたしに手伝えることはない？」

かたづけをしてるだけだから、とぼくはこたえた。父さんが母さんについて言っていた話はしなかった。ぼくにさえ理解《りかい》できないのだから、マリアムに言ってもしょうがないだろう。

泥棒事件《どろぼうじけん》のあと、父さんはブライトンにもどる話をしていない。こっそり仕事用の手帳をのぞいたら、今週の予定も全部キャンセルしてあった。

戸棚《とだな》から角砂糖《かくざとう》をふたつとって、ポケットにつっこむと、とにかく家から出たくて、競馬場にむかった。ベンディゴ通りを歩いているあいだじゅう、あたりをくまなくさがした。ネヴィルが帰り道を見つけようと、側溝《そっこう》を走りまわっているかもしれない。

競馬場の正門では、ジョージじいさんが新聞を読んでいた。今の家に引《ひ》っ越《こ》してきてから、よくここに来ている。父さんはここの管理会社に依頼《いらい》されて、補修《ほしゅう》管理の仕事をいくつか手がけるようになった。ジョージじいさんは、サッカーのノッティンガム・フォレストFCが昔どんなにすごかったか、しょっちゅう語っているけど、とくにこっちの返事は期待していないみたいだった。

門の前でうろうろしていると、ジョージじいさんが新聞から顔をあげた。

「入っていいぞ。すいてるうちにな」ギョロッとこっちを見る。「奥《おく》でめんどうをおこさんように、気をつけろよ」

ぼくは馬場にむかった。軽食堂からしゃべり声が聞こえてきたけど、気にしない。大きな円を描《えが》くように歩いていって、特別区域《くいき》にたどりついた。

奥の厩舎《きゅうしゃ》のそばまで来ると、ひとけはない。囲いの中にはわらがしいてあり、ところどころに馬糞《ばふん》が落ちている。ほとんどの馬房《ばぼう》の扉《とびら》はしまっている。左側《ひだりがわ》から、静かな鼻息が聞こえた。つやつやした栗毛《くりげ》の馬が半分あいた扉から顔をのぞかせる。ぼくはポケットから角砂糖を出すと、手のひらにのせてさしだした。

「気に入って、く、くれたんだね」フンフン鼻を鳴らしながら、馬が手のひらのおやつを受けとる。温かい息が、ぼくの手をくすぐる。それからぼくは頭を馬の頭にくっつけた。馬はじっとしたまま、ぼくの思いに耳をかたむけているようだった。「母さんは馬が大好きだった」ぼくはささやく。「きっと、おまえのことも大好きになったと思うよ」

馬は体重をべつの足にうつして、鼻をすりよせてきた。この子が幸せで、飼《か》い主《ぬし》によく世話してもらえていますように、と願った。一瞬《いっしゅん》、目をとじて、馬のにおいを吸《す》いこんだ。

ここにいると、安全だと感じる。ずっとここにいて、家に帰らずにすめばいいのにと思った。

「け、警察《けいさつ》に、い、行かなきゃ」日曜日の朝、階段《かいだん》をおりると、ぼくは言った。父さんはまたひと晩《ばん》じゅう、椅子《いす》で寝《ね》ていたようだ。

「わかってるよ」父さんは顔をあげずにこたえた。「頭の中を整理してからな」

金曜日に泥棒《どろぼう》が入ってからずっと、父さんは頭の中を整理しようとしていた。うまくいっていないことは、誰《だれ》が見たってわかる。

鑑識《かんしき》の人が帰ったあと、ぼくはできるだけかたづけをしたけど、家の中はまだしっちゃかめっちゃかで、父さんは自分の部屋の惨状《さんじょう》をそのままにしている。二日間も散らかった中にいて、ほとんど動いていない。〈頭の中の整理する〉と言って。

「あ、頭の中を、せ、整理なんかできないよ。わ、わからない情報《じょうほう》が、い、いっぱいあるのに」と、ぼくは指摘《してき》したけど、父さんはこたえない。

月曜日

月曜の朝早く一階におりたとき、どうせまた父さんは服を着たまま、ひげもそらずに居間《いま》にいるだろうと思っていた。ところが、父さんはキッチンにいて、シャワーからあがったように、髪《かみ》が湿《しめ》っていた。

「今日は寝室《しんしつ》をかたづけるよ」ふたりでシリアルを食べているとき、父さんが言った。ふたりともおなかはすいていなかった。「先に進まないといけないからな。家を整えて、いろんな物を捨《す》てはじめないとな」

「て、手伝うよ。マ、マリアムに会うまで、じ、時間があるから」

父さんは乗り気ではなかったけど、ぼくは二階についていって、父さんの部屋の戸口に立った。記憶《きおく》していた以上にごちゃごちゃだ。

ネヴィルのことを思いうかべ、頭に浮《う》かんだ絵を追いはらうために目をとじた。あらゆる引き出しや戸棚《とだな》、ネヴィルがのぼれないようなところまで、全部さがした。

でも、だめだった。ネヴィルはいない……そして母さんが残していったと思われるものもない。

ぼくは腕《うで》をかきはじめた。軽く、だんだんはげしく。でも何をやっても、かゆみは楽にならない。

「フィンレイ」父さんがぼくの両腕をそっとおさえる。「けがをするぞ。落ちつくんだ」

ぼくは両腕をさげた。

「まずは引き出しに入っていた物をもどそう」父さんが言う。

「か、母さんの、しゃ、しゃ、写真と服は捨《す》てたって、い、言ってたじゃないか」ぼくはかたづけはじめながら、小声で言った。

「ああ、まあ、そうするつもりだった」父さんはこっちを見ない。

「じゃ、じゃあ、ど、どうして……」

「そうするつもりだったんだ！」父さんがかみつくように言う。こっちを見る顔は赤くて、目はさらに赤かった。「おれは……その、バカだったよ。母さんがいつかもどってくると思ってたんだ」

ぼくは床《ゆか》に目をむけたまま、写真を集めて、小さな束にしていった。

「母さんにとって何よりもつらかったのは、おまえと別れることだった」父さんが息をもらす。

「あの顔……あんなにせつなそうな顔をした人は、見たことがない」

〈それでも、母さんは出ていったんだ〉とぼくは思った。

しばらくの間、黙々《もくもく》と作業をつづけた。ときおり、父さんが頭をかたむけ、耳をすましているようなそぶりを見せた。「まただ」数秒後に父さんがささやいた。「何か聞こえた気がする」

ぼくは写真を動かすのをやめて聞き耳をたてた。何も聞こえない。そのときだ。写真をチェストにしまおうとした瞬間《しゅんかん》。かすかにこするような、引っかくような音が、壁《かべ》の奥《おく》から聞こえてきた。

「ネズミでなかったら」父さんが壁に耳をあて、こっちを見てにっと笑う。「うちのネヴィルじゃないか」

「ネ、ネヴィル！」ぼくは床から飛びあがった。

父さんが指を唇《くちびる》にあてる。

「静かに。おどかさないようにな」そう言いながら、立ちあがる。「ここから入りこんだにちがいない」父さんが指さしたのは、壁にある真四角の扉《とびら》で、屋根裏《やねうら》に通じている。その扉がほんの少しひらいていた。「この前、中でさがしものをしたんだ。きちんとしめなかったんだな」

屋根裏にいるのがネヴィルなら、どういうわけかケージを出て――おそらく泥棒《どろぼう》がケージを蹴《け》とばしたときに――父さんの部屋に走りこんだのだろう。屋根裏は広くて、ひさしのはしからはしまでつながっている。そんなところでネヴィルを見つけるのは不可能《ふかのう》だ。いくらでもかくれる場所がある。

「いい考えがある」父さんが言った。「待ってろ」

キッチンでガタガタ動きまわってから、父さんはピーナッツをたずさえてもどってきた。

「扉をもう少しあけてみろ」ネヴィルに聞かれまいとするかのように、父さんがささやく。

ぼくは言われたとおりにした。それからふたりで、扉から父さんの部屋の真ん中まで長く一列にピーナッツをならべた。

「ふたつばかり、扉《とびら》のむこうに入れて、味見させてやろう」父さんが目配せする。にやっとこっちを見るから、ぼくもにやっとした。父さんも本気でネヴィルにもどってきてほしいようだ。

父さんはまた一階におりて、温かい紅茶《こうちゃ》の入ったマグカップをふたつ持ってあがってきた。それからふたりでベッドにこしかけて待った。

新聞を読んでもいないしテレビを見てもいない父さんと、こんなふうにいっしょにすわったのは、いつぶりだろう。ネヴィルをこわがらせないように、ふたりとも静かにしていたけど、それはいい感じの静かさだった。

ぼくがぼんやり宙《ちゅう》を見つめ、自分のいろんな問題について考えていると、父さんが急につっついてきた。父さんの顔を見ると、屋根裏《やねうら》の扉のほうをあごでしゃくった。ネヴィルの小さな前足が、扉の下枠《したわく》にちょこんとのっている。ネヴィルはぱっと顔をあげ、空気のにおいをかいだ。すぐに寝室《しんしつ》に入ってきて、ピーナッツをひとつずつ慎重《しんちょう》に、ふくらんだほっぺたにつめこんでいく。

このいきおいなら、クリスマスまでもつくらい、蓄《たくわ》えられそうだ。

五番目のピーナッツまで来たとき、父さんがささやいた。

「もうつかまえてだいじょうぶだろう。すばやくやれよ、フィンレイ」

稲妻《いなずま》のように飛びだし、つぎの瞬間《しゅんかん》、ネヴィルの温かくて毛におおわれた体は、無事にぼくの両手の中にいた。ネヴィルの頭のてっぺんにキスをする。

「ネヴィルの大冒険《だいぼうけん》！」父さんは笑って、宙に見出しを描《か》くようなしぐさをした。「そんなアクション映画《えいが》があったら見てみたいもんだ」

ふたりでぼくの部屋に行くと、ぼくはネヴィルをケージにもどし、しっかりドアをしめた。残りのピーナッツを置いてきてしまったので、ネヴィルは機嫌《きげん》が悪そうだ。

「あ、ありがとう、と、父さん」

「礼なんか言うな」父さんはぼくの髪《かみ》をくしゃくしゃっとした。「ネヴィルは家族じゃないか。うちの家族はおたがいにめんどうを見あうんだ。そうだろ？」

37 おおぜいのプレイヤーがオンラインでスクラブルを楽しんでいる。

青少年クラブでマリアムに会うまでまだ時間があったから、コルウィック自然保護区《ほごく》まで歩いていって、ベンチにすわった。

ここからだと、遠くでグリーンの風車の羽根が、そよ風にゆったりまわっているのが見える。太陽がぶあつい雲をつらぬこうと戦っているけど、無残に負けている。温かいフリースを着てきたことにほっとしつつ、自分の体の中にもぬくもりを感じていた。

ネヴィルが無事に帰ってきたんだ。

あたりはほとんど無人で、携帯《けいたい》電話で話しながら犬を散歩させている人と、こちらを見もせずにいきおいよく走りさるランナーがいるくらいだった。泥棒《どろぼう》や、父さんに電話をかけてくる男のことを誰《だれ》かに話したいけど、言葉をまとめて順序《じゅんじょ》よく口から出すのはむりだろう。

そもそも誰かに助けてもらうことはできない。何がどうなっているのか、誰にもわからないのだから。父さんにさえ。

父さんが警察《けいさつ》に行くのか、行って何を言うのか、ついつい考えてしまう。父さんは母さんの失踪《しっそう》について、断片的《だんぺんてき》なことはいろいろ知っているけれど、はっきりしたことは何も知らないようだ。理解《りかい》できることは何も。

十時過《す》ぎに青少年クラブについたけれど、マリアムが来るまであと三十分ある。オリヴァーはまだ入院しているみたいだから、よっぽど重症《じゅうしょう》なのだ。いつも人を痛《いた》い目にあわせているオリヴァーがぎゃくの立場になったのはいい気味なんだろうけど、やっぱりこんな目にはあってほしくなかった。

戸棚《とだな》からスクラブルの箱をとって、静かなすみっこのテーブルについた。そしてリュックから自分のタイル袋《ぶくろ》を引っぱりだして中身をあけ、一枚《まい》ずつ文字が見えるように上にむけた。

文字タイルをあれこれ動かして、適当《てきとう》な単語を作っていく。

MYSTERY《ミステリー》【15】（謎《なぞ》）

頭の中をたくさんの謎が飛びまわっていて、それをひとつずつ切りはなすのは難《むずか》しい。それでも、試してみた。

・なぜ母さんはあんなに急に、さようならも言わずにいなくなったのか。
・なぜ父さんは母さんの持ち物を処分《しょぶん》したと言っておきながら、こっそりとっておいたのか。
・なぜアレックスはオンラインでは友だちらしくふるまうのに、実際《じっさい》に会おうとしないのか。
・ニコールは誰《だれ》か。本当は母さんなのか。それとも家族を置きざりにした、べつの人なのか。
・うちに入った泥棒《どろぼう》は、何をさがしていたのか。

そして最悪の謎《なぞ》が浮《う》かぶ。誰だか知らない男が、父さんにおどしの電話をかけ、うちに泥棒に入ってきたのなら、その男はいったい……母さんに何をする気なんだろう。

これ以上すわっていられなかった。

ぼくはタイルをざっと袋《ふくろ》にもどすと、リュックをつかんで、青少年クラブを出た。

38 ハイフンやアポストロフィを使う単語は認《みと》められない。

気づいたら、マリアムの家の前にいて、玄関《げんかん》のベルを鳴らしていた。母さんが危《あぶ》ないと思うと、こわくてたまらないのに、父さんはそのこわさをわかってくれない。

マリアムと同じ目をした女の人が出てきた。長いチュニックを着て、ヘッドスカーフを巻《ま》いている。

ぼくはおろおろした。こんなふうに突然訪《とつぜんたず》ねるなんて、どうかしていた。

「あなたは、フィンレイ？」女の人が言った。

ぼくはうなずいた。

その人はマリアムよりも訛《なま》りが強いけれど、いたずらっぽい目つきはマリアムとそっくりだ。

「まあ、お会いできてうれしいわ」

ぼくはうなずいてほほえみ、小さな温かい手と握手《あくしゅ》した。

女の人はわきによけて、腕《うで》をうしろにふった。

「わたしはマリアムの母よ。どうぞ、中に入って」

ぼくはもう一度ほほえんでうなずき、しゃべらないですむことを願った。玄関《げんかん》ホールに入ると、床《ゆか》はみがきこまれたりっぱなマホガニーだった。自分のきたない運動靴《うんどうぐつ》を見おろし、靴《くつ》ひもをとくためにかがみこんだ。

「靴は気にしないで、フィンレイ。そのままどうぞ。おうちで困《こま》ったことがあったとマリアムが言っていたけれど、もうだいじょうぶなの？」

ぼくは少しほほえんで、うなずいた。家の中がめちゃめちゃだと言うつもりはなかった。うしろから廊下《ろうか》を歩いていくと、こまかい刺繍《ししゅう》のほどこされた壁《かべ》かけや、読めない文字や記号で書かれた額《がく》入りのお祈《いの》りのようなものが目に入った。

家の中は家具のつやだし剤《ざい》とあまいスパイスのにおいがして、どこかからかすかに人の声が聞こえてくる。

お母さんは階段《かいだん》の下で立ちどまり、マリアムを呼《よ》んだ。

「すぐにおりてくるわ。どうぞ、客間にいらっしゃい」

お母さんに案内されて入った広い部屋には、庭にむかってひらくガラスのドアがあった。

テレビがついているけど音は消してあり、部屋のすみには、しわだらけのおばあさんがクッションによりかかって、おなかをすかせた小鳥のようにじっとこっちを見ていた。

「この人は誰《だれ》なの？」おばあさんはびっくりするほど力強く大声をあげた。

おばあさんが身を乗りだすと、マリアムのお母さんは、背中《せなか》にあったクッションを軽くたたいてふくらませた。

「フィンレイですよ。マリアムの学校のお友だち。スクラブル大会に出場するから、マリアムが練習を手伝っているの。覚えているでしょう、お母さま？」

おばあさんはブツブツつぶやいて、不服そうにかぶりをふった。

「飲み物はいかが、フィンレイ？」おばあさんを無視《むし》して、マリアムのお母さんがきいた。

黙《だま》ってかぶりをふったら、失礼になる。

「あ、け、けっこうです。あ、ありがとうございます」できるだけそっと言った。ちらっと、おばあさんを見たら、まだひとりごとを言っていた。マリアムは家族に、ぼくの吃音《きつおん》のことを話したんだろうか。こんなところに来てしまって、ぼくは何を考えていたんだろう。

でも、マリアムのお母さんは、とくに気づかないようだった。

「どうぞ、フィンレイ、すわってちょうだい」にこやかに言う。おばあさんは前に乗りだし、目をほそくして、ぼくを上から下までじろじろ見ながら、気に入らないように舌打《したう》ちをした。

この人が昔は若《わか》い女の人で、自分のヒジャブにスパンコールをぬいつけていたなんて、想像《そうぞう》できない。

「この子、棒《ぼう》のようにほそっこいじゃないの」おばあさんはきつい訛《なま》りでつぶやいた。「うんと太らせてやらないと、ベティ。さもないと排水管《はいすいかん》に流れていっちゃうわよ」ケラケラ笑って、体を前にうしろにゆらし、自分の冗談《じょうだん》をおもしろがっている。

「おばあちゃま！」戸口にマリアムが現《あらわ》れ、ぼくはほっとした。「失礼なこと言わないで！」

マリアムはぼくを見て、それからおばあさんにむかってこわい顔をした。「ごめんなさい、フィンレイ。祖母《そぼ》は百歳《さい》に近づくにつれて、どんどん失礼になっていくの」

「ふん！」おばあさんがいやな顔をして、ぼくたちを追いはらうように手をふった。

マリアムがぼくの腕《うで》を引っぱって、廊下《ろうか》につれもどした。

「無視《むし》すればいいの」にっと笑う。「外は気持ちいいから、お庭に行かない？」

マリアムについてキッチンを通りぬける。キッチンではお母さんがあまくておいしそうなにおいのするものを作っている。

ぼくたちは庭のテラスに置かれた大きな木製《もくせい》のテーブルについた。庭は広くて、大きく育った木々や手入れのいきとどいた花壇《かだん》があった。ぼくは目をとじて、数秒間、顔を太陽にむけながら、鳥の歌声に耳をすませた。今朝《けさ》の灰色《はいいろ》の雲はほとんど完全に消えていた。

「来てくれたのね」マリアムがぼくの手をつっついた。「どういう風のふきまわし？」

「ご、ごめん」気まずい感じがした。「せ、青少年クラブで、ま、待ってるべきだったのに」

「ここで練習したっていいじゃない」マリアムが言う。「いつだって歓迎《かんげい》よ、フィンレイ。それにしても、なんだかとっても悩《なや》んでるみたいね」

勝手口のドアがひらいて、マリアムのお母さんがひらりとお盆《ぼん》を運んできた。

「あまいお茶とお菓子《かし》よ」ぼくたちにほほえんで、マリアムの頭にやさしくふれると、家の中にもどっていった。

マリアムがカップをわたしてくれた。今まで飲んだことのあるお茶のどれにも似《に》ていない。ひと口すると、ほっとする感じがした。あまくて、なめらか。父さんがティーバッグでいれる苦い紅茶《こうちゃ》と大ちがいだ。

「気に入った？」マリアムはにこにこしながら、ぼくが飲むのを見ている。

ぼくはうなずいた。

「チャイっていうの。それからこれは……」磁器《じき》の皿に黄金色の小さな丸い菓子がのっている。

「わたしがいちばん好きなお菓子、べサン・ケ・ラドゥ」

ひと口食べると、天国のような味がした。軽くて、温かい。アーモンドの香《かお》りの生地に、サクサクした衣《ころも》。なぜか、ぼくは安心して落ちついてきた。

ひとつ食べおわって、もうひとつに手をのばすと、マリアムがにっこりした。急におなかがすいてきた。

「母は料理がとても上手なの。でも、祖母《そぼ》には気をつけて。あなたを拘束《こうそく》して太らせようと、陰謀《いんぼう》をくわだてているから」

マリアムはどこまでもまじめな顔をしていたけど、ぼくが不安そうな顔をすると、急にふきだした。

「ごめんね、冗談《じょうだん》よ。祖母は……」マリアムはこめかみをぽんとたたいた。「年をとって、ちょっと不思議なことを言うようになってきてるの」

マリアムが家族を愛し、誇《ほこ》りに思っていることがものすごく伝わってきた。そのとたん、母さんのいないさびしさが胸《むね》にのしかかってきて、離《はな》れなくなった。ぼくは力なく笑って、チャイをもうひと口すすった。

「じゃあ、話して」マリアムが言う。「何もかも」

少しずつ、この二日間のできごとを話していった。泥棒《どろぼう》に入られたこと、母さんがバニー町を緊急連絡先《きんきゅうれんらくさき》にしたこと、母さんの残した物を何者かがねらっていると父さんが確信《かくしん》していること。

謎《なぞ》の男が父さんをおどしたことや、母さんが情報《じょうほう》を盗《ぬす》んだと言われたことは黙《だま》っていた。

なんとなく。なにしろ、あまりにもとんでもないできごとで、考えるのも説明するのも難《むずか》しい。自分でもわけがわからないのだから。

最初は言葉がつまって、外に出ていこうとしなかった。でも、マリアムの前で落ちついてくるうちに、しゃべるのが少し楽になった。

「フィンレイ、何か思いつくものはない？　お母さんが残していったかもしれないもの」

ぼくはかぶりをふって、きれいに刈《か》られた青々とした芝生《しばふ》を見つめた。

「ど、どんなものを、の、残すだろう」

マリアムは肩《かた》をすくめた。

「もしかしたら、どうしてそんなに急に家を出ていったのかわかるような、手がかりを残したんじゃない？」

ぼくたちがすわっているそばの生《い》け垣《がき》で、小鳥がさえずりだした。澄《す》んだ心地よい声で、まるで希望のメッセージを送っているみたいだった。

「ま、まともに、か、考えられない」ぼくは言う。「あ、頭が、め、めちゃくちゃにこんがらかってる」

「それにぴったりの治療法《ちりょうほう》を知ってる」マリアムが立ちあがった。「スクラブルにできることがあるとしたら、それは混乱《こんらん》した頭を解《と》きほぐすことよ」

39

固有名詞《こゆうめいし》（大文字で始まる単語）は認《みと》められない。

スクラブルなんて全然やりたい気分じゃないけど、マリアムの家に勝手におしかけて、悩《なや》みを聞いてもらっておきながら、マリアムのしたいことをまったく無視《むし》するわけにはいかない。

そこでリュックをひらいて、タイル袋《ぶくろ》をとりだした。

マリアムがもどってきて、ゲームボードと対局時計《たいきょくどけい》をテーブルに置いた。それからヘッドホンを持ってきてｉＰａｄ《アイパッド》にさしこんだ。

「フィンレイ、やってもらいたいことがあるの。このヘッドホンをつけて、これを声に出して読んでくれる？」

マリアムはぼくについて書いた紙切れをくれた。

「こ、これは？」

「お願いだから、やってみて」マリアムはにこっとする。「音楽を流しながら、声に出してみて。そのあとで説明するから」

ぼくはため息をついて、ヘッドホンをつけた。耳の中に今ヒットチャート一位の曲が充満《じゅうまん》した。いらつくようなポップスの曲で、趣味《しゅみ》じゃない。

何のためにこんなことをするのか、もう一度きこうとしたけど、マリアムは手ぶりで、紙切れを読むように言ってきた。

ぼくは紙切れを手にとった。

「ぼくはフィ、フィンレイ・マッキントッシュです。ノッティンガムに住んでいるスクラブルの天才です。ネヴィルという名前のハムスターを飼《か》っていて、マ、マリアムという頭のいい友だちがいます」

音楽がやんだ。

ぼくはヘッドホンをはずした。ほとんどつっかえずに読めたような気がする。

マリアムの目がきらきらしていた。携帯《けいたい》の画面をおすと、ぼくが読んだものの録音が再生《さいせい》された。

「ほ、ほとんど、か、か、完璧《かんぺき》だ」ぼくはぽかんと口をあけていた。

「本当に完璧だった、フィンレイ」マリアムが言う。「音楽や歌声を背景《はいけい》にしてしゃべると、吃音《きつおん》がほとんど消えるの」

「ど、どうして？」

マリアムは、さあ、というように肩《かた》をすくめた。

「リズムや呼吸《こきゅう》のしかたに関係がある。ひょっとするとね。でも、そんなのどうだっていい。だって、うまくしゃべれたんだから！」

うまくしゃべれた。本当に。

「いつも音楽を鳴らしながらしゃべることはできないけど……そういう問題じゃないの」マリアムがつづける。「大事なのは、これも使えるテクニックのひとつだってこと。それから、あなたの声に問題がないこともわかったでしょ？」

「あ、ありがとう」ぼくはヘッドホンを返した。「こ、こんなことが、で、できるなんて、お、思ってもみなかった」

マリアムはこのことを科学の自由研究のレポートに書くんだろうか？ でも、そんなことはどうだっていい。なぜならぼくは今、世界を征服《せいふく》したような気分だから。

「わたしたち、こういうことをもっとやったほうがいいと思う」マリアムが庭全体をはらうように手を動かす。「新しいゲームを作ってもいいかも。——アウトドアで楽しむ〈エクストリーム・スクラブル〉とか」

マリアムはボード越《ご》しにタイルラックをひとつわたしてくれた。

「ど、どうして、ス、スクラブルの競技《きょうぎ》に出るのを、や、やめたの？」ぼくは前から疑問《ぎもん》に思っていたことをきいた。

「おじがとにかくスクラブルが大好きで、小さいときに教えてくれたの。わたしに才能《さいのう》があると気づくと、いろんな大会に出すようになって、そこでわたしは年が倍近く上の子たちに勝つようになった。家族じゅうがすっかり夢中《むちゅう》になって、わたしもしばらくはそれに感化されていたんだと思う」

「た、大会に、ま、また出たいと思わない？」

「ううん、あんまり」マリアムがほほえむ。「自分の夢《ゆめ》にむかって進んでいるのがうれしいから。スクラブルでいい成績《せいせき》をおさめたことは誇《ほこ》りだけど、一生つづけたいことではなかったの」

ぼくはうなずいた。理解《りかい》できた。マリアムがテーブルの上からぼくのタイル袋《ぶくろ》を持ちあげ、引きひもの部分を持って袋《ふくろ》を回転させると、光が当たった。

母さんの刺繍《ししゅう》は、外の太陽の光に照らされると、本当に美しく見える。今までは室内でしか見たことがなかったし、正直に言うと、あまりにも長いこと持っていたから、縫《ぬ》い目《め》がどんなに手のこんだものなのか、かなり前からほとんど目にとめていなかった。

「とってもきれい」マリアムが息をつく。「お母さんは器用な方だったのね」色とりどりの糸がよりあわさり、無数の方向に布《ぬの》にさしこまれ、複雑《ふくざつ》な幾何学模様《きかがくもよう》をつくり、もとの無地のクリーム色の薄《うす》い綿布《めんぷ》を一変させている。

「これは、お母さんがいなくなる前にくれたの？」マリアムがたずねる。

ぼくはうなずいた。文字タイルを選ぼうと袋《ふくろ》に手をのばすと、その前にマリアムがタイルを全部テーブルにあけて、自分の前で袋を平らに広げた。引きひもをゆるめると、タイル袋《ぶくろ》は完全な正方形にもどった。

「な、何を、し、してるの？」

「見てるだけ」

となりの家の庭で、小さい子たちがさけんだり笑ったりしながら、追いかけっこをしているのが聞こえるけど、生《い》け垣《がき》が高いから姿《すがた》は見えない。

「おもしろい」マリアムがつぶやくのが聞こえた。

母さんが刺繍《ししゅう》してくれた銀色に光る「FM《エフエム》」のイニシャルの上で、指先を行ったり来たりさせている。タイル袋のよさをちゃんとわかっていなかったことに、ちょっと気がとがめた。最近は袋をろくに見てもいなかった。

マリアムはイニシャルを爪《つめ》で軽くたたいた。

「この下に何かある。さわるとわかるの」

ぼくは手をのばして、指先でイニシャルをさわった。小さな四角いもの、平らでかたいものが、縫《ぬ》い目《め》の下にある。

「今まで気づかなかった？」マリアムがきく。

ぼくはかぶりをふった。たぶん布《ぬの》を平らにしてイニシャルがよく見えるように、母さんが何かを入れたのだろう。

「気づかなくても不思議じゃない。袋にタイルがいっぱいあるから、ほとんど見分けがつかない」マリアムがひとりごとのように言う。

「ま、まちがえて、そ、そこに、タ、タイルを入れちゃったのかも」ぼくは言ってみる。

マリアムはかぶりをふった。

「お母さんはイニシャルを刺繡したときに、わかっていたはずよ」それから立ちあがって、何も言わずに家の中に入っていった。

ぼくはタイル袋を持ちあげて、刺繡のあたりをつまんでみた。イニシャルの真下に、小さくてかたい、プラスチックの四角いものがある感じだ。

「フィンレイ、わたしを信用してくれる？」マリアムが小さなはさみを持ってもどってきた。

「これはよく切れる精密《せいみつ》なはさみなの。袋の内側《うちがわ》にほそい切りこみを入れて、中に入っている物をとり出せる。袋《ふくろ》をだめにはしないし、誰《だれ》も気づかないと思う」

母さんの袋を切るのはどうなんだろう。だめにはしたくない。

「あとで、切ったところをうんとこまかい針目《はりめ》で縫《ぬ》ってあげる」

マリアムはからっぽの袋をひらき、裏地《うらじ》の切りたい場所を見せてくれた。

「じゃ、じゃあ、いいよ」ぼくは同意した。ただのプラスチックの切れはしなのに、マリアムは何を考えているんだろう。

マリアムは集中して無意識《むいしき》に舌《した》を出しながら、生地《きじ》をチョキチョキ切りはじめ、すぐに、はっと息を吸《す》いこんだ。タイル袋《ぶくろ》が手から落ち、マリアムは何かを高く持ちあげた。ぼくが手で日差しをよけ、もう片方《かたほう》の手のひらをさしだすと、マリアムがそこに何かを置いた。

黒くて四角いプラスチックで、はしに金属《きんぞく》がついている。

メモリーカードだった。

40

外国語の単語は認《みと》められない。

家に帰ると、父さんのバンがなかった。携帯《けいたい》番号に何度かけても、留守番《るすばん》電話メッセージが返ってくるだけだ。きっと急ぎの仕事で呼《よ》びだされたんだろう。

マリアムから離《はな》れるのが大変だった。ぼくたちの発見を父さんに説明するためにいっしょに来たがったけど、ぼくは父さんとふたりで頭を整理する時間が必要だからと、来ないようになんとか説得した。マリアムは父さんがどんなだか知らない。うちの問題によその人を巻《ま》きこんだとわかったら、頭に血がのぼって大さわぎになる。

二階にかけあがって、パソコンにメモリーカードをさしこんだ。数秒後、新しいドライブが立ちあがる。いらいらするくらいおそい。一秒一秒が一分一分に思えて、耳もとでブンブン鳴る音がどんどん大きくなる感じがする。

ついに、画面が動きだした。

見たことのないロゴ――MKF《エムケーエフ》の三文字がからみあっている――が、ぱっと現《あらわ》れ、すぐに黒いボックスに入れかわった。ボックスには白い長方形のスペースがふたつあり、それぞれ「ユーザー名」「パスワード」と書かれている。

ぼくはいろんな組み合わせで入力してみた。「クリスタ」と「フィンレイ」、「クリスタ」と「パスワード」、「クリスタ」と「パスワード123」、そのほか思いついたものをたくさん。

何を入れても、プログラムはひらかない。

机《つくえ》を拳《こぶし》でドンとたたいた。よく考えないといけない。これは重要なことなのだ。ものすごく。

母さんはわざわざ時間と労力を使ってこのメモリーカードをこれ以上ないくらい巧妙《こうみょう》にかくした。ぼくにさえ見つけてほしくないと思っていたかのようだ。ここに入っているのは、かなりの極秘情報《ごくひじょうほう》にちがいない。

もしかしたら、いつか、これをとりにもどってくるつもりだったのかもしれない。そう思うとちょっとうれしかった。

ぼくはメモリーカードをとりだして、安全な本棚《ほんだな》の上に置いた。それからスクラブルのオンラインサイトにログインして、待った。

アレックスがIT《アイティー》に強いと言っていたのをはっきり覚えている。母さんのパスワードを解《かい》読《どく》する助けになってくれるかもしれない。試してみる価値《かち》はある。
五分後、アレックスがログインした。すごい。ぼくがいつログインするのか、まるでわかっているかのようだ。

ヘイ、フィンレイ。ひさしぶり
ぼくはすぐに本題に入った。
見つけた。母さんがなぜいなくなったのか、手がかりをさがしてたら、見つけたものがあるんだ
何？　何を見つけた？
ピンという音とともにすぐに返信が来た。
メモリーカードだけど、パスワードがかかってる。だから、ひょっとして
アレックスの返信がわりこんできた。
すぐにこっちにわたしてほしい
アレックスが手伝ってくれようとしているのはありがたいけど、この命令するような言い方には、ちょっと驚《おどろ》いた。
だから、パスワードを解読するヒントを教えてもらえないかと思って、ログインしたんだいじくるんじゃない。一時間後に町までとりにいく

わけがわからない。アレックスはメモリーカードが自分の物だと思っているみたいだ。

ぼくは急いで打ちこんだ。

ありがたいけど、わたしたくはない。パスワードの解読《かいどく》だけ手伝ってほしい。メモリーカードは父さんといっしょに警察《けいさつ》に持っていくつもり
アレックスのつぎの返信を見たときには、椅子《いす》から転げおちそうになった。

けがをしたくないなら、メモリーカードを持ってくるんだ。わかったか？

吐《は》き気《け》がしてきた。父さんがいればいいのにと本気で思った。急に、ここが安全でない気がして、不安になった。

きみ、アレックス？

もしかしたら、だれかがアレックスになりすまして、ログインしたのかもしれない。

アレックスだ。メモリーカードをこっちにわたしてほしい。わかったか？

手を胸《むね》におしつけ、心臓《しんぞう》の鼓動《こどう》をしずめようとした。

何がおこっているのか理解《りかい》できないのに、理解できる気もした。ぼくは会ったこともない人を信用してしまっていた。アレックスはなぜ今ノッティンガムにいるのだろう？　いつ来られるかわからないと言っていたのに。もしかしたらずっと、この町にいたのか？

ログアウトしようとマウスに手をのばしたとき、べつのメッセージが来た。

フィンレイ、ごめん。あんなきつい言いかたをするつもりじゃなかった

誰《だれ》でも知っているとおり、ネットでは、人にこう見られたいと思うような人格《じんかく》を演《えん》じることができる。ぼくは一瞬《いっしゅん》、考えようとした。

今日、いやなことがあったんだ。ひどかった　アレックスが打ちこむ。**その話をしたいんだけど、会ってくれる?**

またいつものアレックスにもどっている。

でも、アレックスの個人的《こじんてき》な問題にあんまりかかわりたくなかった。自分の問題に対処《たいしょ》するだけで手いっぱいだ。

じつは、まだすべてを話してなかった……言わないといけないことがあるんだ　アレックスがつづける。**きみのお母さんのことで。お母さんが危《あぶ》ないかもしれない。きみもだ**

きみが書いているとは思えない　ぼくは打ちかえした。

息が短くはげしくなって、手がふるえている。期待と、そして不安を感じる。でも、いちばん強いのは吐き気だ。ぼくと母さんが危ないって、どういうことなんだ。

アレックスだよ。嘘《うそ》じゃない。どうしても話を聞いてもらいたくて、ひどい言いかたをしてしまった。真剣《しんけん》に受けとめてもらってない気がしたから。それで、きみが言ってた、通りのつきあたりのカフェに、一時間後に来てもらいたいんだ。ぜひ

なんで急にノッティンガムにいるんだよ？　ぼくはきく。

ゆうべ来たんだ。父親に急な仕事が入ったから。きみに会おうってメッセージを送ろうとしたら、先を越《こ》された。心配してるんだ、フィンレイのこと

そう言われると、つじつまは合う感じもする。なんだか疑《うたが》って悪かった気がしてきた。アレックスは本当にぼくのためを思って言ってくれていたんだと思えてきた。

どうして母さんが危《あぶ》ないかもしれないと思うわけ？　ぼくは打った。警察《けいさつ》に電話したほうがいい？

だめ！　もっとひどいことになる。いっしょにメモリーカードの暗号を解《と》こう。そのとき、何もかも話す

まちがいなくアレックスらしい感じがするし、本当にぼくを助けてくれようとしているのがうれしい。ただ、母さんとぼくが危ないかもしれないと言っていたことは気になるけど。

とうとうアレックスに会える。ぼくの吃音《きつおん》がわかってしまうけど、いつまでもかくしてはおけない。どんなにいやでも、これはぼくの一部で、ずっとつづくものなのだろう。

それでも、ぼくは話したいことがいっぱいある。

どういうわけか、自分でもわからないけど、アレックスは理解《りかい》してくれる気がする。それに何よりも、アレックスが母さんについてどんな話をするのか、どうしても聞かないといけない。

ＯＫ　ぼくは打った。前に言ったカフェで会おう。ボールトン通りのはしにある。コルウィックから大通りを……

きみの家は知ってる

背筋《せすじ》がぞくっとした。ぼくが打ちおわらないうちに、アレックスがわりこんできた。いろんなばらばらのできごとが、頭の中を動きまわりはじめる。無作《むさく》為《い》に選ばれた文字タイルがボードの上をゆっくりすべるように集まって、最終的に一列の単語を作るように。

まだぼくに見えていないだけで、わかりきったことが何かある気がする。ぼくが文字タイルを正しくつなげられていないのだ。

前に教えてくれたよね？　アレックスがつづける。カフェから坂をのぼったところに住んでるって

そうだ。確《たし》かにそう言った。ぼくはほっとして息を吐《は》きだした。

アレックスはやけにノッティンガムにくわしい。あんまり来たことがないのに。まあ、でも、グーグルアースやオンライン地図があれば、人が住んでいる場所はだいたいわかる。

アレックスが母さんについて知っていることを、ぼくはどうしても知りたい。母さんがアレックスとそのお父さんといっしょに暮《く》らしていたとしたら、とんでもないことだ。でも、へんな話だけど、そうなったらアレックスとぼくは……兄弟みたいなものになる。

ぼくは頭をふって、脳《のう》みそがおかしな方向へ走っていくのを止めた。
ＯＫ　ぼくは打った。心臓《しんぞう》がバクバクして、口の中はからからでつばも飲みこめないけど、とにかくやるしかない。指がキーボードの上を飛びまわり、ぼくは気が変わらないうちに言葉をおしだした。

一時間後に会おう。家族の写真を持ってきて。ぼくも持っていくから

興奮《こうふん》と恐怖《きょうふ》を感じながら、ついに真実がわかるんだと思った。

やった！　すぐに返事が来た。それと、フィンレイ……

ぼくはパソコンを離《はな》れ、日記帳をとりにいこうとしていた。でも、ふりむいて、片手《かたて》で打ちこんだ。

何？

メモリーカードを忘《わす》れないように！

五月二十五日（月曜日）

母さんへ

あと一時間でアレックスに会うことになってるけど、頭の中にあるものをどうしても追い出したくて、ここに書いている。全世界がめちゃくちゃになっている感じだ。家に泥棒《どろぼう》が入り、父さんは母さんが出ていったあとに連絡《れんらく》してきたことを認《みと》め、アレックスの言動がおかしい。

——そして今度は、MEMORY《メモリー》【13】（メモリー）カード。

母さんは誰《だれ》にも見つけてほしくないみたいに念入りにかくしたよね。ぼくにさえ。この小さなプラスチックのカードに、母さんが守ろうとした情報《じょうほう》があるとわかっているなんて、拷問《ごうもん》のようだ。母さんは、出ていく理由を説明する手紙を書いて保存《ほぞん》し、ぼくがもっとかしこくて早く気づくだろうと思いこんでいたわけ？

パスワードをわりだそうと全力で試したけど、だめだった。アレックスが助けてくれるのを期待してる。アレックスはぼくに伝えたいことがあるらしい。

母さんのことで。

もしかしたら、母さんは、まちがいをおかした？　新しい家族がほしいと思った？　それとも、仕事でトラブルに巻《ま》きこまれた？

何があったとしても、父さんは明日にだって、母さんにもどってきてほしいと思ってるよ。

ぼくは心からそう信じてる。

それと、母さんがほかにも手がかりを残していないかと、考えずにはいられない。すべての真相をさぐりあてることができるのか、IMAGINE《イマジン》【10】(想像《そうぞう》)するのも難《むずか》しいけど、ぼくはがんばるよ。

愛をこめて。

フィンレイ ×

41

スクラブルは二十九の言語でプレイできる。

五十分後、〈コーヒー&クリーム〉についた。うちの家から坂をおりたふもとにあるカフェだ。わりと混《こ》んでいるけど、まだ空《あ》いている席もある。

ひとりですわっている男子はいなかったから、すみっこにあって入り口がよく見えるテーブルを選んだ。ぼくの想像《そうぞう》するアレックスは、ぼくより少し背《せ》が高くて、自分に自信を持っている感じの人だ。

どうしてそう思うのだろう。アレックスはあまり友だちがいないと言うけど、ひとりぼっちなところは想像できない。チャットでのしゃべりかたや、話す内容からそう感じるのかもしれない。ともかく、店に入ってきたら、すぐにわかるはずだ。

テーブルのはしを軽く手でたたき、ぽっちゃりした赤ちゃんがベビーカーの中でよだれをたらしながら自分の指を見てうれしそうに声をあげるのを聞き、窓《まど》の外をホームレスのおじいさんがこの世の全財産《ぜんざいさん》をつんだぐらぐらするショッピングカートをおしながら足をひきずって通りすぎるのをながめた。

皮膚《ひふ》がかゆくなってきた。両手がぱっと腕《うで》まであがったのを、むりやりおろした。少し落ちつけば、かゆいのはひとりでにおさまる。腕時計をちらっと見ると、六時十分過《す》ぎで、まだアレックスの姿《すがた》はない。

店内のテーブルを見まわした。ベビーカーと母親たち、ビジネスマン、老夫婦《ろうふうふ》、ひとりですわっている同い年くらいの女の子。その子を見たとき、ちょうどむこうもこっちを見た。一瞬《いっしゅん》、目が合ってから、おたがいに顔をそむけた。ぼくはため息をついて、また窓の外を見た。デニムの上着の内ポケットに手を入れ、持ってきたものが入っているか確認《かくにん》した。

ふと、気になってまた店のむこうを見た。さっきの女の子がこっちを見ていて、今度は目をそらさない。つやのない茶色いぺたっとした髪《かみ》、青白くてほそ長い顔。十四歳《さい》か十五歳くらいだろうけど、目の下にくまがあるから、もっと年上で疲《つか》れた感じに見える。目をそらしたいのに、そらせない。女の子が立ちあがる。こっちに来る。

アレックスが今にも来るはずなのに、めんどくさいことになった。

友だちを待っていると説明しようとすれば、言葉が喉《のど》につっかえてしまう。

「こんにちは」女の子が言った。爪《つめ》をちょっとかんでから、まるで透明《とうめい》人間にやめろと言われたかのように、ぱっと口から離《はな》した。

女の子はぼくのむかい側《がわ》にすわった。

「あんたは、フィンレイ？」

ぼくのほっぺたが、店全体を赤い光で染《そ》めているんじゃないかという気がした。咳《せき》が出てきて、止められない。

「コーヒー、飲む？」そう言って、女の子はぼくがこたえるまもなく、立ちあがった。呼《よ》びもどして、ほかの人と会う約束をしていると説明したかったけど、もう手おくれで、女の子はカウンターの前で飲み物代を払《はら》うために財布《さいふ》から小銭《こぜに》を出していた。

腕時計を見ると、六時十五分だ。

アレックスはいったいどこなんだ。どうしてあの女の子はぼくの名前を知っているんだ。学校でも青少年クラブでも見たことがないのに。

数分後、女の子がレギュラーサイズのカフェラテをふたつ持ってもどってきた。

「砂糖《さとう》もとってきた」小袋《こぶくろ》をいくつかテーブルの真ん中に置く。「念のために」

ぼくはカフェラテに手をつけず、むこうも手をつけない。

女の子は椅子《いす》の上でそわそわしながら、店内に目を走らせている。また爪をかみはじめた。

「ぼ、ぼ……」

〈ぼくは人と待ち合わせをしている〉目の前で言葉がじれったそうに踊《おど》っているのが見える。

もう一度試してみた。

「ぼ、ぼ、ぼくは、ひ、ひ、人と、ま……」

言葉が出てこない。心臓《しんぞう》がドキドキ鼓動《こどう》し、体が熱くて、息切れしている。アレックスはもういつ来るかわからないし、ぼくの吃音《きつおん》はいつもの十倍以上ひどいことになりそうだ。

女の子がぼくを見る。

「誰《だれ》かと待ち合わせしてる？」と、きかれた。「アレックスという人と？」

ぼくはうなずいた。どうしてそんなことまで知っているのかわからないけど、これでぼくのことを放っておいてくれるだろう。

「アレックスは来てるよ」女の子が言う。

ぼくは店内を見まわしたけど、やっぱりアレックスらしき子は見あたらない。

「まったくもう、ここだよ」女の子は自分のおでこをつっついた。「アレックスは、あたし」

42 袋《ふくろ》に入ったタイルにさわって、文字を当てようとしてはならない。

思わず口をあんぐりとあけてしまったけど、アレックスは平然としていた。砂糖《さとう》の袋《ふくろ》をやぶいて、自分の飲み物にあけている。

「き、きみが、ア、アレックス？」

「うん、まあ、本当はアレクサンドラだけど」なんでもないように言う。「アレクサンドラ・キング。でもみんなにはアレックスって呼《よ》ばれてる」

頭が爆発《ばくはつ》しそうだ。ほてりと、パニック……それと純粋《じゅんすい》なはずかしさ。自分の心の内をさらけだしていた相手が、アレクサンドラという女の子だったとは！

これはもう死ぬしかない。今、ここで。

「顔、どうしたの？」そうきかれた。それから、にやりと笑われた。「あっ、わかった。あたしが男の子だと思ったんだ」

ぼくは笑いかえさなかった。

「何こわい顔してるの、フィンレイ。あたし、男の子だなんて一度も言ってない。あんたが勝手に思いこんだだけ」

そこが最悪だった。まさにぼくは思いこんでいた。最初のころ、アレックスのことを友だちになれそうな男子だとイメージし、それがすっかり定着してしまった。ぼくの頭の中では、アレックスは男だった。でもどうしても、相手への怒《いか》りをおさえることができない。まるでぼくの勘《かん》ちがいに気づいておきながら、黙《だま》っていたみたいじゃないか。アレクリンドラというフルネームを教えてくれていれば、誤解《ごかい》なんかおこらなかった。

でもそういう考えをすぐにおしのけた。「アレックス」はぼくが待ちのぞんでいた証拠《しょうこ》をついに持ってきてくれているはずだ。

「か、か、家族の写真、も、も、持ってきてくれた？」

アレックスはかぶりをふった。

ぼくは拳《こぶし》でテーブルをたたきつけた。アレックスのカフェラテが紙コップの中でふるえ、ミルクの泡《あわ》がふちから少しこぼれた。

「もうまったく！」アレックスはナプキンに手をのばした。「落ちついて、フィンレイ。ちょっと忘《わす》れただけ。たいしたことじゃないよ」

ぼくの心がまっぷたつにわれた冷たい石のようになったと知ったなら、どんなに〈たいしたこと〉か、わかったはずだ。

「ぼ、ぼくの、か、母さんのことで、し、知らせたいことあるって、い、言ったじゃないか」

なんとか口にする。

「あるけど……」アレックスはため息をついて、両手を見おろし、それから店の中をさっと見まわした。「ちょっと外に出て歩かない？　本当に話をしないといけないんだけど、ここじゃだめだから。公園に行こうよ」

ぼくは、打ちひしがれていた。このとてつもなくがっかりした気持ちを表す言葉は、それしかない。アレックスの義理《ぎり》の母親がぼくの母さんかどうか知ることは、アレックスがぼくにかくしている餌《えさ》のようなものに思えてきた。それは、ぼくが飢《う》えたラットのように、生きながらえるためのわずかな食料を期待して、アレックスにどこまでもついていくことを意味する。

コルウィック公園へはここから歩いて五分で行ける。またもやアレックスがノッティンガムにくわしいことに驚《おどろ》いたけど、アレックスが男か女かもまちがえていたくらいだから、ほかにどんなことを見のがしているのかわかったもんじゃない。

いろんなことを信じたいあまり、ぼくは自分自身を洗脳《せんのう》してしまったようだ。

ふたりとも手をつけていない飲み物をテーブルに残し、無言で外を歩いて公園に行き、いちばん大きな池に面したベンチにすわった。カモの一団《いちだん》がものほしそうに近づいてきたけど、ぼくたちが食べ物を持っていないことに気づくと、ブツブツ言いあいながらよたよたと去っていった。

アレックスは髪《かみ》の毛《け》のはしをねじったり、ほっぺたの内側《うちがわ》をかんだりしながら、きょろきょろ見まわしていたけど、このあたりには誰《だれ》もいなくて、池の反対側で犬を散歩させている人がふたりいるくらいだった。

「嘘《うそ》をついてて、本当にごめん、フィンレイ」アレックスは池のむこうを見ながら言った。

「そんなことしたくなかったんだけど、でも、そうするしかなかったんだ」

「う、嘘をついた？」認《みと》めるのはしゃくだけど、アレックスは男子だとはっきり嘘をついたわけではない。

「じつは、オンラインでチャットしてたのは、あたしだけじゃなかった。父親が……」アレックスはまたきょろきょろした。「父親にやらされてたんだ」

父親に何をやらされてたんだ？　ぼくはただ、アレックスが母さんについて知っていることだけ、知りたかった。黙《だま》っていたら、知りたいことを知ることができない。どうしてもしゃべらなくては。言葉がごちゃごちゃになって、順番どおりにならばないけど、それでもその言葉は本当に、ものすごく重要なのだ。

「き、き、きみは……」ゴクンとつばを飲みこみ、大きく深く息を吸《す》う。「きみはぼくのかあさんをしってるの？」

アレックスが顔をそむけ、かぶりをふったとき、怒《いか》りの洪水《こうずい》が体じゅうをおそってきた。アレックスをベンチからつきおとして立ち去りたいという、はげしい衝動《しょうどう》にかられた。アレックスはぼくを相手に、バカげた残酷《ざんこく》なゲームをしている。これまで言ってきたすべてが罠《わな》の餌《えさ》で、ぼくはそれにおびきよせられて、何度もログインをくりかえし、もっと情報《じょうほう》をほしがって必死になっていた。そして今、ぼくが真実を追求すると、アレックスは何とこたえたらいいのかわからない。

でも怒りの本当の理由はちがう。ぼくは自分自身が腹《はら》だたしくてしかたがないのだ。アレックスがオンラインで送ってよこした嘘をひとつ残らず信じこんだ、無知で世間知らずなバカだった。アレックスは母さんのことを何ひとつ知らない。ぼくの友だちでさえなかった。これからも、これまでも。

立ちあがったとき、心の中はからっぽで、希望のかけらも残っていない感じがした。

「フィンレイ、メモリーカードを持ってる？」アレックスの声は遠いこだまのようだ。何を言っているのか、何をきかれているのか、ほとんど理解《りかい》できない。

男の人と小さな男の子がやってきて、ぼくの右のほうで、カモに餌《えさ》をやりだした。たいていのカモはよちよち歩きまわって、うれしそうにパンを食べているけど、いじめっ子が一羽、怒《おこ》ったようにほかのカモを追いまわしてパンをひとりじめしようとした。やっとほかのカモを追いはらって、あたりを見まわすと、パンはすっかりなくなっていた。

〈アレックス〉が母さんとつながっていると信じこんで、ものすごく時間をむだにした。ぼくは完璧《かんぺき》なバカだった。

「メモリーカードをくれさえすれば、あたしはいなくなるから」アレックスの声はふるえ、顔色はますます青白い。絶《た》えず公園じゅうを見まわして、うしろまでふりむいている。

「か、か、母さんを、し、知ってるって、い、言ってたじゃないか」さらに出にくくなっている言葉をむりやりおしだす。「ど、ど、どうしてだよ？」

アレックスは顔を両手でおおった。

「知ってるのは、あたしじゃない。父親だよ」両手が下に落ちると、アレックスの顔があまりにもおびえていて動揺《どうよう》しているようだったから、こんなに腹《はら》を立てていなければ、ちょっと気の毒に思ったかもしれない。「あんたのお母さんは、父親の会社のために仕事をしてた。MK《エムケー》F《エフ》っていう会社で、レスター市にあるの」

MKF。メモリーカードをさしこんだときに出てきたロゴだ。

「父親は市の請負《うけおい》仕事をしてたとき、データベース整理のために、あんたのお母さんをやとったの。情報《じょうほう》をあるシステムからべつのへ移動《いどう》するだけでよかったのに、あんたのお母さんは見ないでいいものを見つけたってわけ」アレックスの目つきが一瞬《いっしゅん》、きつくなった。「父親が言うには、ただ無視《むし》しとけばよかったのに、わざわざ首をつっこんできたんだって」

アレックスはくるっとふりむいて、ぼくとむきあった。両方のほっぺたが真っ赤になり、唇《くちびる》が薄《うす》くなってねじれている。

「あんたの母親のせいで、あたしたち何もかも失ったんだよ。父親はいろんな記録を消して、市の契約《けいやく》から手を引いて、身をかくすはめになった。あんたの母親が警察《けいさつ》に行くかもしれないから。あたしたち、家までなくしたんだから。しかも父親は……とにかく、今まで以上にサイアクになってる」

心臓《しんぞう》がドキドキしている。アレックスが母さんの話をでっちあげているように感じた。

アレックスはそでの内側《うちがわ》で両手をねじっている。

「市では六年前にさかのぼって調査《ちょうさ》をしてる。それでデジタル鑑識《かんしき》の専門家《せんもんか》が、もとのデータベースが消される前に、コピーが作られてるって言ったの。そのデータが見つかれば、父親は最高厳罰《げんばつ》を受けることになる。刑務所《けいむしょ》行き。わかる?」アレックスはおびえたような目をした。「コピーを作ることができたのは、あんたのお母さんだけ。父親があんたを見つけたの……それで、オンラインで会話をするように、あたしに仕向けたわけ。あんたはグーグル検索《けんさく》しやすかったみたい。どうしてかわからないけど、父親は、あんたのお母さんがコピーしたデータを持たずに家出したと思ってる」

「な、なんで、ち、父親に、い、いやだって言わないんだよ？」

アレックスは苦笑した。

「言えるわけないよ。父親はそういうの、きらいだから」アレックスが上着のそでをおし上げ、青白い腕先《うでさき》をさすったとき、小さなあざの列が見えた。肌《はだ》にならぶ指紋《しもん》のような。

かすかな風がふきぬけるたびに、刈《か》りたての芝《しば》と、少しよどんだ池のにおいがする。市の芝刈り機のブーンという音が遠くでわずかに聞こえる。何もかも、現実《げんじつ》ではないみたいだ。

「さっき、オンラインで書きこんでたのが父親。あたしが交代するまで」アレックスの声はふるえている。「父親は知ってる。あんたがメモリーカードを持ってること、知ってるの」また公園をさっと見まわす。「とりもどすためなら、手段《しゅだん》を選ばない」

「ど、どんな、じょ、情報《じょうほう》が入ってるの？」

アレックスは首を横にふった。

「さあ。市営住宅《しえいじゅうたく》の順番待ちリスト関連かな。父親は――どんな人だか知ってれば驚《おどろ》かないと思うけど――不正なことにかかわってた」

「そ、それで、か、母さんにバレたわけ？」

アレックスは唇《くちびる》をかんで、うなずいた。

「住宅に住んでるはずの人たちに関係したことだった。その人たち、実在《じつざい》してなかったの」

「さ、詐欺《さぎ》だ」ぼくは気が遠くなりそうだった。

「父親が仕事のパートナーと話してるのを聞いたんだ。もしあんたのお母さんが警察《けいさつ》に行ったら、お母さんが悪いように見えるような細工《さいく》をしたって。父親たちにつながる確《たし》かな証拠《しょうこ》は、もとのデータベースにしか残ってないの。たった今まで、コピーが存在《そんざい》するなんて、父親は思ってなかった」アレックスはまたもや公園を見まわした。「メモリーカードをくれれば、父親はあんたを放っておく。お願い、フィンレイ。あんたはいい人みたいだから。痛《いた》い目にあってほしくない」

43

最も得点が高い文字タイルは「Q」と「Z」である。

突然《とつぜん》、アレックスが息をのんで声をあげ、ベンチから飛びあがった。目を見ひらき、一点を見つめている。「だめ、だめ、だめ」とつぶやき、顔は死人のように白い。

体をよじってふりかえると、カモやガンと広々とした池が右のほうへつづいているのが見える。そしてそのとき、べつのものが目に入った。大きな、怒《おこ》った顔をした男――赤い顔にそりあがった頭――が大またで近づいてきた。背《せ》は百八十センチ以上はあって、肩幅《かたはば》がものすごく広い。

「父さん、お願いだからやめて」アレックスが声をあげる。「フィンレイは、くれるって言って……」

そのつづきは聞かなかった。ぼくは走りだした。

「フィンレイ、待って！」アレックスがうしろで金切り声をあげるけど、ぼくはふりかえらない。全速力で池のむこうの雑木林《ぞうきばやし》にむかった。男が追いかけてくる。ドタドタ走る足音と、ハアハアいう息の音が少しうしろから聞こえる。追いかけっこを見て興奮《こうふん》しているテリア犬の群《む》れをよけながら走りつづける。テリアたちがキャンキャンほえながら、足をとりかこんでくるから、つまずいて転ばないように気をつけないといけなかった。

テリアたちを引きはなすと、数秒後にアレックスの父親がののしる声が聞こえた。犬の一ぴきが悲鳴をあげ、飼《か》い主《ぬし》が怒《おこ》ってどなった。ようやく木立にたどりつくと、ぼくは息を切らしながら、木々の中へ飛びこんだ。

この雑木林はわりとよく知っている。ぼくはこのあたりの子たちが秘密基地《ひみつきち》にしている、地面にあいた穴《あな》に入りこみ、急いでシダの葉をかぶった。

それからすわったまま耳をすました。心臓《しんぞう》があばら骨《ぼね》の内側《うちがわ》で跳《は》ねている。

数秒のうちに、男が雑木林に入ってきて、あえぎながら毒づいた。

「あのクソガキ、見つけたら首を絞《し》めてやる」

足音が近づいてきて、ぼくはさらに体を丸めた。

〈じっとして、息を止めて〉自分に言いきかせながら、ぎゅっと目をつぶる。

男が立ちどまり、しばらくじっとしている。穴のすぐそばで、息の音が聞こえる。それからバリバリと下草をふむ音がして、ぼくは安堵《あんど》のあまりたおれそうになった。足音は見当ちがいな方向にドシドシ進んでいく。ぼくは目をあけて、首と肩《かた》の筋肉《きんにく》の緊張《きんちょう》をといた。

するると、男がもどってくる音がした。

シダをふみつぶしながら、大きな枝《えだ》で地面をたたいている。気づくと、ぼくの真上にいて、一歩前にふみだしたとたん、足が穴《あな》に落ちて、男はバランスを失った。

ぼくは跳《は》ねおきて、男が息をつく前に穴からはいのぼろうとしたけど、大きな肉づきのいい腕《うで》が飛んできて、足首をつかまれた。「動くな！」男がうなる。

足を強く引っぱられ、ぼくは悲鳴をあげ、男のいる穴に引きずりもどされた。男はおきあがると、両手をぼくの首にかけた。

「よこせ、このクソガキ」

話すことはおろか、息もほとんどできない。目の前で言葉が跳ねまわり、ぼくをあざける。

「は、放して」悲鳴をあげる。

「父さん、放してあげて！」アレックスが穴の上に立って、両手を口にあてている。「フィンレイ、お願いだから、メモリーカードをわたして」

男はぼくの首にかけていた両手をわずかにゆるめた。

「ぼ、ぼ、ぼくは……」

「早く言え、バカ野郎《やろう》」低い怒《おこ》った声。

「ぼ、ぼくは、も、持ってない」

「嘘《うそ》つきめ」男は歯をむきだし、顔がどんどん真っ赤になって、今にも頭が破裂《はれつ》しそうだ。

「持ってくると言ってただろうが」

「い、家に、お、置いてきた」なんとか声を出す。

「フィンレイ、持ってきてるよね」アレックスが悲しそうに言う。「上着のポケットに入ってる。あたしといっしょにいる間ずっと手でなでてたよ。お願いだから、父さんにわたして。そうしたら、放っておいてくれる」

止める間もなく、アレックスの父親はぼくのポケットに手をつっこんで、ぼくが家を出る前に入れておいた、折りたたんだ紙切れを引っぱりだした。

「『ハイ、アレックス。ぼくは吃音《きつおん》があるんだ。話すのに時間がかかったらごめんね』」アレックスの父親は大笑いすると、紙切れをひねって地面に投げすてた。

アレックスがその紙を拾った。ひらいて読んだけど笑わなかった。疲《つか》れて気力もなさそうで、目の下のくまがますます濃《こ》く見える。

「そ、その、メ、メモが入ってるか、た、確《たし》かめてた」ぼくは言った。

「まぬけなチビ野郎」男は歯をむきだしてうなり、がっしりした顔をぼくの耳に近づけてきた。

くさい焼けるような息を、顔の横に感じた。「ポケットの中身を出せ。全部だ」

言われたとおりにしようとしたけど、手がふるえている。男は待とうともしなかった。アメリカの警察《けいさつ》のボディーチェックのように、服の上から体をポンポンたたいていく。ポンポンというよりバシバシたたいて、ポケットに乱暴《らんぼう》に手をつっこんできた。そして何もないのがわかると、ぼくを穴《あな》の横壁《よこかべ》にいきおいよくおしつけた。

みじめで無力な気持ちだった。完全に絶望《ぜつぼう》していた。

「がんこなガキだ。母親にそっくりだな。なぜあんな女を信用したのかわからない。あの家に何かあるってわかってたんだ」

「あ、あんたが、お、おし入った泥棒《どろぼう》？」むりやり言葉を出す。

「へえ、きさまは、か、かしこいってわけか」男がばかにしたように口まねをする。「なら、クソガキのオリヴァーがおびえて死にそうになったのは、誰《だれ》のせいかわかるか？ おれに感謝《かんしゃ》したほうがいいぞ」

「な、なぜ、そ、そんなことを？」ぼくはささやく。

「あのまぬけ野郎《やろう》の自業自得《じごうじとく》だ。金をやるから情報《じょうほう》をくれと持ちかけたんだ。おまえの住所なんかのな。おれが金を払《はら》うつもりがないとわかったとき、あいつはにげていきやがったが、それはおれのせいじゃない。父ちゃんに言いつけるなんて言ってたな。誰を相手にしてるのか、わかってなかったんだろう」

ひんやりとした恐怖《きょうふ》がぼくの背筋《せすじ》をはいのぼっていく。この男は、ほしいものを手に入れるためなら、どんなことでもするつもりなんだ。

「ぼ、ぼくの、か、母さんはどこ？」

「知るか」男に強くおされ、穴の壁に激突《げきとつ》した。「あの女にふたつ選択肢《せんたくし》をやったら、きびしいほうを選びやがった」

「あ、あんたが、か、母さんに、で、出ていけって？」

男は背筋をのばし、シダの切れはしを服からはらいおとした。

「言っただろ。あの女の選択だった。家に残るほど、おまえのことも、おまえの老《お》いぼれ親父《おやじ》のことも、大事じゃなかったってわけだ」

その言葉はこたえた。男の持っている重い木の枝《えだ》で頭をなぐられたも同然だった。アレックスが一歩前に出てきたけれど、男が枝をまっすぐつきだすと、あわててあとずさりした。男はまたこっちをむいた。

「おまえの母親は大金を手に入れて幸せになるチャンスがあった。それなのに、おれたちをひとり残らずだまして出ていくことを選んだんだ。それで満足か、チビガキ？」

醜《みにく》くむくんだ男の顔を見て、吐《は》き気《け》がした。急にむちゃくちゃな衝動《しょうどう》にかられて、ぼくは男の手からごつごつした枝《えだ》を奪《うば》いとると、大きくふりあげ、力づくで丸々したはげ頭にふりおろした。

男はすさまじいほえ声をあげ、しゃがみこんで頭をかかえた。こっちを見あげて歯をむきだしたとき、枝が当たった頭皮から血が顔へ流れおちているのが見えた。大きな子どものように泣きわめいているところを見ると、頭が真っぷたつにわれたと思いこんでいるのだろう。

「にげて！」アレックスの悲鳴が聞こえた。

あっという間に、ぼくは穴《あな》から飛びだして、命がけで走りだした。

まさに命がかかっている。

44

スクラブルで使える二文字の単語は百以上ある。

うちの前の通りを走っていくと、外に父さんの車が停まっているのが見えて、安心感が胸《むね》いっぱいに広がった。ドアからたおれるように家に入り、息を切らして咳《せき》をしていると、父さんが椅子《いす》から飛びあがった。

「フィンレイ！　どうしたんだ。どうして……」

「ど、ど、どこに行ってたんだよ？」ぼくはさけんだ。息を落ちつかせようと、両手をひざにつけて体をかがめた。「け、携帯《けいたい》電話に、で、出なかったじゃないか」

「仕事中だった」父さんがぼくの肩《かた》をつかんで、そっとゆすったから、顔をあげた。「電話をバンの中に置きわすれてしまったんだ。いったい、どうしたんだ？」

「ド、ドアの鍵《かぎ》をかけて」ぼくはせきたてた。

「何があったんだ、フィンレイ?」

「と、とにかくやって。お、お願い」

父さんは目を見ひらき、ゴクンとつばを飲みこんだけど、ぼくの言うとおりにしてから居間《いま》にもどってきた。ぼくは何もかも話した。

すべてを。最初から。

はじめてオンラインで〈アレックス〉と知りあったこと、父さんの部屋でたくさんの写真とバニー町の切《き》り抜《ぬ》きを見つけたこと、それからメモリーカードを見つけたこと、そして最後に、アレックスのこととアレックスの父親とたった今、公園で争ったこと。

「ちくちょう、なんてこった」父さんは口をあんぐりあけた。

急に寒気を感じ、疲《つか》れがどっと出てきた。

「待ってろ、その悪党《あくとう》をぶちのめしてやる」父さんはうなるように言って、作業靴《さぎょうぐつ》をはきはじめた。

「や、やめて、父さん。け、警察《けいさつ》を、よ、呼《よ》ぼうよ、い、今すぐ。か、母さんが、あ、危《あぶ》ないかもしれないんだ」

父さんがこっちをまじまじと見る。しゃべろうとして口をひらいたけど、息がもれてきただけだった。

「な、何？」ぼくはいらいらしてきた。「な、何を、い、言おうとしたの？」

「さあな」父さんが悲しそうに言った。「あのごろつきをただなぐってやりたいよ。見たことはないが、あいつは母さんと、その……」

父さんは言葉を切った。

顔に冷やあせがわいてきた。アレックスは父親が浮気《うわき》したというような話をしていた。どうせそれも嘘《うそ》だと思っていたけど、父さんの表情《ひょうじょう》はそうではないと告《つ》げている。

「か、か、母さんは父さんをおいて、あ、あ、あの男のところに行ったの？」

父さんはかぶりをふってすわりこんだ。自分の足を見おろす。

「そうは思わないよ」ぼくの目の前で、父さんは少し小さくなったように見える。がっしりした肩《かた》が丸まって、口の両はしがさがる。「ふたりの間に一時《いっとき》は何かあったんだろう。母さんと、あのキングとの間にな」その名前を、父さんは苦いもののように吐《は》きだした。そして、ぼくを見た。「悪かった。こういう話を、ずっと前にしておかなきゃいけなかったよ。けど、時間がたてばたつほど、ますます言いにくくなってな」

頭の中が混乱《こんらん》している。母さんとキング？　あんなおぞましい獣《けだもの》といっしょにいたいと母さんがちょっとでも考えたことが信じられない。

「い、い、今、話して！」ぼくはさけんだ。

「おまえはもう何でも知ってる。おれがこれまでに知っていた以上にな」父さんは髪《かみ》をかきあげて、大きなため息をついた。「おまえの母さんは、キングに――といってもそのときおれは名前を知らなかったが――自分たちの関係をおれにバラすとおどされて、それで自分からおれに正直に話すことにしたらしい。人生で最大の過《あやま》ちだと言っていた。あいつにだまされ、まともな男だと信じこんでいたんだと。そのあと、おまえの母さんはうちを出ていくと言った。あいつといっしょになるためではなく、ただ出ていくと。そしておれは……おれは、おまえを巻《ま》きこまないでくれとたのんだんだ」

体がかっと熱くなってよじれるような痛《いた》みを感じた。

「ど、どうして？ そ、そんなこと、と、父さんの言う筋合《すじあ》いじゃ……」

「フィンレイ」父さんの声がとどろき、ぼくのこわれた言葉をおしながす。「おまえにとって、それがいちばんいいと思った。まだ十二歳《さい》になったばかりだったんだぞ。いきなり傷《きず》つけるようなことはしたくなかった」

「だ、だけど、か、母さんがいなくなったことについて、い、一度も、は、話してくれなかったじゃないか」

「話したかった」父さんが悲しそうに言う。「でも、ちょうどいい機会がなかったんだ」しばらく黙《だま》っていたあと、父さんは立ちあがって背筋《せすじ》をしゃんとのばした。たれていた口角《こうかく》はもどり、あごは引きしまり、目つきはけわしかった。

「もっと前にキングと話をつけるべきだった。おまえの母さんが出ていったあと、すぐにやつをさがしだして立ちむかうべきだった。なさけないよ。母さんの決断《けつだん》をそのまま受けいれただけで、自分では家族をつなぎとめる努力を何もしなかったんだからな」ものすごい苦しみが、父さんの顔をよぎった。「あいつがおまえにしたことを思うと、素手《すで》でやつの首を絞《し》めてやりたいくらいだ。今から警察《けいさつ》に電話する。自分が後悔《こうかい》するようなことをしでかさないうちにな」

父さんは受話器をとった。

「すまなかった。先のばしにしてはいけなかった。とっくの昔に決着をつけとかなきゃいけなかったんだ」


電話をかける父さんを残して、自分の部屋にかけあがり、机《つくえ》の引き出しをさぐって母さんが置いていった、スクラブルの写真の入った封筒《ふうとう》をさがした。

さっき母さんに手紙を書いて出かけてからにげかえってくるまでの間のどこかで、頭の中でひとつの思いつきがはっきりと形になっていて、それを試したかった。母さんが残してくれたのは、その写真だけだ。それと、タイル袋《ぶくろ》。

写真は七枚《まい》あり、どれもふつうの紙に印刷《いんさつ》されていて、母さんがいなくなる前の二週間にプレイしたときのスクラブルのボードが写っている。これまで、ちゃんと見たことがなかった。一枚《まい》選んで、じっくりながめた。母さんは最初に、T《ト》・R《ラ》・A《ン》・N《ク》・Q【14】（精神安定剤《せいしんあんていざい》の俗語《ぞくご》）という難《むずか》しい単語をならべていた。そんな言葉はないよ、と「チャレンジ」したのを覚えている。もちろん母さんはちゃんとわかっていて、スクラブル辞書《じしょ》のその単語がのっているページを見つけると、ぼくの目の前でひらひらとふってみせた。

突然《とつぜん》、ひとつの可能性《かのうせい》を思いつき、ドキドキした。アレックスに先に会ってみてから、母さんの大切な秘密《ひみつ》をわたそうと決めたことを、心の底からよかったと思った。ぼくは本棚《ほんだな》のかくし場所からメモリーカードをとりだして、パソコンに挿入《そうにゅう》した。

45

長い単語がかならずしも高得点とはかぎらない。

「MKF《エムケーエフ》」の文字が浮《う》かびあがってから消え、ログイン用の空欄《くうらん》のあるボックスが残った。ぼくは母さんの名前を入れ、パスワード欄に「TRANQ」と打った。

正しくありません。やりなおしてください

べつの言葉を選んだ。PODGE《ポッジ》【9】（太っちょ）。これは母さんのお気に入りで、小さいころぼくをこう呼《よ》んでいた。文字を打ちこみ、エンターキーをおす。

正しくありません。やりなおしてください

がっかりして思わずうめくと、また写真を見つめ、言葉がどれか立ちあがってくるようにと念じた。そのときはじめて、見ていた写真の左すみに、小さな黒い手書きの字で「3」と書いてあるのに気づいた。写真を手にとって、じっくりと見た。

とくに変わったことはない。その写真に出ていた単語をいくつか入力してみたけど、どれもだめだった。

写真を全部、ベッドの上に扇《おうぎ》のようにならべてみると、どれも左上に小さな手書きの数字がある。もう少しで大声をあげ、父さんに来てもらうところだったけど、思いとどまった。まだ意味がわかったわけじゃないし、もうすぐ警察《けいさつ》が来る。これがすべてを解明《かいめい》する最後のチャンスで、一刻《いっこく》もむだにできない。

母さんはぼくたちがゲームをした順番に番号をふったにちがいない、と思った。でも、すぐにそうじゃないとわかったのは、ぼくが最後のゲームだと確実《かくじつ》に覚えていた写真に「2」という数字がふってあったからだ。もう警察が来るから、あきらめて写真をかたづけようと思ったそのとき、目にとまったものがあった。ボードの左上のすみに、ほかの単語とつながっていない文字タイルが一枚《まい》、ぽつんと置かれている。しかも、どの写真にも、そういうタイルがあったのだ。

「2」と書かれた写真には「A」が、「4」の写真には「S」が、「7」の写真には「L」が写っている。

これで七文字の単語ができるんだろうか？

手がちょっとふるえているけど、ぼくは写真を順番どおりにならべ、ひと文字ずつ声に出して読んだ。

「W・A・L・S・A・L・L」

ウォルソル？　ワルシャワならポーランドの首都だけど、ウォルソルって何だろう？　サッカーチームの名前にあったかもしれない。グーグル検索《けんさく》してみたら、バーミンガム市から十二キロほど北西にある町だとわかった。

「フィンレイ！」父さんの呼《よ》ぶ声がして、跳《と》びあがりそうになった。「警察の車が来たぞ」

「す、すぐ行く！」ぼくはさけびかえした。

パスワードの空欄《くうらん》に「WALSALL」と入力すると、画面が急に動きだした。会社のロゴがもう一度現《あらわ》れ、画面全体に一連の文字や記号が表示《ひょうじ》される。プログラミング言語がチカチカするのに合わせて、心臓《しんぞう》がドキドキ高鳴った。やがてすべて消えると、あとに残ったのはデータベース・ファイルの小さなリストで、「MKF不動産借用権《しゃくようけん》1〜150」という名前がついていた。

アレックスの父親を刑務所《けいむしょ》送りにできる証拠《しょうこ》だ。

以前とはちがう警察官がふたり来た。父さんの言うことすべてをじっくり聞いて、メモをとる。アレックスとその父親が誰《だれ》なのか、はっきりわからないと説明する父さんに、理解《りかい》をしめしているようだ。

「クリスタは、仕事相手の男と親しくなっていたようでした……」父さんは喉《のど》をしめつけられたような声で言う。「見て見ぬふりをしたおれがいけなかったんです。仕事に没頭《ぼっとう》して、問題なんかないふりをして」椅子《いす》の上できまり悪そうに体を動かし、手のひらに爪《つめ》を食いこませている。

父さんにとってつらいことだけど、がんばっている。

「はじめから結果がわかっているなら、誰《だれ》だってべつの行動をとれるもんですよ」若《わか》いほうの警察官《けいさつかん》がやさしく言う。

「レスターシャー警察の同僚《どうりょう》を通じて、男を追跡《ついせき》できるでしょう」年上の警察官が言った。「目下《もっか》の優先《ゆうせん》課題はアレックスという少女の身の安全を確保《かくほ》することです」

ぼくは警察に、オリヴァーがおびえて道路に飛びだして車にひかれたのはキングのせいだと、キング自身が認《みと》めた話をした。そして、メモリーカードをわたした。ユーザー名とパスワードを書いたメモといっしょに。

「心配しなくていいよ。しっかり管理《かんり》するから」若い警察官がそう言って受けとり、密封式《みっぷうしき》のビニール袋《ぶくろ》に入れた。「きみが暗号を解《と》いてくれたから、うちのデジタル鑑識《かんしき》はきっと喜ぶよ。仕事を依頼《いらい》しにくるかもしれないな」

警察が帰ると、なぜか気が抜《ぬ》けてしまった。ウォルソルが何なのか、父さんにたずねたけど、肩《かた》をすくめただけだった。

「おまえの母さんはそんな場所のことなんか、ひとことも言ってなかったよ」無精《ぶしょう》ひげが生えたあごをなでながら言う。「つらいのはわかるが、あんまり深読みしすぎないほうがいいぞ。その場でぱっと思いうかんだ言葉だったかもしれないからな」父さんはテレビをつけ、音を消し、ぼんやりと画面を見つめた。

体の中が、熱せられたポップコーンのようにパチパチ跳《は》ねている。何かをしなくてはと思うのに、どうしたらいいかわからない。何であれ、役にも立たずにじっとしているよりましだ。今日はたくさんの疑問《ぎもん》が解《と》けたけど、いちばん肝心《かんじん》な謎《なぞ》はわからないままだ。

母さんはどこにいるんだろう?

どういうわけか、二階にあがると、スクラブルのサイトにログインした。アレックスのI《アイ》D《ディー》アイコンが緑色になっている。きっとそうなっていると、ほとんど確信《かくしん》していた。

フィンレイ?

アレックスを無視《むし》する。アレックスじゃなくて、父親かもしれないけど。ぼくは自分のアカウントを消すつもりだ。

だいじょうぶ?

返信すべきでないと思いながら、思わずこう打ちこんだ。

どうでもいいだろ

ごめんなさい

アレックスに怒《いか》りをむけたかった。消えてしまえと言いたかった。けれど、父親が公園に現《あらわ》れたときの、あのおびえた表情《ひょうじょう》が忘《わす》れられない。

あんたのお母さんについて、伝えたいことがあるの。父親の前ではどうしても言えなかったこと

またアレックスの嘘《うそ》につきあう気はない。

ご心配なく　ぼくは打った。もう終わりだ

父親があんたのお母さんをおどしたの、フィンレイ　ウィンドウをとじる前に返信が来る。

あんたとお父さんを守ろうとして、お母さんは出ていったんだよ

体全体がふらふらして、手はあまりにもふるえてキーを打てない。

お母さんが警察《けいさつ》に行ったり、あんたたちに会いにいったりしたら、あんたとお父さんを傷《きず》つけるって、父親は言った。それが真実なの、フィンレイ。本当にごめんなさい

ぼくはメッセージボックスをとじて、自分のアカウントを削除《さくじょ》した。

五月二十五日（月曜日）

母さんへ

今日、公園でのできごとのあと、自分は平気だし、なんとかうまく乗りこえたと思ってた。でもあとでベッドに入って気づいたら、枕《まくら》に顔をうずめてSOBBING《ソビング》【12】（泣いて）いた。

アレックスのことがずっと気になっている。あんな犯罪者《はんざいしゃ》の父親といっしょにいないといけないなんて。アレックスのしたことには、ものすごく怒《おこ》っている。でも悪い人じゃないんだと思う。きっとほかに選択肢《せんたくし》がなかっただけなんだ。

母さんが、ほかに選択肢がないと思っていたように。だけど、選択肢はあったんだよ。そして、今だってある。

あと二日でスクラブル大会だ。あまりにもいろんなことがありすぎて、ほとんど忘《わす》れてた。今となってはバカみたいな夢《ゆめ》だったことがわかる。もし優勝《ゆうしょう》したら、母さんがどこかで見ていて、帰ってきてくれるかもしれないと思っていたなんて。

ぼくは大会に出ないことに決めた。
警察《けいさつ》が話を聞きにきたとき、ここにいたいから。
はじめて、母さんが家に残るのは不可能《ふかのう》だと思った気持ちが少しわかってきた。

あなたの息子《むすこ》
フィンレイ

46

スクラブルはもともと「レクシコ」という名前だった。

火曜日

目ざまし時計が鳴った。スヌーズボタンをおして、かけぶとんを頭までかぶる。

始発列車が6：05AMにビューッと通りすぎ、ぼくは、すでに着がえて家を出てどこかへむかっているおおぜいの人たちのことを考えた。その人たちにとって、今日はどんな一日になるんだろう。

九時に父さんが部屋のドアをノックした。

「フィンレイ？　今、アダムズ先生から電話があったぞ。青少年クラブで明日の大会のために練習試合をしているはずの時間らしいじゃないか」

「い、行かない」ぼくの声は枕越《まくらご》しにくぐもって聞こえる。

「具合でも悪いのか?」

「う、ううん。あ、うん。き、気持ち悪い」それは本当だった。

ドアがあいて、父さんが入ってきた。

「どれ、見せてみろ」

かけぶとんから顔を出した。

「元気そうに見えるけどな」

「げ、元気じゃないよ」

父さんが枕もとに腰《こし》をおろした。

「いろんなことがあって、動揺《どうよう》してるのはわかる……でもな、そのうちに何もかもうまくおさまっていくよ」

「そ、そ、そんなわけないだろ!」ぼくはさけんだ。突然《とつぜん》、父さんにたてついてベッドから蹴《け》りおとしたくなった。「い、いつだって、と、父さんは、そ、そのうちうまくいくって言うけど、う、うまくいかないときだってあるんだよ!」

いきなりの爆発《ばくはつ》に、父さんは目を丸くして、自分の手を見おろした。

「おまえの言うとおりだ」静かな声で言う。「おれがそう言うのは、自分がそう祈《いの》っているからなんだろうな」

「い、祈るだけじゃ、だ、だめかもしれない」ぼくは言う。「か、母さんが、ほ、本当に、あ、危《あぶ》ないかもしれないんだ」

母さんのことを言ったとたん、父さんがひるんだから、ぼくはますますいらついた。母さんがキングと浮気《うわき》をしたと考えただけで吐《は》き気《け》がするけど、それでも母さんが無事なのか確《たし》かめたい。

「と、父さんの、せ、せいだよ！」ベッドにおきあがってさけんだ。「は、話してくれてれば、も、もっと早く、か、母さんを、み、見つけられたかもしれないんだ！」

父さんが毒づいて言いわけしてドタドタ出ていくかと思っていた。でも、そんなことは何ひとつしなかった。こっちを見つめるから、見つめかえす。父さんの顔はまるで内側《うちがわ》の支《ささ》えをなくしてしまったように、くしゃっとつぶれている。

「彼女《かのじょ》を愛してたんだ、フィンレイ。何よりもおまえの母さんを大事に思ってた。いなくなったあと何か月もの間、毎晩寝《まいばんね》るまで泣いていた。彼女のしたことを記憶《きおく》から追いだすしかなかった。自分の正気を保つためにな」父さんは手をのばし、ぼくのにぎり拳《こぶし》をぎゅっと包みこんだ。「すまなかった。自分勝手だったと思うが、そうでもしなければ、やっていけなかったんだよ」

父さんは指の関節《かんせつ》を唇《くちびる》におしつけた。

「おまえにこれまでのことを全部話したいと思っていたし、そうするつもりだった。誓《ちか》って言うが、本当だ。彼女《かのじょ》が仕事先で詐欺《さぎ》に気づいたことはまったく知らなかった。知っていたら、驚《おどろ》いておれも何かしたかもしれない。キングがおまえの母さんをおどした理由が……ほかにあったと気づいたかもしれない……」言葉がとぎれ、父さんは足でカーペットをこすった。「家に残るように力ずくでがんばっていたなら、彼女ももっと話をしてくれたかもしれない。なのにおれは……そんなに出ていきたいなら、おれには止められるわけがないと思ってしまった。一生、自分をゆるせないよ」

しばらくの間ふたりともじっとすわっていて、父さんは黙《だま》ってぼくの手をにぎっていた。かたくしっかりとにぎられていると、気分が落ちついてきた。覚えているかぎりはじめて、父さんはタバコのにおいがしなかった。

「じゃあ、そろそろ出かけるしたくをしろ。青少年クラブまで送ってってやろう」やがて父さんはそう言って、立ちあがった。

「ぼ、ぼくは、い、行かない」

「まあいいだろう、おまえと言いあらそうつもりはない。だが明日のために練習しないのはバカげてるぞ」

「あ、あ、明日は、で、出ない」ぼくは言った。

父さんはまたすわった。

「何言ってるんだ、フィンレイ」

ぼくは肩《かた》をすくめ、キルティングのベッドカバーの縫《ぬ》い目《め》を指でつまんだ。十一歳《さい》の誕生《たんじょう》日《び》に母さんが買ってくれた、ミュータントタートルズの模様《もよう》入りのだ。今のぼくには子どもっぽすぎるけど、母さんがいなくなってから、時間が止まってしまっているものもある。

「おまえの母さんなら、激怒《げきど》するぞ」父さんが言う。「大さわぎするだろうよ。せっかくのチャンスをのがすのかって」

父さんの言うとおり、母さんならそうするだろう。でも、ここにいないのだ。

「おまえにはそういう才能《さいのう》がある」父さんが言う。「言葉だ。おまえの特技《とくぎ》じゃないか」

笑っちゃうよ。ぼくは毎日、言葉に苦しめられている。それに父さんは、ぼくにサッカーが得意になってほしいとしか思ってこなかったし、自分でもそれがわかっているはずだ。ぼくがスクラブルをプレイしているところなんか、見たこともない。

「なあ、今までじゅうぶんにおまえの味方になってやれなかったのはわかってるよ」父さんは言いにくそうに言った。「だけどアダムズ先生は……その、なんだ、おまえのことを全国トップにもひけをとらないって言うんだよ。どえらい褒《ほ》め言葉じゃないか」

「ぼ、ぼくは、け、警察《けいさつ》が来たときに、こ、ここにいたい」

「警察の話を聞いただろ。これからたくさんの作業、たくさんの捜査《そうさ》が必要なんだ。一日くらいいなくたって、変わりやしないよ」

父さんがぼくにスクラブルをやれと言っているのが信じられない。この数週間、ぼくが存在《そんざい》もしない仲間たちといっしょに外でサッカーをするべきだとばかり思っていたくせに。

「じゃあ、こういうのはどうだ?」父さんがこっちをふりむく。「おれが大会についていって、その、応援《おうえん》する。おれが携帯《けいたい》電話を持っていれば、警察が何か言ってきても聞きのがす心配はないだろ」

これまで父さんが仕事を休んで、ぼくといっしょに何かをしてくれたことなんかなかった。この数日間、家の中でふさぎこんではいたけど、予定表はまたいっぱいで、泥棒《どろぼう》のことを警察に通報《つうほう》してからは、仕事にも復帰《ふっき》していた。

「と、父さん、バ、バーミンガムまで、き、来てくれるの?」

「もちろんだ。一日じゅういるよ。ただし、おまえが一回戦でやっつけられなければな」父さんはにっと笑った。「おまえのために、せいいっぱいのことをしてきたが、それじゃあ全然だめだった。だから……あやまるよ」

ぼくは何も言えなかった。しばらくの間は。

「う、うん。わ、わかった」やっと、ぼくはこたえた。父さんがそんなふうに思ってくれていることを、なかなか信じられなかった。

「じゃあ、早く着がえろ。青少年クラブまでつれてってやるから」父さんはにっと笑って、また立ちあがった。「おまえがそこにいる間に、おれは服でも買いにいってくるよ」

父さんは少なくとも二年間は、新しい服を買っていない。

「なんだ、その顔は」父さんは怒《おこ》ったふりをした。「優勝者《ゆうしょうしゃ》の父さんが、びしっとしてないわけにいかないだろうが」

五月二十六日（火曜日）
母さんへ

結局、ぼくはスクラブル大会に出ることになったよ。青少年クラブで、マリアムといい練習ができたから、やるだけのことはやったと思う。

物事がこんなに変わってしまったなんて、不思議だ。警察がかかわるようになってはじめて、母さんがこの二年間どこにいたのか、やっとわかるんじゃないかという気がしている。わからなかったことの答えがいくつか見つかると思う。期待していた答えとはちがうかもしれないという不安はあるけれど。

何があったとしても、母さんに手紙日記を書くのはこれで最後にすると決めたんだ。封筒《ふうとう》に名前を書き、切手も貼《は》り、父さんから母さんの私書箱《ししょばこ》の宛先《あてさき》をきいた。今日この文章を書きおわったら、この日記帳を通りのはしの郵便局《ゆうびんきょく》まで持っていく。

あとは母さん次第だよ。

もし警察《けいさつ》が母さんを見つけられなかったら、もしぼくがスクラブル大会で勝てなくて新聞に出なかったら、そしてもし母さんがこの日記帳を読んでもだめだったら、もう何をやってもだめだと、あきらめる時が来たんだと思う。

何が真実で何が嘘《うそ》なのか区別するのが難《むずか》しくなってしまった。人はそのときにできる最良のことをしている。そう思って、ただ受け入れるしかないときもあることに気づいたんだ。ぼくが言っているのは、おもに父さんのことだけど、きっと母さんもそのときにできた最良のことをしたんだよね。

母さんが黙《だま》って出ていかないといけないほどのひどい状況《じょうきょう》を、想像《そうぞう》するのは難しい。それに聞いた話のなかには、母さんがやったとは思えないこともある。たとえばあのＰＳＹＣＨＯ《サイコ》【16】（変質者《へんしつしゃ》）のキングと浮気《うわき》していたこと。だけどひとつだけ、真《ま》っ暗闇《くらやみ》の中に輝《かがや》くひと筋《すじ》の光がある。この日記を読みながら、思い出してほしいんだ。
あなたはぼくの母さんです。これからもずっと。
どんなに真実がひどいものだったとしても、ぼくは母さんが大好きです。

愛をこめて。
フィンレイ　×

47

初心者は二文字の単語を覚えて、単語をならべるチャンスをできるだけふやすとよい。

水曜日

定員十六人の学校のマイクロバスは満席だった。

ぼくとマリアム、父さん、アダムズ先生、そして放課後スクラブルクラブのほとんどのメンバーが乗っている。

「みんな、あなたを応援《おうえん》したいんですってよ」アダムズ先生がきのうの練習のときに教えてくれた。

みんなが来てくれるのはうれしい。でも、それだけプレッシャーがますということでもある。

「ところで」ぼくたちがせまい座席《ざせき》にもぞもぞと体を落ちつけているとき、マリアムが口をひらいた。「わたしがあなたの『助っ人』になったからね。その言いかたで合ってる?」

意味がわからなくて、ぼくは顔をしかめた。

「オリヴァーがいない間、学校代表の補欠《ほけつ》選手になることに同意したの」マリアムがにこっとした。「もう試合に出ないと言っていたけど、あなたのために、友だちとして、今回は例外的に引きうけたの。もちろん、実際《じっさい》には出なくてすむのはわかってる。あなたがどの対戦も勝つから。だから、だいじょうぶ」

「あ、ありがとう」ぼくはほほえんだ。マリアムは誰《だれ》にでもそんなことをしてくれるわけじゃないことがわかるし、今日はいっしょにチームでいられるのはうれしかった。マリアム以上にチームメートでいてほしい人なんていない。

運転手がラジオをつけ、みんながおしゃべりをはじめる。父さんはつきそいの先生といっしょにサッカーのノッティンガム・フォレストFCの最近の試合について語りあい、マリアムは直前練習としてアナグラムの問題をいくつか出してくれた。

一時間あまりあと、マイクロバスはバーミンガム市のブリタニア・ホテルの前に停車した。大きな背《せ》の高い建物で、一階にしゃれた店がいっぱい入っている。

おなかの中がそわそわ落ちつかなくなって、トイレにかけこみたくなった。

アダムズ先生は席にすわっているように指示《しじ》すると、手順の確認《かくにん》をしにホテルのロビーにさっと入っていった。そして二分後にもどってくると、運転手がバスをホテル裏《うら》の駐車場《ちゅうしゃじょう》へと走らせた。その駐車場に入ったとたん、ぼくたちはみんな体をおこして、ぽかんと口をあけた。あたり一帯が大量の人間とバスとでごったがえしている。緑のブレザーを着た係員たちがあちこちにいて、名前をきいては手もとのクリップボードで確認《かくにん》している。

ありとあらゆる人たちが、ありとあらゆる制服《せいふく》を着て、それぞれのグループでかたまって、興奮《こうふん》しながらしゃべっている。

そのときやっと、ぼくはこの大会の規模《きぼ》の大きさに気がついた。

そして、ちょっと気持ち悪くなってきた。

というか、かなり気持ち悪くなってきた。

「フィンレイ、だいじょうぶか?」三十分後、父さんがたずねた。ぼくたちは登録をすませ、スクラブル大会の一回戦がおこなわれる、ホテルの広い会場に入るためにならんでいた。

「だ、だいじょうぶ」ぼくはまっすぐ前を見ながらこたえた。

両足がそわそわしてどこかに歩いていきたがっているけど、動かないようにおさえつける。ぼくの不安がぼくに存在《そんざい》を知らせているだけなんだ。

「ビビッたってかまわないんだぞ」父さんがひじでぼくをそっとつついた。「はじめてのサッカーの代表選考会のときを思い出すよ。前の晩《ばん》ほとんど徹夜《てつや》して、近くの運動場でゴールにボールを蹴《け》りこんでたんだ。高校の代表チームに入りたくて」

ぼくは興味津々《きょうみしんしん》で父さんの顔を見た。そんな話ははじめて聞いた。

「そ、それで、は、入れたの？」

「何だって？」

「チ、チームに入れたの？」

「いや、当日ビビッて腹《はら》をくだして、おまえのおばあちゃんに選考会に行くのを止められたんだ」父さんはいつも「おまえのおばあちゃん」と、まるでぼくがよく知っているかのように言うけど、おばあちゃんはぼくが生まれる前に亡《な》くなっている。

アダムズ先生が名札《なふだ》を持って現《あらわ》れた。ちょうどぼくたちが会場のドアまで来たときだった。

「カールトン中等学校を代表できるなんて、本当に名誉《めいよ》なことね、フィンレイ」先生はぼくのブレザーに名札をとめてくれた。「フィンレイはわたしたちの誇《ほこ》りです。そうですよね、マッキントッシュさん？」

「ああ、そのとおり。うちのフィンレイはくじけませんからね。ここにいる連中をこてんぱんにやっつけてやりますよ」

巨大《きょだい》な会場を見まわす父さんの視線《しせん》をぼくは追った。スピードボートに乗りこんだかのように、不安で胃《い》が飛びだしそうになる。テーブルが何列も整然とならび、その間の通路を、ブレザーを着た係員が行ったり来たりしている。各テーブルに選手たちがつきはじめたとき、急に、神経《しんけい》がずたずたになるほど緊張《きんちょう》していたわけがわかった。どの選手も、ずっと年上に見える。

「こ、この会場で、い、いいのかな？」ぼくはとなりにやってきたマリアムにささやいた。「あ、あそこの人なんて、じゅ、十八歳《さい》くらいに見える」

「本当に十八歳なんじゃない？」マリアムがにっと笑う。「全国学校スクラブル選手権《せんしゅけん》大会には十八歳までなら誰《だれ》でも出られるの」

ぼくはつばを飲みこんだ。そんなに年上でゲームの経験をつんだ人と当たったら、勝つ見込《みこ》みなんてあるんだろうか？

「フィンレイ、わたしに何度もかんたんに勝っていたのを思い出して」マリアムがぼくの心を読んだかのように、耳にささやいた。

たしかに、勝ちはした。でもマリアムと対戦するときは、気持ち悪くなったり、クラゲが油《ゆ》圧《あつ》ショベルを操作《そうさ》しているみたいにふるえたりはしない。

マリアムはお手洗《てあら》いに行くと言っていなくなり、アダムズ先生はぼくのすわる場所を確認《かくにん》しに走っていった。ぼくは父さんとしゃべろうとふりかえったけど、父さんはふらふらロビーにもどって、携帯《けいたい》電話でしゃべっている。まわりの人たちが、何かをよけるように移動《いどう》するのに気づき、ぼくも本能的《ほんのうてき》に同じことをした。

左右にわかれた群衆《ぐんしゅう》の間を、背《せ》の高い男子がやってくる。着ているのは高そうなワインレッドの制服《せいふく》のブレザーで、深緑とマスタード色のしましまの下えりまでついている。同じ制服の男子たちにとりまかれているその人が誰だかわからないけど、思わず目をひきよせられてしまう。特権《とっけん》を持っているような歩き方をしていて、ほかの人たちが道をあけてくれてあたりまえだと思っているみたいだ。実際《じっさい》、ぼくたちはみんな、そうしていた。

「エイモス・ベストよ」うしろの女の子が友だちに、聞こえよがしにささやいた。「去年のチャンピオン」とりまきのひとりがぼくをじろじろ見てからエイモスに耳うちすると、エイモスはふくみ笑いをした。

グループが近づいてくると、エイモスは完璧《かんぺき》にセットされた黒々とした前髪《まえがみ》をさっとなであげ、ぼくになれなれしく笑いかけた。ロビーのほうを指さす。「託児所《たくじしょ》はあっちだよ、ぼく」早口の鼻にかかった声でそう言った。グループ全員が笑い声をあげ、ぼくをおしのけて通りすぎる。見ていると、エイモスは部屋の奥《おく》のすみにあるテーブルについた。

アダムズ先生がもどってきていないか、あたりを見まわした。すると、心臓《しんぞう》がドキンと跳《は》ねあがった。マリアムがロビーの壁際《かべぎわ》にいて、ひとりの男子と大人の男の人にかこまれている。

数秒間、体がかたまったまま、自分の見ているものを信じられないでいたけれど、ぼくの中の何かにせきたてられて、会場に入るためにならんでいるおおぜいの人たちを急いでかきわけていった。

「フィンレイ!」肩越《かたご》しに見ると、アダムズ先生が手をふっている。「すぐに席にもどらないと!」先生がさけぶ。

ぼくは聞こえた合図に手をあげると、前へおしすすんでいった。目をふせて立つマリアムのいるロビーにむかって。

48

「S」ではじまる単語はとくによく使われる。

人混《ひとご》みをかきわけるのに永遠《えいえん》に時間がかかりそうだ。マリアムをじゃましているふたりが誰《だれ》なのか気づいたとたん、怒《いか》りがどっとこみあげてきて、大会の不安なんか消しとんでしまった。

「や、やめてください」やっと近づくと、ぼくはさけんだ。

オリヴァーがこっちをふりむいたとたん、ぼくは言葉を失った。オリヴァーの顔は青や黄色のあざだらけだった。片方《かたほう》の目はほとんどとじたままで、頭の片側《かたがわ》の髪《かみ》が大きく剃《そ》りとられている。テープの列が、縫《ぬ》ったあとのようなものをおおいかくしている。ショックでぼくの顔はかたまってしまった。こんな重傷《じゅうしょう》を負っていたなんて、想像《そうぞう》もしていなかった。

「誰だ？」オリヴァーのお父さんがこわい顔をして、上から見おろしてきた。

「やあ、フィンレイ」オリヴァーが口をひらいた。「マリアムと話をしてただけだよ」声がほそくてかんだかく、まるで言葉をふくらましている中身を、誰《だれ》かに全部吸《す》いとられてしまったかのようだった。

ぼくは思わず口をあけて、オリヴァーとお父さんのほうを見た。沈黙《ちんもく》がぼくたちを糊《のり》のようにくっつけ、ぼくが飲みこみかけているぎこちない言葉をつかまえようと待っている。

「言いたいことがあるんなら、言え」オリヴァーのお父さんは、ぼくのどこに問題があるのか正確《せいかく》に特定しようとするかのように、こっちの顔をじろじろ見た。

「マ、マリアム、は、早く」ぼくはマリアムの腕《うで》に手をのばした。「い、行こう。べ、べつに話を聞かなくても……」

「おい、待て」オリヴァーのお父さんが言う。「そうあせらずに、オリヴァーの言おうとしてることを聞いてくれ」

「い、いやです！　い、今までさんざん……」

「だいじょうぶよ、フィンレイ」マリアムが小声で言う。「オリヴァーはあやまってるの」

〈あやまってる？　オリヴァーが？〉

「さっき言いかけたけど……図書室であんなことを言って、ごめんなさい」オリヴァーらしくない、聞《き》き慣《な》れない声で、オリヴァーが言った。「きみがこの国に来たのは、お父さんが病院で働くためだとは知らなかった。その、きみたちみたいな人は……」

「わたしたちみたいな人？」マリアムの目がぎらりと光った。

オリヴァーのお父さんが咳《せき》をする。

「こいつが言いたいのは、あんたはほかの人たちとは、ちがうってことだ」

「ほかの人たち？」マリアムは目を大きく見ひらいている。

ぼくは下唇《したくちびる》をかんだ。オリヴァーとお父さんは謝罪《しゃざい》しようとしているのに、かえって墓穴《ぼけつ》を掘《ほ》っている。

「ほら、移民《いみん》だよ。手当がもらえるからってだけで、やってくるんだ」オリヴァーのお父さんが明るく言う。「あんたはそういう人とはちがう、そういうことだ。あんたやあんたの親父《おやじ》さんみたいな人はこの国に歓迎《かんげい》するよ」

「ここには難民《なんみん》が来ています。そういう意味ですね、ヘイウッドさん？　家を失い、命を守ろうとしている人たちです」マリアムはオリヴァーとオリヴァーのお父さんの顔を順々に見た。「ここにいる権利《けんり》が、わたしとわたしの家族にくらべて少ないということにはなりません」

今日のマリアムは弱々しくない。堂々とした声ではっきり話し、ふたりの目をしっかり見ている。

「もちろんだ、もちろんだ」ヘイウッドさんがあわてて言った。「とにかくあんたの親父さんがうちのオリヴァーのためにしてくれたことにとても感謝《かんしゃ》してるよ。あんたたちがただ安楽な暮《く》らしをしたくてここに来たんじゃないこともわかってる。それを伝えたかったんだ」

マリアムは救いようがないと思っているように、かぶりをふって、天井《てんじょう》を見あげた。

「マリアムの親父《おやじ》さんはオリヴァーの命を救ってくれたんだよ」オリヴァーのお父さんがぼくにむきなおって言った。「うちのオリヴァーが、あのタイミングで手術《しゅじゅつ》を受けられていなかったら……」ヘイウッドさんの声がふるえ、とぎれた。

マリアムのお父さんがクイーンズ医療《いりょう》センターに勤《つと》めている、と聞いていたのを忘《わす》れていた。オリヴァーのあまりの弱りようを見ていると、ぼくは背中《せなか》がぞくぞくふるえた。

「マリアムのお父さんは脳外傷専門《のうがいしょうせんもん》の外科医なんだ」オリヴァーが、マリアムのほうを見ながら、ぼくに言った。「マリアムのお父さんがいなかったら、べつの病院に転送されて、手おくれだったかもしれない」

「あなたが無事で本当によかった」マリアムが広い心で言った。「オリヴァー、あなたの謝罪《しゃざい》を受けいれる。元気になったら、『ほかの人たち』についてちゃんと話しあいましょうね」

「あ、その、そうしよう」オリヴァーがこっちを見た。「フィンレイ、おれ、その、今まで……」

「ど、どうして、く、車の前に、と、飛びだしていったの？」ぼくはさえぎった。この傷《きず》ついたオリヴァーらしくないオリヴァーを見ていられなかった。

「覚えてない」オリヴァーがこたえる。肩《かた》をすくめ、動いたときの痛《いた》みにたじろいでいる。

「何にも覚えてないいんだ」

「病院の先生たちは、そのうち記《き》憶《おく》がもどるはずだと言ってる」ヘイウッドさんが言う。「事《じ》故《こ》の直後は少し覚えてたんだがな……意《い》識《しき》をなくしたあとは、記憶もふっとんだようだ」

「病院にいると、考える時間がいっぱいあってさ」オリヴァーがつづけた。「父さんにここにつれてきてもらったのは、その、おまえがみんなをぶちのめすところを見たかったからなんだ」オリヴァーがにこにこする。

ぼくはあまりにも驚《おどろ》いて、何も言いかえせなかった。

そのとき、アダムズ先生が息を切らして走ってきた。

「フィンレイ、すぐに会場にもどって席につきなさい！　言いわけなし！」ぼくの視《し》線《せん》をたどって、ほかの三人に気づく。「オリヴァー！　こんなところでどうしたの？」先生はオリヴァーのけがの重さに驚いて黙《だま》りこみ、それから心配そうな顔をした。「ヘイウッドさん、オリヴァーは外に出てだいじょうぶなんですか？」

「いや、本当はだめです」オリヴァーのお父さんが認《みと》めた。「でもどうしても来たいって言いはるんで、病院の先生が認めてくれたんです。早い時間にもどるっていう条《じょう》件《けん》で。オリヴァーは、マリアムに言いたいことがあったのと、フィンレイのはじめのほうの試合を応《おう》援《えん》したいと言ってましてね」

「そう、よく来てくれたわね、オリヴァー」アダムズ先生が言った。「じゃあ、会場についていらっしゃい。フィンレイのテーブルに近い見学席を確保《かくほ》するわ」

「お、お父さんが、オ、オリヴァーの手術《しゅじゅつ》をしたなんて、ひ、ひとことも言わなかったじゃないか」ほかの人たちについて会場にもどりながら、ぼくはマリアムに言った。

「知らなかったの」マリアムがこたえる。「父は家では仕事の話をしないから」

会場にもどると、マリアムに軽くおしつづけてもらって、やっと前に進めた。会場は大混雑《だいこんざつ》だった。ほとんどの選手が席についていて、ぼくはアダムズ先生について、真ん中あたりの列に行った。

席にすわると、むかいの席にいたこげ茶色の髪《かみ》の男子が手をさしだした。

「ヘンリー・ディリンガム」と言う。「セント・マイケルズ男子校、ケント州」

ぼくは大きく息を吸《す》いこんで、言葉が正しい順序《じゅんじょ》で出てきてくれるように祈《いの》った。

「フィンレイマッキントッシュカールトンちゅうとうがっこう」ひと息で言葉をすべて出せたけど、言葉同士がたおれたりぶつかりあったりして、なんだかへんな感じに聞こえた。ヘンリーはぼくのほうをふつうよりも少しだけ長く見た。ぼくに少し変わったところがあることに気づいたけど、それが何なのかわかっていないみたいに。

初対面の人に会うのは大きらいだ。一瞬《いっしゅん》で、ぼくをバカか変人だと決めつける。もしぼくが優勝《ゆうしょう》してスピーチをすることになったら、みんなにそう思われるだろう。

ぼくはタイル袋《ぶくろ》に手をのばし、ふたりとも文字タイルを一枚《まい》ずつとりだした。

「大会のルールはきびしいのよ」アダムズ先生に自分のタイル袋を持ちこんでいいかたずねたとき、そう言われた。「残念ながら、正規《せいき》の大会の備品《びひん》しか使えないことになっているの」

かなり年とったおじいさんが部屋のいちばん前で今日のイベントについてひとことしゃべり、みんなが拍手《はくしゅ》すると、おじいさんは、全国学校スクラブル選手権《せんしゅけん》大会の開会を宣言《せんげん》します、と言った。ヘンリーが先手を引いた。そして対局時計《たいきょくどけい》をスタートさせ、ゲームがはじまった。

目のはしから、マリアムと父さん、アダムズ先生とオリヴァーが見える。ぼくを見守り、勝つように応援《おうえん》してくれている。ぼくはあえて笑ったり手をふりかえしたりしなかった。想像《そうぞう》上《じょう》の目かくしをつけ、ゲームに集中し、ほかのすべてを遮断《しゃだん》した。

ヘンリーの最初の単語はG・U・L・L・E・Y《ガレイ》（小渓谷《しょうけいこく》）だ。二十二点。ぼくは目が点になった。ヘンリーは一点しか価値《かち》がないEを〈文字得点二倍マス〉に置いている。四点のYを置くかわりに。

ぼくはF・U・G《ファグ》（よどんだ空気）という単語で返した。ヘンリーのUを使い、FとGはどちらも〈文字得点二倍マス〉にのせる。十三点。

ヘンリーが表情《ひょうじょう》をかくしきれずに、一瞬《いっしゅん》、顔をしかめるのが見え、それでわかってしまった。ヘンリーの文字ラックにはもう母音がないのだ。しかもとても緊張《きんちょう》している——ぼくと同じように。ぼくとちがうのは、緊張のせいでうまくプレイできなくなっていることだった。

　ぼくは自分のプレイのスピードをあげて、プレッシャーをかけることにした。そして機会があるたびに、できるだけ母音をふさぐようにならべることにした。

　そのときになって、びっくりするようなことに気づいた。

　マリアムの特訓のおかげで、ぼくはヘンリーの考えが手にとるようにわかっていた。

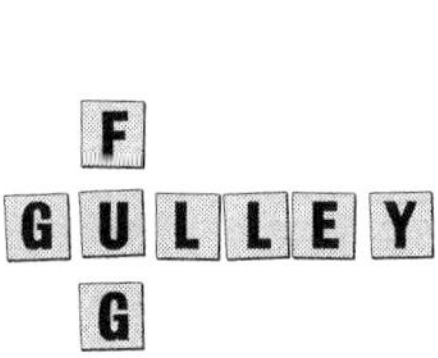

49

スクラブルは語《ご》彙《い》力《りょく》の向上に役立つ。

ぼくは難《なん》なくヘンリーとの試合に勝ち、つづけて、セントアイヴズ市から来たクリスチャン、リーズ市から来たナイジェル、セントヘレンズ市から来たケイティにも勝った。

年齢《ねんれい》はみんな十五歳《さい》から十七歳だった。

でもぼくはもう年齢を気にしていなかった。勝つことだけを考えていた。

そして勝ったら、母さんをさがすことだけを考えるのだ。

昼休みになり、マリアムがかけよってきた。

「フィンレイ、すごい！　練習してきたことを全部覚えてる。さすがよ！」

「お見事ね、フィンレイ」アダムズ先生がぼくの背中《せなか》を軽くたたく。「あなたにとっても、学校にとっても、名誉《めいよ》なことだわ。この調子でがんばって」

オリヴァーとお父さんが歩いてきた。オリヴァーは長い旅の終わりまで来たかのように、ゆっくりと足を引きずっている。「最高だね」口もとを手でかくしてフーッと息を吐《は》く。「このまま練習をつづければ、いつかはおれくらいうまくなるよ」みんなが笑った。オリヴァーまで。どういうわけか、もとのオリヴァーらしさがまだ少し残っていることに、ぼくはほっとした。「よし、行くぞ」オリヴァーのお父さんが声をかける。「病院にもどさないと、おれが先生たちにこってりしぼられるからな」

みんなで別れを告《つ》げると、ホテルの広間に行って、マリアムのお母さんが作ってくれたサンドイッチを食べた。

「こ、ここから、ウォ、ウォルソルまで、ど、どのくらい離《はな》れてますか?」ぼくはアダムズ先生にきいた。マリアムと父さんがしゃべっている間に。

「そうねえ、はっきりわからないけど、十キロくらいかしら。どうして?」

「い、いえ、な、なんとなく」ぼくは肩《かた》をすくめた。

食べながら、広間にひしめく人たちを見つめた。うしろをむいた女の人たち。背格好《せかっこう》は母さんに似《に》ているけど、髪《かみ》の色や髪型《かみがた》がちがう。でも髪はかんたんに変えられる。あの人たちの中に、母さんがいたとしたら?　大会を見にきていて、ぼくがいることに気づかなかったとしたら?

ぼくは立ちあがって、人混《ひとご》みの中に入っていこうとした。アダムズ先生もさっと立ちあがる。

「さあ、あとはトイレに行く時間が数分あるだけよ。そうしたら、また会場にもどらないと」

午後の三つ目のゲームの相手は、色白でやせたルーシーという女の子だ。ほとんどこっちを見もしないで、ボードに集中している。この対戦に勝てば、最後まで勝ち残った数人に入れる。そう思いながらも、いまだに信じられない。

ルーシーは上手だった。今まで当たったどの相手よりも強いけど、それも当然だ。網《あみ》はどんどん小さくなり、もうすぐ勝った者同士の死闘《しとう》になる。

ゲームがはじまって十分、成績《せいせき》は拮抗《きっこう》していて、220対224でぼくの優勢《ゆうせい》だ。

ぼくはルーシーの顔を見ていた。上手なプレイヤーらしく、ルーシーはほとんど表情《ひょうじょう》を変えないけど、一瞬《いっしゅん》だけ目がうれしそうに光ったのが見えて、何か大きなことがおこるのがわかった。

ルーシーはぼくが置いたばかりのSを使って、Z・E・B・E・C・K・S《ジーベックス》（小型帆船《はんせん》）という単語をならべ、BとCをどちらも〈文字得点二倍マス〉に置いた。

「三十点」ルーシーが小声でつぶやいた。自分にすてきな秘密《ひみつ》を伝えるみたいに。

ぼくは対局時計をちらっと見た。残り時間は五分で、ぼくの番だ。ルーシーは椅子《いす》の背《せ》もたれによりかかり、あくびをして体をのばした。ゲームが終わったと思っている。ぼくが負けたと決めつけている。これがぼくの最後の番だとわかった。なぜなら、ぼくが単語をならべたあと、ルーシーはただ時間かせぎをして、終了《しゅうりょう》の合図がピンと鳴るまで何もしないで、ぼくの番がまわってこないようにするだろうから。だから、ぼくが今打つ手は、何であれ、最高の手でないといけない。でも、問題がある。

単語が作れない。

ルーシーの単語につけられるような、得点の低い単語さえ作れない。ぼくの文字タイルはばらばらで、たがいにくっつこうとしない。ボードを見つめ、単語を作るチャンスが浮《う》かびあがってくるのを待った。脳《のう》みそが働いて、見覚えのある空《あ》きスペースやパターンに気づいてくれるのを待った。そうすれば、そこを単語でうめられる。

でも、何事もおこらない。

マリアムの言葉が頭の中で鳴りひびく。

〈わかりやすい手がいつもいちばん効果的《こうかてき》とはかぎらない〉

「あなたのプレイはよかった」ルーシーは薄《うす》い唇《くちびる》をきゅっと結んだ。「自分を責《せ》めることないよ」

ぼくは考えるのに必死で、返事をしなかった。ひとつのアイディアが、まるでかわいた地面にしみこむ水のように、少しずつ頭の中に流れこんできた。じっと待っているうちに、とつぜん、すべてのパズルのピースがおさまるべきところにおさまった。

ぼくは文字タイルを四枚《まい》選んで、ルーシーの「ZEBECKS」のとなりにならべた。ぼくの単語はA・X・O・N《アクソン》（神経細胞《しんけいさいぼう》の軸索《じくさく》）だ。

ルーシーはあくびをやめて、背中《せなか》をのばした。

ルーシーの顔を見ただけで、すでに計算していることがわかった。AXONのXが〈文字得点三倍マス〉にのっているから、単語全体で二十七点もらえる。そのうえ、二文字の単語「ZA《ザ》」「EX《エックス》」「BO《ボー》」「EN《エヌ》」の四つを合わせた四十二点ももらえる。

総計《そうけい》＝六十九点。

テーブルのまわりに立っている人たちから、小さな拍手《はくしゅ》がわきおこった。

時計が鳴り、ゲームの終わりを告げる。

顔をあげると、父さんがにっこり笑い、頭をかくためにあげた手で、さっと目のふちをぬぐった。

50

プレイする単語の意味がわからなくてもかまわない。

そのゲームのあと、午後の休憩《きゅうけい》時間になり、ほっとした。頭の中が、オーツ麦を牛乳《ぎゅうにゅう》で煮こんだおかゆであふれているような感じがする。

アダムズ先生はぼくが勝った興奮《こうふん》で舞《ま》いあがっている。

「とにかく、戦略《せんりゃく》を立てないとね、フィンレイ」とくりかえしている。ぼくは袋《ふくろ》入《い》りのポテトチップスにぱくついていた。「絶対確実《ぜったいかくじつ》な戦略にしなくては。どんな方法が……」

「わ、わかりません」ぼくは口をいっぱいにしながらこたえた。

大会でゲームをするのにこんなにエネルギーを使うなんて、驚《おどろ》いた。それにおなかがすいていることにもびっくりだ。内臓《ないぞう》がどろどろになってきているように感じられるのに。

「フィンレイは対戦相手ごとに戦略を変えているんです」マリアムは、アダムズ先生が初心者であるかのように説明した。

「いい作戦だ、フィンレイ」父さんがうなずく。「そのやりかたで、うまくいくだろうよ」

アダムズ先生はにぎりしめていた書類をしばらく見つめてから、こっちを見た。

「フィンレイ、あと二ゲームよ。今みたいにあと二回プレイすれば……」

「ゆ、優勝《ゆうしょう》？」

「いいえ、最後のふたりに残って決勝戦に出られるって言おうとしたのよ」

ぼくはうなずいた。かんたんそうだ。アダムズ先生の言いかただと。

あと二ゲームで、もしかしたら……ひょっとすると……母さんに会えるかもしれない。

「決勝戦に出られたら、それだけで学校の歴史に残るわよ」アダムズ先生がしゃべりつづける。

「今まで誰《だれ》も……」

「け、決勝戦に出たことないんですね？」ぼくはさえぎって言った。

「そうよ、そう言おうとしたのよ、あなたが割《わ》りこんできさえしなければ」アダムズ先生がぴしゃりと言った。

「い、いらつきますよね、じ、自分の言おうとしたことを、さ、最後まで言わせてもらえないと」ぼくはにやりとして言った。アダムズ先生の肩越《かたご》しに、マリアムがぼくにウィンクした。

アダムズ先生は目を見ひらき、それから短くうなずいた。

「あなたの言うとおりよ、フィンレイ」

　つぎのゲームは楽勝だった。相手はアバディーン市から来た十七歳《さい》の男子で、クリストファーという名前だった。

「ひどい風邪《かぜ》をひいてるんだ」ぼくが勝ったあと、クリストファーは席を立つときにそう言った。「来年、きみがつらい一週間を過《す》ごしたあとでプレイしたとしたら、どうなるだろうね」

　ぼくは、二日前にアレックスの父親に秘密基地《ひみつきち》で首を絞《し》められそうになったのを思い出した。今週がいい一週間だったとはいえないだろう。

　係員がつぎのテーブルを教えてくれた。テーブルの反対側《はんたいがわ》には、長い黒髪《くろかみ》の、アーモンド型の目をした小柄《こがら》な女の子がすわって、人形の髪をなでていた。ぼくは握手《あくしゅ》するために手をのばしたけど、女の子は人形のことしか目に入っていない。なんだか、不気味だった。

　ゲームがはじまる直前、女の子は顔をあげて、目をきつくほそめた。

「あたしたちには勝てないわよ。あたしたちには勝てないわよ」と小声で怒《おこ》ったように言うと、人形をひざにのせた。人形のガラスの目がこっちを見はっているような格好《かっこう》になった。

　女の子はそのあと、ふつうにプレイしていたけど、ときどき人形にアドバイスをもらっていた。試合はほとんど互角《ごかく》で進み、最後はぼくがJ《ジ》・E《エ》・L《リ》・L《ー》・Y（ゼリー）という単語を

〈単語得点二倍マス〉にのせて、うまく三十点を獲得《かくとく》できた。

　ふたりとも立ちあがって握手するとき、思わず人形の頭をなでた。

　女の子は人形をぼくの手から引ったくると、怒って立ちさった。

「あの人形のせいで、ほとんどの対戦相手がおびえてしまったの」アダムズ先生が歩いていく女の子を見ながら、顔をしかめた。「あの戦術《せんじゅつ》には、正式に抗議《こうぎ》するつもりよ」

　マリアムがにこっと笑う。

「おめでとう、フィンレイ。決勝戦はあなたのものよ。ふたりの言葉の達人による対戦。ちがいは、ここの中だけ」マリアムは自分の頭を軽くたたいた。「ここで、あなたが勝つの」

「おまえは父さんの誇《ほこ》りだよ」父さんがぼくをぎこちなく抱《だ》きしめる。声がかすれているけど、ふたりとも気づかないふりをした。

　係員の男の人がペンをのせたクリップボードを持って近づいてきた。

「フィンレイ・マッキントッシュ。カールトン中等学校、ノッティンガム市。まちがいないですね?」

　ぼくはうなずいた。

「おめでとう、決勝戦進出です。ついてきてください」

　ぼくは会場のいちばん前まで行った。そこには、ほかのテーブルとは離《はな》れて、べつのゲームテーブルが用意されていた。

「席へどうぞ。きみの対戦相手は洗面所《せんめんじょ》に行っているところです」

ゲームボードは、色合いもマスの配置もすっかり見慣《みな》れていて、見ないでもスケッチできるくらいだ。それが平らに、何ものっていない状態《じょうたい》で置いてある。自分のタイル袋《ぶくろ》があれば、母さんが何らかの形でいっしょにいて応援《おうえん》してくれる感じがしただろうに、と思った。

顔をあげ、父さんとマリアムとアダムズ先生がすわっているほうを見ると、ほかにもたくさんの目がこっちを見ていた。おおぜいの人が見学しに集まってきている。ぼくの呼吸《こきゅう》ははげしくなり、まるで運動をしているようだった。もちろん、ぼくはただすわっているだけだ。人生最大のチャンスが訪《おとず》れるのを待ちながら。

会場の入り口で動きがあった。少人数のグループが人をかきわけ、決勝戦のテーブルに近づいてくる。そのとき、その姿《すがた》が目に入った。仲間たちより頭と肩《かた》が一段《いちだん》高くそびえ、若《わか》い王様のようにすべるような足どりで近づいてくる。

「きみの対戦相手」係員が告げる。「エイモス・ベストです」

「現《げん》チャンピオンだ」エイモスが小声で言って、ぼくと握手《あくしゅ》し、写真を撮《と》っている人に笑顔をむけた。「でも今日は機嫌《きげん》がいいから、きみにあんまりはじをかかせないようにするよ」

さっきの、かなり年とったおじいさんがふるえながら立ちあがり、ぼくたちのテーブルまで歩いてきた。

「今年の決勝戦のはじまりをお知らせすることができ、光栄《こうえい》に思っています。選手は……」ふるえる手で持っている紙切れをじっと見つめる。「左側《ひだりがわ》がエイモス・ベストくん、十八歳《さい》、ケント出身。現チャンピオンです。そして右側が、フィンレイ・マッキントッシュくん、十四歳。ノッティンガム市から来ました」

観客が拍手《はくしゅ》し、そのすきにエイモスが身を乗りだしてきた。

「そういえば、きみ、声変わりはしてる？　それとも吃音《きつおん》のせいでおくれてるのかな？」ぼくが握手のために手をさしだすと、エイモスは強力ににぎりしめてきて、目がチカチカするほどだった。「話もできないなら、勝つのはむりだろうな」エイモスは歯をむきだし、ほかの人たちには笑って見えるような顔でそう言った。

ぼくはエイモスのグリースでなでつけた髪《かみ》と、染《し》みひとつない制服《せいふく》と、整った顔を見て、心の中で思った。〈ぼくは勝てる。ぼくはあんたの知らないことを知っているから〉エイモスは困難《こんなん》を克服《こくふく》したり、苦痛《くつう》や喪失《そうしつ》を味わったりしていない。一か月のように長く感じられる一日を切りぬけるのがどんな気持ちなのか、わかっていない。

エイモス・ベストにとって、これはただのゲームだ。

でもぼくにとっては、人生のすべてなのだ。

51

アナグラムの練習をすると、プレイヤーは格段《かくだん》に上達する。

エイモスが先手《せんて》となった。うれしそうな顔をしているから、よっぽどいい文字タイルを引いたのだろう。ほとんどためらいもせずに、ラックにあった七文字をすべてボードの中央にならべた。最後のタイルを置いて手をどけたとき、その単語が、あごに食らったアッパーカットのようにぼくを直撃《ちょくげき》した。

S《ス》・T・A《タ》・M・M《マ》・E《ー》・R（吃音《きつおん》）

顔をあげると、マリアムがはっと息をのむのがわかった。父さんの顔はけわしくきびしい。

「ビンゴ！」エイモスがあざけるように言う。

「M」を〈文字得点二倍マス〉に置いたうえに、手持ちの七枚《まい》の文字タイルを全部使いきったときのボーナス五十点が加算されるので、エイモスはいきなり七十八点を獲得《かくとく》した。

ぼくは一瞬《いっしゅん》目をつぶり、父さんの顔とマリアムのショックを頭の中から追いはらった。〈集中、集中、集中〉大事なのはそれだけだ。ほかのものなんか存在《そんざい》しないつもりでプレイしないと、勝つことはできない。

「きみの番だ」エイモスはタイル袋《ぶくろ》に手をつっこみながら言った。

ぼくはエイモスの単語のうしろにSをつけて、縦《たて》にS《ス》・T《タ》・U《ッ》・C・K《ク》〈行きづまっている〉とならべた。それで十六点だけど、〈単語得点三倍マス〉にかかっているから、かけ算して四十八点になる。

その単語はエイモスの頭にむけた左フックだ。エイモスの作り笑いがかすかにゆらぐ。でもすぐにぼくのKを使って、P《パ》・U《ッ》・C・K《ク》〈アイスホッケーのパック〉を作り、〈単語得点二倍マス〉を利用して、まずまずの二十四点を得た。
そんな感じでゲームが進む。展開《てんかい》が速く、気づくと、エイモスのほうが複雑《ふくざつ》でうまい単語をどんどん作っていた。エイモスはどの単語でも十二点以上を

獲得《かくとく》し、ぼくはバーチャルボクシングの強打を頭にあびつづけた。

でも、小さいころに父さんとボクシングの試合を見ていてわかったのは、一発でノックアウトできるパンチをねらうのは、あまりいい戦略《せんりゃく》ではないということだ。たいていの試合は、正確《せいかく》にねらいをつけたボディブローをつづけたほうが勝つ。派手《はで》だったりかっこよかったりはしないけど、圧倒的《あっとうてき》な効《き》き目《め》がある。

「ネタ切れかな？」エイモスはにやりとして、ぼくのプレイを待つ。「うちのトロフィー棚《だな》のスペースをあけてあるんだ。自分で苦痛《くつう》を引きのばすことはないんだよ」

ぼくは文字タイルをひとつとり、タイルラックのはしに置いた。そこには、わざと使っていなかったタイルが二枚《まい》ある。

それからぼくは、Ｖ《ヴ》・Ａ《エ》・Ｐ《イ》・Ｅ《プ》（電子タバコを吸《す》う）という単語を〈文字得点二倍マス〉にかかるようにならべて、まずまずの十三点を獲得した。でもそれよりも意味があるのは、ボードの左側《ひだりがわ》へゲームを広げたことだ。

だんだんエイモスの単語が見栄《みば》えのしないものになってきた。ボードの上のほうで、Ｇ《ゲ》・Ａ《イ》・Ｔ《ト》・Ｅ（門）、Ｔ《ト》・Ｏ《ー》・Ｒ《ン》・Ｎ（やぶけた）、Ｃ《キ》・Ａ《ャ》・Ｓ《ス》・Ｔ《ト》（劇《げき》の配役）とならべている。ぼくはボードの下のほうに集中し、言葉の枝《えだ》を左へとのばしていった。

残り五分、得点は２６０対４７３で、エイモスが優勢《ゆうせい》だ。

エイモスにはほとんど選択肢《せんたくし》が残っていないようだったけど、点差に余裕《よゆう》があるから自信たっぷりで、ぼくがプレイしている間、ずっとにやにやしている。ぼくはただただ、エイモスがぼくのしかけているボードの左下の領域《りょういき》をいじらないようにと祈《いの》っていて、エイモスがつぎの単語を右上に置いたときには、ほっとしてため息をつきそうになった。

観客のざわめきが聞こえる。誰《だれ》もが、優勝者が決まったことを確信《かくしん》している。

エイモスのプレイが終わり、いよいよその瞬間《しゅんかん》が来た。つぎはぼくの最後の番で、準備《じゅんび》は整っていた。

すべてがあるべき位置にある。

時計の赤いデジタル数字が秒を刻《きざ》むのを見ながら、マリアムがスクラブルのボードで人生について教えてくれたことを思い出す。ふつうのマスの中に、チャンスがならんでいることについて。それを生かせば、ふつうを何か特別なものに変えられる。ときには、びっくりするくらいすばらしいものになる。

「降参《こうさん》かな?」エイモスが身を乗りだす。「きみの技術《ぎじゅつ》不足をおおぜいの前でこんなにあっさりとさらすことになって、気の毒に思えてきたよ」

エイモスの声は聞こえたけど、どうでもよかった。大事なのは、頭に浮《う》かぶ母さんの顔だけだ。母さんは新聞を読んで、ぼくを見る。そして家の外に飛びだして、ぼくをさがしにくる。

ぼくの考えは、エイモスのしのび笑いに中断《ちゅうだん》された。エイモスの視線《しせん》を追って時計を見ると、あと一分しか残っていない。ぼくははっと我《われ》に返って、このためにとっておいた文字を選びだした。ゲームを終わらせる、ノックアウトのパンチだ。

Q《ク》・U《ウ》・E《ィ》・E《ア》・R《エ》・E《ス》・S《ト》・T（最も奇妙《きみょう》な）

観客がいっせいに息をのみ、エイモスが青ざめてしぶい顔になる。

ぼくはエイモスが置いていたEを使い、ボードのいちばん下の列にある、左すみと中央のふたつの〈単語得点三倍〉マスにまたがるように単語をならべたのだった。

エイモスの目をまっすぐのぞきこむ。

「に、に、二百、じゅ、十二点」ぼくはエイモスが最初に中央に置いた単語に指をつきつけた。

「S《ス》T《タ》A M《マ》M E《ー》R（吃音《きつおん》）から、は、はじまったにしては、わ、悪くない、け、結果ですよね」

52

母音よりも子音が少しだけ多くならんでいるのが理想的《りそうてき》なタイルラックだ。

ぼくは一点差でエイモスに負けた。父さんは泣いている。本当に泣いている。涙《なみだ》がほっぺたを流れおちていて、それを人に見られても平気なようだった。父さんを見ると、ぼくを大事に思ってくれていることがわかる。負けてしまったけれど。

「おまえはおれの誇《ほこ》りだ」父さんがぎゅっと抱《だ》きしめてくれる。

「き、来てくれてありがとう、父さん」ぼくは言う。

アダムズ先生が走りまわって、ぼくと、応援《おうえん》に来た放課後スクラブルクラブのメンバーがいっしょに写真に写るようにだんどりをつけている。父さんがやっとぼくを放すと、先生はぎこちなくハグをしてくれた。「フィンレイ、本当に見事だったわ」と言って。

「あ、ありがとうございます。ぼ、ぼ……」ぼくは深く息を吸《す》いこんだ。

アダムズ先生は待っていてくれた。

「あ、ありがとうございます。ぼ、ぼ、ぼくを信じてくれて」やっと、ぼくは言った。

「すべては、あなたがしたことよ、フィンレイ」先生が言った。「自分で達成したことなのよ」

「ま、負けてしまいました」

「一点差でね」うしろにいたマリアムが言った。「はじめて全国大会に出て、現《げん》チャンピオンに一点差で負けたのよ。お手柄《てがら》以外の何ものでもないと思う、フィンレイ」

だけど、大会に出た意味――母さんがぼくを新聞で見て、ぼくのがんばりを見て、いても立ってもいられなくなって会いにくること――はなくなってしまった。たくさんの行き止まりや脇道《わきみち》に、ぼくはとりかこまれている。

マイクのスイッチが入る音がして、ぼくは顔をあげた。

「みなさま、バーミンガム市長をおむかえしました。優勝者《ゆうしょうしゃ》の発表をお願いしています」

観客がどっと拍手《はくしゅ》し、ぼくは会場の前のほうへおしもどされた。エイモスが市長のとなりに立って、観客に手をふり、満面に笑みを浮《う》かべている。

「フィンレイ、こっち」呼《よ》ばれたほうをむくと、カメラマンがパシャパシャ写真を撮《と》っている。カメラにはられたステッカーには、「バーミンガム・スター新聞」と書いてあった。

期待に胸《むね》がふくらんだ。母さんに会うチャンスが、まだあるのかもしれない。

写真撮影《さつえい》のあと、父さんが力強くぼくの腕《うで》をつかんで、人混《ひとご》みの外へ引っぱっていく。新しい服を着て小ぎれいにしていても、皮膚《ひふ》にクレオソートのきついにおいがかすかに残っている。うしろでは、何人もの人が、ぼくを呼びもどそうとしている。

「ちょっとだけ時間をください」父さんがそうこたえ、ぼくを引っぱりつづける。「あと五分だけ」

父さんにつれられて会場を出て、わきにある小さな部屋に入った。空《から》っぽの部屋の静けさに、耳鳴りがしてくる。

「おまえに話したいことがある」父さんはぼくを椅子《いす》にすわらせながら言った。「警察《けいさつ》がアレックスの父親、トレヴァー・キングを逮捕《たいほ》したそうだ」父さんはかぶりをふって、ため息をついた。「これで終わった。やつはもう、おれたちに手出しはできないよ」

だけど、本当に終わったわけではない。母さんを見つけるまでは。ぼくは古くなって空気が抜《ぬ》けた風船のような気分だった。

「い、今すぐ、う、うちに帰れない?」父さんの言ったことを頭の中で整理しようとしながら、きいた。

「もうすぐな。その前に、おまえが話をしないといけない人がいる。さっき、おれが話をした人だ」

父さんが今朝《けさ》、会場を出て、電話で話しこんでいたのを思い出した。ぼくはうめいて、椅子《いす》に深くすわりこんだ。いつまでも試練がつづいている感じがする。

沈黙《ちんもく》が部屋を包みこむ。ふたりとも、しゃべらない。

やがて、ぼくは顔をあげた。

父さんが電話をさしだしている。それを受けとって、耳もとにつけた。

「もしもし、フィンレイ？」ささやく声がした。

53

世界じゅうで百万枚《まい》以上の文字タイルが行方不明になっている。

長い間ずっと、母さんを見つけて抱《だ》きしめて話をすることを夢《ゆめ》見てきて、やっとその時が来たのに、ぼくはただぽかんとつっ立っている。母さんがまた消えてしまうのがこわくて、口がきけない。

「おまえの言うとおりだったよ、フィンレイ」父さんが言う。「母さんはウォルソルに住んでたんだ」

父さんはぼくのふるえる手から電話をとると、スピーカーホンにした。

頭の中がまとまらない。何も理解《りかい》できない。すべてを遠くから見ている感じ。自分が完全に自分から切りはなされている感じがする。

話したいことがたくさんある。それを何も覚えていない。

「フィンレイ?」母さんがまたささやく。さっきよりも切実に。

ぼくにはできないと思った。できるかどうかわからない。大きく息を吸《す》いこんだけど、何もおこらない。言わないといけない言葉が舌《した》や喉《のど》やほっぺたの内側《うちがわ》に引っかかっている。ぼくにしがみついて、必死にとじこもっている。

でも、ぼくには言いたいことがある。とても大事なことが。

深く息を吸いこむ。

「か、か、か……」

もう一度息を吸う。

「か、か、母さんに、あ、あ、会いたかった」

母さんがすすり泣くのが聞こえる。

自分がバカみたいに、こわれたサウンドトラックみたいに聞こえる。でも、そのサウンドトラックを鳴らすしかない。たとえどんなに時間がかかっても。

「ど、ど、ど……」

「いいよ、最後まで聞いてるよ」父さんがぼくの腕《うで》をぎゅっとにぎる。

深い息。

「ど、どうしてわかったの……」

でも、ぼくはそれ以上、言葉をおしだすことができなかった。

「きのう、あなたの父さんの手紙をとりにいったの」母さんの声がかすれている。「警察《けいさつ》がすでに郵便局《ゆうびんきょく》に連絡《れんらく》してた。郵便局の人たちが、警察が来るまで、わたしを引きとめておいたの。そうしてくれて、本当によかった。ほかの誰《だれ》かが説明しようとしていたら……」母さんの声が小さくなって消えた。泣くのをおさえているのがわかる。

ぼくは深く息を吸って、むりやり言葉をおしだした。

「ど、どうしてさよならも言わずに出ていったの？」

電話のむこうが静かになった。父さんが目をつぶる。

母さんが大きく息を吸うのが聞こえる。

「あなたの顔を見て話したいの。今じゃなくて、こんなふうじゃなくて……」

「か、母さん」ぼくははっきりと言った。「ど、どうしても、し、知りたい。い、今すぐ」

長い沈黙《ちんもく》があった。母さんがまたしゃべりだすと、その声は小さくておびえているみたいだった。

「ときどき、全世界が自分に敵対《てきたい》している感じがするとき、暗がりにかくれるほうが楽に思えるの。自分のしたことを認《みと》めて立ちむかうよりもね」母さんが言う。声がふるえている。「わたしは、心から……自分をはじているの」最後の言葉は大きなささやき声だった。

父さんがぼくの手をつかんで、かたくにぎりしめる。

「バカな、本当におろかな、まちがいをおかしたの」母さんがささやく。「トレヴァーと、トレヴァー・キングと関係を持った。あなたの父さんとわたしは……その、うまくいってなかったの。でも、悪いことをしたのはわたしよ。わたしのせいなの」

ぼくは父さんの顔を見た。まだ目をつぶっている。

「う、浮気《うわき》を、し、してたの？」

「こんなことを言うのは、本当につらいけれど……そうよ。あの人がとんでもない詐欺師《さぎし》にすぎないと気づいたとき、警察《けいさつ》につきだすつもりだった。でも、あなたとあなたの父さんに、自分たちの関係について話すとおどされて……」

ぼくは母さんがなぜ出ていったのか、必死に理解《りかい》しようとしたけど、まだうまくいかなかった。浮気のことはすでに父さんに話していたことを知っている。

「ほかにもあるの」母さんが言う。言葉をむりやりおしだそうとする意志《いし》の力がぼくにも感じられるくらいだった。「どうしてもそれをあなたたちに伝える言葉を見つけられなかった。あのときはまだ」母さんはふるえるように息を吸《す》いこむ。「わたしは身ごもっていたの。キングに知られたら、絶対《ぜったい》に放っておかないことがわかっていた。わたしのことを、わたしたちのことを」

「キ、キングの、あ、赤ちゃん？」ぼくは息がつまりそうだった。

母さんの沈黙《ちんもく》がこたえだった。

ぼくは何を言えばいいかわからなかった。言葉が出てこない。広い会場からはおおぜいの人のざわめきがまだ聞こえてくるけど、この部屋はとてもさびしい。ぼくと、父さんと、電話だけ。

「あなたに何かがあったらと思うと、本当にこわかった。あなたの父さんにも、赤ちゃんにも。わたしは、わたしたち全員を助けていると思ってた。ほんの数週間くらいのことだと。帰る勇気が持てるようになると。今思うと、わたしはにげていただけだった。卑怯者《ひきょうもの》だった」

「おれに言ってくれればよかったんだ、クリスタ」父さんが締《し》めつけられたような声で言った。

「おれがみんなを守ってやれた。わかってるだろ」

一瞬《いっしゅん》、静かになってから、母さんがこたえる。

「キングは怪物《かいぶつ》だった。わたしはこわかったの……地元の警察官を買収《ばいしゅう》してると言っていて、わたしはそれを信じてた」母さんの声は小さくてこわれそうだ。「一度、本当に警察署《けいさつしょ》に行ったのよ。中に入っていって、相談をしたいって言った。そうしたら、カウンターの奥《おく》の警官が、へんな目で見たの。奥の部屋に入って、受話器をあげて、その間ずっとこっちを見てた。危険《きけん》をおかすことなんかできなかった。もしも、あなたかあなたの父さんが傷《きず》つけられるようなことがあったら……」

体がしびれて感覚がなくなっていた。それでも、まだ知りたいことがある。

「メ、メモリーカードを、す、すごくうまく、か、かくしたよね。ぼ、ぼくたちに、み、見つけてほしかったの?」

母さんは何も言わずに、ぼくが言葉と格闘《かくとう》するのを、自分も格闘しているかのように聞いている。母さんが涙《なみだ》をこらえるのが聞こえそうだった。

「あなたが決して見つけなければいいと思ってた」母さんはやっと言った。「あれは保険《ほけん》だったの。もしもキングがあなたかあなたの父さんをさがしにきたときのため。もとのデータベースのコピーは、わたしのキングに対する切《き》り札《ふだ》だった……万が一の。でも、わたしが持っているとは、決して知られないつもりだった。だから、キングが絶対《ぜったい》にさがさない場所にかくしたの。あなたに見つけてほしいとは思っていなかったのよ」母さんはしばらく黙《だま》っていた。

「あなたたちに、また会いたいとずっと思ってた、それだけはわかっていてほしいの。こんなふうになるなんて……」母さんは泣きだした。静かに。「赤ちゃんは……今、一歳《さい》半よ。男の子で、ミラーっていうの」

父さんとぼくは横にならんで立っていた。ふたりともしゃべらず、たがいに見つめあって、ただ母さんの言葉を受けいれていた。このかぎられた貴重《きちょう》な数分しか、母さんといっしょにいられないかもしれないというように。

「クリスタ」父さんがそっと言う。「話し合おう」

「すぐにそっちにむかう。この電話を切ったら」母さんが言う。「今晩《こんばん》会いましょう……もしもそっちの都合《つごう》がよいのなら」

「今は落ちついて待っててほしい」父さんがやさしく言う。「あとでまた電話する。いいかな？」

「ええ」母さんがささやく。涙をのみこみながら。「待ってる」

「か、母さん？」父さんが電話を切る前に、ぼくはさけんだ。「ス、スクラブル大会で勝てなくて、ご、ごめんなさいって、い、言いたかったんだ。か、母さんに誇《ほこ》りに、お、思ってもらいたかった。な、何もかも計画どおりだったんだけど、で、でも……」

「フィンレイ」母さんがかすれ声でささやく。「あなたのことは、もうこれ以上ないくらい、誇りに思ってる。心から大事に思ってるのよ。だからいちばんだろうとビリだろうと、そんなの関係ない」

父さんが咳《せき》をして、目をぬぐった。

「よし、行こう」とぼそぼそ言う。「アダムズ先生に家に帰りたいと言いにいこう」

「じゃ、じゃあね、か、母さん」父さんが電話を切る前に、ぼくはなんとかささやいた。

にぎやかな会場にもどると、アダムズ先生のところに行こうとした父さんとぼくは、BBC《ビービーシー》放送の撮影隊《さつえいたい》にとりかこまれた。

「フィンレイくん……」記者の男の人がぼくの顔の前にマイクをむけた。「一点差で全国チャンピオンの座《ざ》をのがしたわけですけど、これからの予定を聞かせてくれますか？」

たくさんの顔がとりかこみ、ぼくの言葉のひとつひとつをつかまえようとしている。

ぼくは息を吸《す》って、肩《かた》の力を抜《ぬ》いた。腕《うで》のかゆみは無視《むし》した。

「こ、こ、これから、い、家に……」ぼくはあやまらない。がんばってつづける。「こ、これから、い、家に、か、帰ります」

「たいへんな吃音《きつおん》があるのは、どんな感じなんでしょうか、フィンレイくん？」記者がマイクを近づける。「ゲームに影響《えいきょう》はありましたか？」

「何を言ってるんだ」父さんがかみつくように言う。「一点差で負けただけだ。おれに言わせれば、勝ったも同然だよ」

「もう大会に出場するのはやめようと思いましたか？」記者は父さんを無視《むし》して質問《しつもん》する。

「い、いいえ」ぼくが言いたいことを言うのを期待しているおおぜいの顔にむかって、ぼくは笑顔でこたえた。「ぼ、ぼくは、に、二番になれて、う、うれしいです。じ、自分の力を、だ、出しきったし、そ、それがぼくにできる、す、すべてだからです」

記者が笑顔でうなずき、観客がぼくのこたえに拍手喝采《はくしゅかっさい》する。

「フィンレイくん、おめでとうございます。学校に名誉《めいよ》をもたらしましたね」記者がつづける。

でも、ぼくは聞いていなかった。母さんが見つかったということしか、考えられなかった。

もうすぐ、もしかしたら今晩《こんばん》にでも、母さんにまた会える……そして、半分血のつながった小さな弟にも。ぼくの弟！　はじめて弟に会うんだ。

突然《とつぜん》、アレックスの顔が頭に浮《う》かんだ。何度もおもしろくチャットをしたことや、あざだらけだったことも。そして、あの悲しそうな青白い顔が、ミラーのことを知ったらどんなふうになるだろうと想像《そうぞう》した。だって、アレックスとも、半分血のつながった弟なのだから。

「最後にもうひとつ質問です、フィンレイくん」ぼくは記者のほうを見た。「来年もまたこの大会で、きみに会えますか?」記者がぼくにマイクを近づけ、観客がさっと静かになり、ぼくの答えを待つ。

「と、止めようとしても、む、むりですよ」

訳者《やくしゃ》あとがき

十四歳《さい》の少年フィンレイには、たくさんの悩《なや》みがあります。最大の悩みは、二年前に母さんが家を出たきり行方不明になってしまったこと。以来、フィンレイは言葉がつまってしゃべれないことがふえ、転校先の学校ではいじめられる日々が続いています。けれども、しゃべる言葉は苦手でも、言葉を使ったゲーム「スクラブル」なら大得意。母さんがいた頃《ころ》は一緒《いっしょ》にボードゲームで楽しんでいましたし、今は自室のパソコンで世界じゅうのプレイヤーとオンラインで対戦しています。ある日、初めて対戦する相手から気になるメッセージがチャットで届《とど》きました。フィンレイは思います。もしかしてこれは、母さんの居場所《いばしょ》につながる手がかり?

この作品『セブン・レター・ワード――7つの文字の謎《なぞ》――』は、イギリスの作家キム・スレイターの二作目です。生きづらさを抱《かか》える十代の少年の成長を、現代《げんだい》の家族や社会のさまざまな問題を巧《たく》みに織《お》りあわせながらミステリータッチで描《えが》く作風は、デビュー作の『スマート――キーラン・ウッズの事件簿《じけんぼ》――』に通じるものがあります。そして前作と同様に、現代に生きる若《わか》い人たちへの作者の温かいまなざしを感じます。読者は主人公に共感しながらサスペンスの要素にハラハラし、同時に今のイギリスの若い人がどのように生活しているのか、ありありと肌《はだ》で感じることができるでしょう。

どの登場人物も生き生きと描かれています。わたしのお気に入りは、聡明《そうめい》で意志《いし》の強い少女マリアムです。パキスタン人で、父親が医師として働くために一家でイギリスにわたってきました。イギリスには旧《きゅう》植民地のパキスタンなどからの移民《いみん》が多いのですが、マリアムの家族のようなよい暮《く》らしをしている人ばかりではありません。生活文化や宗教《しゅうきょう》のちがいから、パキスタン人を含《ふく》むイスラム教徒が誤解《ごかい》されることもあるようです。近年、一部のイスラム過激《かげき》派《は》がテロ事件を起こしています。イスラム圏《けん》の戦闘《せんとう》地域《ちいき》からは、多くの人々が命がけでのがれて難民申請《なんみんしんせい》をしています。それぞれの立場の人々を、すべてのイスラム教徒がそうであるかのように勘《かん》ちがいしている人がイギリス人の中にいることが、この本を読むとわかります。現在、イギリスの人口の約五パーセントがイスラム教徒。異《こと》なる背景《はいけい》を持つ人々について知る大切さを痛感《つうかん》しますし、フィンレイとマリアムの友情《ゆうじょう》には心から温かい気持ちになります。

さて、この作品の主役のひとりと言ってもいいのが、スクラブルというゲーム。一九四八年にアメリカで発売されたボードゲームで、英語圏では知らない人がないくらい有名です。プレイヤーはクロスワードパズルのようにアルファベットの文字コマをならべて単語を作り、その得点を競《きそ》いあいます。この本を読むうちに、スクラブルのルールだけでなく、作戦の立て方や勝ち方までわかってくるでしょう。世界じゅうのトッププレイヤーが競う選手権《せんしゅけん》大会もひらかれており、日本人も出場しているとのこと。家族や友だちと気軽に楽しめるゲームですので、興味《きょうみ》がわいたら、ぜひ試してみてください。

この作品は主人公フィンレイが自分の言葉を獲得《かくとく》する物語でもあります。フィンレイが悩《なや》んでいる吃音《きつおん》は、百人にひとりあると言われ、人によってその現《あらわ》れ方や困《こま》っている度合いは異《こと》なります。作者がこの作品を書いたきっかけは、街で吃音者の少年とその母親のやりとりを目にして、感情《かんじょう》をゆさぶられることがあったからだそうです。その少年を応援《おうえん》する気持ちがこの本のもとになっているように、わたしは感じました。物語の中でフィンレイは、どんなにつっかえて時間がかかっても、自分の言葉で堂々としゃべるという決断《けつだん》をします。わたしたちは誰《だれ》もみな自分の言葉を持っています。吃音のありなしにかかわらず、自分の言葉を大事にし、しっかりと人に伝えることが、結果的に自分の強さにつながるものなのだと、この物語を読みながらしみじみと思いました。

さらにこの作品は家族の物語でもあるのですが、語りすぎるのはやめておきましょう。最後に明かされる真実を読者のみなさんがどう受け止めるのか、ドキドキしながら筆を置きます。

最後になりましたが、『スマート――キーラン・ウッズの事件簿《じけんぼ》――』に引き続き、訳者《やくしゃ》の質問《しつもん》にていねいに答えてくださった作者のキム・スレイターさん、そして訳者をずっと支《ささ》えてくださった編集《へんしゅう》の岡本稚歩美さんに心より感謝《かんしゃ》いたします。

二〇一七年九月

武富　博子

著者：キム・スレイター Kim Slater
イギリスの作家。小さいころから物語をつくることが好きだった。ノッティンガム・トレント大学で英語と創作を学び、2014年『スマート―キーラン・ウッズの事件簿―』でデビュー。この作品が高い評価を得、リーズ図書賞など数々の賞を受賞。カーネギー賞候補にも名を連ねた。2016年に本書『セブン・レター・ワード―7つの文字の謎―』を発表。

訳者：武富博子 Hiroko Taketomi
東京生まれ。幼少期にメルボルンとニューヨークで暮らす。上智大学法学部国際関係法学科卒業。主な訳書に「動物探偵ミア」シリーズ（ポプラ社）、『13の理由』（講談社）、『スマート―キーラン・ウッズの事件簿―』、『沈黙の殺人者』、『闇のダイヤモンド』、「魔法ねこベルベット」シリーズ（以上評論社）などがある。

セブン・レター・ワード
――7つの文字の謎――

二〇一七年十月二〇日　初版発行

◆著　者　キム・スレイター
◆訳　者　武富博子
◆発行者　竹下晴信
◆発行所　株式会社評論社
〒162-0815　東京都新宿区筑土八幡町2-21
電話　営業〇三-三二六〇-九四〇九
　　　編集〇三-三二六〇-九四〇三
◆印刷所　中央精版印刷株式会社
◆製本所　中央精版印刷株式会社

乱丁・落丁本は本社にておとりかえいたします。

ISBN978-4-566-02455-7　NDC933　p.360　188㎜×128㎜
http://www.hyoronsha.co.jp

＊本文中、差別的な用語が使用されている部分がありますが、作品の性質上、そのままといたしました。